SV

Marente de Moor

Amsterdam und zurück

Roman

Aus dem Niederländischen von
Waltraud Hüsmert

Suhrkamp

Titel der Originalausgabe: *De overtreder*
Die Übersetzung des Buches wurde gefördert vom Nederlands Literair Productie- en Vertalingenfonds.

Erste Auflage 2010

Druck: Memminger MedienCentrum AG
Printed in Germany
ISBN 3-518-42184-0

1 2 3 4 5 6 – 15 14 13 12 11 10

Amsterdam und zurück

I

In der ersten Nacht war da wieder der Soldat. Er floh durch die letzten Minuten eines Traums. Er stieß sich mit den Skistöcken im Schnee ab und zog eine Spur im Kopf des Schlafenden. Der hatte diesen Traum schon seit acht Jahren.

Es begann mit der Schneefläche, weit und unerbittlich. Dahinter, bläulich in der Abenddämmerung, der Fichtenwald. Auf einem Hügel stand der finnische Beobachtungsturm, wie ein mißgestalteter Baum, die hölzernen Arme verschränkt. Und dann erschien der Soldat. Er hatte die Ohrenklappen seiner Mütze gelöst, so daß sein Hinterkopf an den eines Plüschkaninchens erinnerte. Sein Körper in dem weißen Overall hob sich kaum vom Schnee ab.

An seinem sorgfältig verpackten Hintern – dafür war gesorgt, während Hände, Füße und Wangen achtlos dem Frost ausgesetzt waren – baumelte die Ausrüstung eines Grenzsoldaten: Maschinengewehr und Klappspaten. Er war auf dem Weg zum Wald. Er glitt auf seinen Skiern in diese Richtung und schaute sich plötzlich um. Sein Gesicht war haarscharf zu erkennen, wie es nur im Traum möglich ist – in Wirklichkeit wäre aus so großer Entfernung nicht auszumachen gewesen, daß er ernst dreinblickte. Bei dem zugefrorenen Fluß löste er sich in nichts auf. Das war's. Eine stumme Fragmentenfolge, wie in einem sorgsam montierten 16-mm-Film.

Der Schlafende, Witali Kirillow, fiel fast aus dem Bett. Noch vor wenigen Minuten war sein Gesicht entspannt gewesen, mit großen, schlaffen Augenlidern hatte es, umrahmt von schwarzem Wuschelhaar, auf dem Kopfkissen gelegen. Jetzt lief ein Schauder darüber, die Wangenknochen zitterten, weil die Zähne aufeinanderschlugen. Die Bettdecke rutschte zu Boden. Der Mann trug Socken und eine lange graue Unterhose mit schlabbrigen Beinen. Als er an die Bettkante griff, wachte er auf. Wie immer glaubte er sich noch einen Moment im Niemandsland. Seine Finger waren steif vor Kälte, vor acht Jahren waren sie ihm fast erfroren. Meist funktionierten seine Sinnesorgane wieder, sobald er die Tapete an der Wand wahrnahm, nun jedoch hielt das bedrohliche Gefühl an. Er war nicht zu Hause, sondern lag in einem Zugabteil, mit dem Kopf zum Fenster. Im Morgennebel zog ein Waldsaum vorbei.

Es war das erste Mal, daß Witali ins Ausland reiste. Er hatte es sich anders vorgestellt, weniger banal. Im Bett gegenüber lag eine Georgierin, die im Schlaf schmatzte. Nichts Außergewöhnliches. Er stemmte die Füße an die Wand des Abteils und zog die Decke wieder über sich. Er wollte nicht als einziger wach sein. Er wollte die Zeit nicht anders als andere Menschen verbringen. Früher, im Pionierlager, hatte er in seinem Bett einsam auf den durchhängenden Metallrost über sich geblickt, während die anderen Kinder friedlich und gehorsam schliefen. Später, in der Armee, hatte er den Metallrost wiedergesehen und die Waben des Labyrinths gezählt, wenn er der rhythmischen Polyphonie der Schnarchenden ausgeliefert war. Jetzt lag niemand über ihm, doch es war noch sehr früh, also transportierte dieser brave Zug sicher nur Schlafende. Es gelang ihm nicht mehr, sich ihnen anzuschließen. Das war nicht so schlimm, nur noch eine Nacht, und er brauchte sie nie wiederzusehen.

Der Traum hatte ihn überrascht. Nicht der Inhalt, den kannte er allmählich, aber er hatte geglaubt, seine Alpträume würden in Rußland bleiben. Sie verfolgten ihn seit seiner Militärzeit. Es war nicht die Art von Traum, aus dem Afghanistan-Veteranen vom eigenen Brüllen erwachen, in den Jahren jenes Krieges war er verschont geblieben und in die entgegengesetzte Richtung geschickt worden. In einem Sammelzentrum an der Wolga, in dem die aus weitem Umkreis zusammengeharkten Wehrpflichtigen darauf warteten, über die ganze Sowjetunion verstreut zu werden, kam jede Stunde ein Offizier mit einer Liste voller Schicksalsverfügungen in den Raum. Witali saß dort mit sieben anderen Jungs aus seiner Klasse, Schwaflern, die mit uralten Witzen gegen ihre Nervosität ankämpften. Über den Heldenspion Max Otto von Stierlitz, über Tschapajew und seinen Adjutanten Petka und über die Rückständigkeit der Tschuktschen, der Sowjet-Eskimos, die einander alle ähneln (ein Tschuktsche hat sich einen Schrank mit einem Spiegel an der Innentür gekauft. Er öffnet die Schranktür, zeigt auf sich und ruft seine Frau: »Schau mal, mein Bruder ist zu Besuch!« Die Frau stellt sich neben ihn: »Und er hat irgend so ein Weib mitgebracht …«). Schließlich traf es zwei Klassenkameraden. Sie wurden zu den Ausbildungslagern in Mittelasien geschickt und gingen mit hängenden Schultern ihrem vermasselten Leben entgegen.

Witali landete bei den Truppen an der finnischen Grenze. Zuerst ging er auf eine Unteroffiziersschule in der Nähe von Alakurtti, einem Dörfchen, das er einmal im Monat besuchen durfte, um eine Wagenladung schmutziger Bettwäsche bei ein paar karelischen Schönheiten abzuliefern. Während sie wuschen, wartete er. Die Stunden verflogen auf der kleinen Veranda vor der Wäscherei; wenn die Frauen aus der Tür traten und achtlos ihre Arbeitskittel öffneten, war auch schon mal eine nackte Brust zu sehen. Leider wurde er im Herbst zu einer Einheit an der Grenze versetzt, achtzig Kilometer nordöstlich von Kowdor. In dieser Gegend lebten keine Frauen, jedenfalls hatte er dort keine gesehen. Die Einwohner von Kowdor hausten in Baracken, die von hoher Hand rings um den Eingang einer Phlogopit-Mine herum hingeknallt worden waren. Die Armeeführung erklärte, es liege am Sauerstoffmangel in der Luft, daß man dort nur schwer atmen konnte und Wunden nicht heilten, sondern ständig eiterten. Nach zwei Jahren kam er mit heiler Haut nach Hause. Das einzige, was er im Norden verloren hatte, war der Rang eines Korporals – schuld daran war der Deserteur, der ihn nun wieder aus dem Schlaf gerissen hatte.

Er warf sich auf die andere Seite und blickte auf das Gepäcknetz an der Wand. Es war mit Sachen vollgestopft, die seine Mutter ihm auf dem Bahnsteig in Gorki zugesteckt hatte. Sprotten, Weißbrot, Jod, Bandagen. Eine Ikone des heiligen Nikolaus aus Plastik und ein Blättchen der Zeugen Jehovas. Pantoffeln, eine kleine Flasche Wodka, Salzgurken, Schuhcreme. Nein, ohne diese Dinge würde ihr Sohn die Reise nicht überleben. Es war wichtig, daß jeder Gegenstand einzeln verpackt wurde. Alles steckte in Plastiktüten, angegammelt vom vielen Auswaschen. So hatte sie es auch mit dem Rest seines Gepäcks gemacht. Russische Mütter haben, was Koffer anbelangt, eine Bakterienphobie – zwanghaft spülen sie alte Verpackungen aus und trocknen sie an Wäscheleinen, damit wieder andere Sachen darin untergebracht werden können, die aus unerklärlichen Gründen nicht miteinander in Berührung kommen dürfen. Beim Abschied hatte sie ihm die Wange hingehalten und ihm, als sich der Zug in Bewegung setzte, beherzt nachgewinkt. Sie hatte sich tapfer gehalten.

Nein, eigentlich nicht. Sie hatte ihn auf einmal wieder *synok* genannt. Söhnchen. Hier sind Sprotten und Gurken,

Jod, Verbandszeug. Da, nimm, *synok*. Seit er aus der Armee entlassen worden war, benutzte sie diesen Kosenamen nur noch, wenn sich ihr die Gelegenheit bot, ihren Sohn wieder zu vereinnahmen. So wie damals, als die Bande von Wascha, dem Bären, ihn in die Mangel genommen hatte. In der ersten Woche nach der Schlägerei war er nicht nach Hause gekommen. Nachdem die schlimmsten Schwellungen abgeklungen waren, hatte er bei seinem Vater vorgefühlt. Der, selbst stolzer Besitzer einer gebrochenen Nase, hatte den Schaden ähnlich eingeordnet wie ein Rabbi eine Beschneidung. Ohne lädierte Nase kein Mann. Sein Sohn wäre sonst doch nur eine Schwuchtel geworden, mit seinen meergrünen Augen und den pechschwarzen Wimpern. Allerdings hatte er ihn die Flasche Obstwein bezahlen lassen, mit der er seine Frau auf die schlechte Nachricht vorbereiten mußte. Trotzdem konnte sie mit dem ewigen *synok* gar nicht mehr aufhören. Ihr hübscher Junge, *oj*, schau doch nur, die halbe Augenbraue eingeschlagen, die Unterlippe aufgeplatzt und auf der Nase eine richtige Plattform. »Und ich, was ist dann mit mir?« hatte sein Vater gerufen und mit der entkorkten Flasche auf sein eigenes zerhauenes Gesicht gezeigt. »Willst du etwa damit sagen, daß du mich häßlich findest?«

Wer sich überhaupt nicht um so was scherte, war Babulja. Witalis Großmutter kam in die dunkle Küche geschlurft, nachdem sich das Gejammere und Gefluche ins Wohnzimmer verzogen hatte. Sie klopfte das Pappmundstück einer Papirossa auf den Rand des Herdes und hielt sie an eine der Flammen. Vom bläulichen Lichtschein des Gases angeleuchtet, sah sie aus wie ein Waldschrat. Sie inhalierte mit hochgezogenen Brauen. Hatte er zurückgeschlagen? Natürlich. Babulja nickte, rauchte, sprach aber wenig. Wenn sie ein Urteil fällte, mußte Witali es hinnehmen. Diese Reise war ihre Idee gewesen. Auch sie war viel gereist. Ihre Touren während des Krieges und gleich danach waren, notgedrungen, eigentlich ein einziger großer Umweg gewesen: von Leningrad über Moldawien und Kasachstan an die Wolga. Man durfte nicht zu lange an einem Ort bleiben, fand Babulja, sonst passierte so was – und sie deutete zum anderen Zimmer, wo Witalis Eltern beim *Melodienraten* im Fernsehen mitsangen.

Über seine Armeezeit konnte er mit ihr nicht reden. Sie fand, er müsse stolz darauf sein, daß er das Vaterland gegen die Lappen verteidigt habe. Die Lappen seien nun mal ein Volk, dem man nicht trauen könne. Man müsse sie an der Grenze aufhalten. Witali versuchte gar nicht erst, ihr zu erklären, daß es die Russen waren, die sich nach Lappland absetzten, und nicht umgekehrt. Gewisse Umstände, wie das Auseinanderfallen der Sowjetunion, ließ sie nicht in ihr Bewußtsein vordringen. Wenn Witalis Vater einen Witz über seinen degradierten Sohn machte, »das größte Loch im Eisernen Vorhang«, dann lag auf Babuljas Gesicht das entrückte Lächeln einer Gläubigen. Für Witali gab es keinen Unterschied zwischen zwei oder gar keinen Streifen auf den Schulterstücken einer Jacke, die ebenso unsinnig geworden war wie die Schlagzeilen in der *Prawda*. An der Grenze eines aufgelösten Landes ist nichts zu gewinnen und nichts zu verlieren. Babulja aber legte für sich selbst fest, ob das Land aufgelöst worden war oder nicht.

An und für sich war es kein Grund für spätere Alpträume, was vor acht Jahren auf diesem totenstillen achtundsechzigsten Breitengrad geschehen war. Der Soldat hatte die Grenze nach Finnland überschritten. Wie durch Zufall stand er plötzlich hundert Meter vom Grenzübergang entfernt. Vom Fichtenwald aus blickte er zu Witali herüber. Einen Augenblick zuvor hatten sie noch nebeneinander gestanden, Korporal und Soldat, und sich schweigend eine Zigarette geteilt. Sie hatten sich nicht viel zu sagen gehabt, keine besonderen Vorkommnisse, und sie froren. Sich auf Patrouille begeben, was sollten sie sonst machen? Langsam auf den Skiern hin- und hergleiten. Den Blick auf unendlich gestellt, jedoch sehr ernst, denn es konnte ja sein, daß aus diesem Wald der Feind auch zu ihnen herüberstarrte. Und auf einmal stand der Soldat *dort*.

Er mußte geflogen sein, so schnell war es passiert. In dem Moment, als Witali ihn entdeckte, stand er reglos da. Worauf wartete er?

Dann hatte er den Blick abgewandt, die Skistöcke langsam gesenkt, mit seinen Filzstiefeln auf den Brettern ein paar ungeschickte Schritte gemacht, den Körper um neunzig Grad gedreht. Und war losgefahren. In einem Atemzug verschwamm er, beim Fluß war er außer Sichtweite. Witali hatte fassungslos ins Niemandsland gestiert. Hier hatte jemand in aller Gemütsruhe die Sowjetunion verlassen. Witali hätte schießen müssen, am besten auf den verpackten Hintern, zur Not auf den lächerlichen Kaninchenkopf mit den Schlappohren. Doch er stand da wie festgefroren. Ein Schneemann, stocksteif in der plumpen Montur. Die wattierte Mütze mit der langen Ohrenklappe, die über seinen ganzen Kopf gewikkelt und mit einer Schlaufe am Kinn befestigt war, hielt ihn in Stille gefangen. Wäre es schlimm gewesen, wenn er ihn erschossen hätte? Jetzt war noch weniger von ihm übrig. Nur hin und wieder ein Alptraum. Ein verschwimmender Hintern, Maschinengewehr, Klappspaten. Der Soldat war mit nichts anderem als seiner Ausrüstung weggegangen. Ohne Hausrat, ohne Andenken – vermutlich hatte er nicht mal was zu essen mitgenommen. Das einzige, was er zurückließ, war eine Skispur. Auf die zielte Witali dann doch noch und schoß das Magazin leer, zwei Salven auf den langen Einmannpfad. Das Geräusch drang nicht weit durch den fallenden Schnee. Alle würden sich denken können, daß er den anderen hatte laufen lassen. Als er das Walkie-talkie an den Mund hielt, um dem Telegraphisten die Koordinaten durchzugeben, begriff er, daß er von der Herkunft und der Zukunft des Soldaten nichts wußte, während sein eigenes Schicksal glasklar vor ihm lag: Degradierung zum einfachen Soldaten, kaum fünf Stunden Schlaf pro Nacht und jeden Tag gefrorene Scheiße in den Latrinen der Kaserne hacken. Danach würde er aus dem Militärgefängnis weiter nach Norden verfrachtet werden, zu einer Sondereinheit mit fünfzehn verwilderten Männern, die jeden Monat in ein Geheule ausbrachen, wenn in der Polarnacht ein Helikopter mit Proviant auftauchte.

Er wußte den Namen nicht mehr. Das wurmte ihn am meisten. Von dem Moment an, als er den Namen des Soldaten nennen sollte, streikte sein Gedächtnis. Der Telegraphist notierte: Durchbrechen der Staatsgrenze durch Unbekannten Soldaten. Nach all den Jahren ärgerte er sich noch immer darüber. Das bedrohliche Gefühl in seinem Traum flaute nach dem Aufwachen schnell ab, über den Namen aber konnte er gut und gern eine Stunde nachgrübeln. Hier, den Blick auf eine Dose Sprotten gerichtet, in einem Zug, der unbekümmert aus Weißrußland hinausfuhr, entsann er sich vielleicht unvermittelt wieder. Er könnte sich auf die Suche nach dem Soldaten machen. Wenn er ihn fände, könnte er ihm etwas zurückgeben. Etwas von zu Hause, eine Erinnerung, die er verloren hatte. Sich selbst. Nicht schlecht! Doch der Name blieb verschwunden. Vom Gang hörte er das dumpfe Fluchen von Passagieren, die hastig von der Raucherecke zur Toilette polterten, der eine Raum noch übler riechend als der andere.

2

Das Geschmatze der Georgierin ging ihm auf die Nerven. Er konnte nicht erkennen, ob sie wach war. Schon am Tag davor, als der Zug aus Moskau abfuhr, hatte sie so dagelegen. Witali hatte die Abteiltür aufgeschoben und seinen Augen nicht getraut. Dort lag seine Reisegefährtin für die kommenden Tage, über zwei Sitzplätze ausgestreckt, den einen drallen Fuß über den anderen gelegt, zwischen Daumen und Zeigefinger ein geräuchertes Kotelett. Sie hatte sich beim Schaffner bereits eine Garnitur bretthart gestärktes Bettzeug und zwei Kissen besorgt; darin würde ihr toplastiger Oberkörper die ganze Fahrt über ruhen. »Meine Küche«, hatte sie gesagt und auf den kleinen, mit kalt gewordenem Essen überladenen Tisch gedeutet; wer weiß, wie lange das alles schon unterwegs war. (Er hätte es schlechter treffen können. Die Zugfahrt von Gorki nach Moskau hatte er in Angst und Schrecken verbracht, nachdem der ruhige Student, der ihm gegenübersaß, von einem tschetschenischen Hinkebein und dessen Kumpel rauskomplimentiert worden war und ihn die beiden Männer dreißig Stunden lang, immer wütender, zum Kartenspielen aufforderten.) Witali hätte nie gedacht, daß Leute, denen man normalerweise nur auf Regionalbahnhöfen begegnete, bepackt mit Bettzeug und Seesäcken voller Lebensmittel, auch in den Westen reisten. Die Georgierin hielt jetzt eine angebissene Pirogge in der Hand. So war sie eingeschlafen. Ihr zusammengesacktes Gesicht zeigte keine Spur von Verwunderung darüber, daß sie in einem Höllentempo aus dem Land gefahren wurde. Sie hatte ihm erzählt, daß sie nach Deutschland unterwegs war. Was wollte dieses Gesicht dort? Hängebacken, Damenbart, offener Mund – gab es in Deutschland auch Piroggen zum Reinstopfen? Dem Geruch nach zu urteilen, bestand das Gepäck der Frau nur aus Eßwaren. Proviant für Monate. Sie würde garantiert überleben. Die Frage war nur, warum unbedingt hinter der Grenze.

Sie blieb liegen, als der Zug bei Brest in eine Halle fuhr, unter Megaphongebrüll mit Drahtseilen festgezurrt wurde und fast eine Stunde über dem Erdboden schwebte. Witali wollte das Ganze vom Gang aus beobachten, aber den hatte eine Horde grimmiger Monteure in Beschlag genommen. Sie stiefelten durch die Waggons und konnten auf schlaftrunkene Zuschauer gut verzichten. Unter den Moskau-Expreß mußten in einer Dreiviertelstunde andere Drehgestelle montiert werden, da die Gleise hinter der Grenze eine schmalere Spurweite hatten. Ein Mann in einem pinkfarbenen Trainingsanzug wurde aufgefordert, in sein Abteil zu gehen. Er wich den ölverschmierten Händen eines Monteurs aus.

»Ich gehe nur zur Toilette, ich störe Sie überhaupt nicht.«

»Sie möchten doch sicher weiter?«

»Junger Mann, ich stehe Ihnen nicht im Weg!«

»Sie wollen doch unbedingt in den Westen! Von mir aus können Sie in Rußland bleiben!«

Der Monteur war ein Musterbeispiel für proletarischen Stolz, der sonst schon überall ausgestorben war; hier jedoch, in der Halle, wo noch niemand die Sowjetparolen von den Wänden entfernt hatte, in diesem Theater an der Grenze, spielte er seine Rolle mit Feuereifer. In dieser idealen Mise-en-scène von Arbeitern und Landesverrätern auf ein paar Quadratmetern Gang war zu erwarten, daß der Mann im

Trainingsanzug schließlich kapitulieren und der Monteur weitermarschieren würde, die ölverschmierten Hände zur Faust geballt.

Nichts deutete darauf hin, daß dieser Zug zu einem Ort mit dem sonderbaren Namen »Hoek van Holland« unterwegs war. Die drei Wörter hatten zwar in zungenbrecherischer kyrillischer Transkription auf den Hinweistafeln gestanden, verloren sich jedoch in dem üblichen Ambiente einer russischen Bahnreise mit allem Drum und Dran – wie aus den Lautsprechern scheppernder Marschmusik (»Abschied der Slawin«) und einem hustenden Schaffner auf dem Trittbrett, der aus einem Samowar Tee ausschenkte. Und dann die Passagiere. Auf dem Durchgang zwischen den Waggons standen mindestens zehn Leute mit den gleichen Visagen wie in den Bummelzügen auf dem platten Land. Sie rauchten Opal-Filterzigaretten, und ihre Körper dünsteten einen schwindelerregenden Promillesatz aus. Witali mußte das in Kauf nehmen, es gab nur diese eine Raucherecke.

»Wohin geht die Reise?« fragte ein Mann in einer Wildlederweste. Er hielt ihm ein brennendes Streichholz hin.

»Holland. Amsterdam.«

»Donnerwetter! Ich komme nur bis Poznań.«

Der Mann zog die Unterlippe über die Oberlippe und starrte zur Decke. »Zwei Autostunden von der deutschen Grenze. Vielleicht sogar noch weniger.«

Die Stahltür zur Plattform wurde aufgerissen, und zwei weitere Raucher zwängten sich in die Runde. Der Mann berührte nun mit seiner Schulter die von Witali. Er atmete schwer über den Unterkiefer. Witali sah die Goldzähne darin.

»Was haben Sie in Amsterdam vor, oder ist das ein Geheimnis?«

»Mein Cousin lebt dort. Ein Künstler.«

Witali bereute seine Offenheit sofort, denn der Mitraucher packte ihn fest an der Schulter, um ihm etwas vorzuschlagen. Von solchen Zeitgenossen hielt man sich besser fern. Am Polytechnischen Institut in Gorki war auch so einer rumgelaufen. »Hör mal zu, nur eine Minute!« Und dann, die Augen halb geschlossen, hinter vorgehaltener Hand, wie in einem Jugendfilm: »Laß uns von hier verschwinden. Von denen lassen wir uns nichts mehr weismachen.« Witali war nie dahintergekommen, was dieser Bursche im Institut zu suchen hatte. Er war jedenfalls nicht in seinem Jahrgang und auch kein Dozent. Er sagte immer: »Laß uns einen Plan schmieden.« Immer, wenn solche Typen etwas mit »Laß uns« begannen, bedeutete das, daß man etwas für sie erledigen sollte.

Hinter dem verkratzten Fenster tauchte eine Landschaft mit Feldern, vollgehängten Wäscheleinen und sorgsam geschichteten Holzstapeln auf. Bei ein paar Häusern hintereinander stand der gleiche Hund. Der Mann mit der Weste räusperte sich.

»Die Polen schaffen's nie. Nicht ohne uns. Sie halten sich für wer weiß was. Letztes Jahr ist eine polnische Delegation in unsere Fabrik gekommen, es war von einer Übernahme die Rede. Auf einmal waren sie überall. Mit vorgestreckten Bäuchen und arrogant hochgezogenen Schnurrbärten sind sie durchs Dorf stolziert. Und jetzt schauen Sie mal aus dem Fenster. Wenn das Wohlstand sein soll ...«

Einige Raucher nickten zustimmend.

»Und überhaupt: Polen als solches existiert gar nicht. Es tut nur so. In dem einen Jahrhundert lagen die Grenzen hier, im anderen waren sie nach Westen verschoben, wieder hundert Jahre später hatten die armen Teufel gar kein Land mehr. Was soll man mit so was anfangen?«

»Nichts«, erwiderte ein Mann mit eingedrückter Nasenwurzel. »Überhaupt nichts, und das ist die verdammte Wahrheit.«

Eine Stunde später hielten sie für den Mittagsimbiß an. Der Zug hatte keinen Speisewagen, polnische Bäuerinnen verkauften kandierte Früchte und Wurstbrote, die sie durch die Fenster ins Abteil reichten. Sie hatten auf einem zwischen Feldern und Äckern unvermittelt auftauchenden Bahnsteig gewartet, und als der Zug die Geschwindigkeit drosselte, rannten sie freudestrahlend an den Waggons entlang, als seien die Reisenden alte Bekannte. Die reagierten ebenso begeistert, zählten das Wechselgeld nicht nach und winkten den Frauen, bis der Bahnsteig wieder außer Sichtweite war. Auf dem Gang wurden die Tüten sofort aufgerissen und leer gefuttert wie auf einem Kindergeburtstag. Der Schaffner kochte einen Kessel Tee. Schnaufend, ohne sich wegen seiner Alkoholfahne zu schämen, bediente er die in der Schlange wartenden Passagiere. Neben dem Kessel stand ein Becher mit schalem Bier, ein Nottropfen. Der Schaffner bemerkte Witalis Blick und spülte es prompt runter. Dann straffte er seinen Rücken. Ich scheiß auf alles, merk dir das.

»Sie sind bestimmt noch nicht verheiratet«, sagte er mit rauher Stimme.

»Nein.«

»Und haben Sie's auch nicht vor?«

»Keine Ahnung. Mit Zucker, bitte.«

Der Schaffner kramte zwei Würfel aus einer Schachtel.

»Dann passen Sie bloß auf!«

»Wobei?«

»Beim Heiraten. Heiraten Sie auf keinen Fall dort.« Er deutete in die Fahrtrichtung. »Da ist alles möglich. Glauben Sie nicht, daß ich nicht Bescheid weiß. Zweimal im Monat komme ich da hin. Und dann steh ich lange genug auf den Bahnhöfen, um mir ihre Frauen anzugucken. Manchmal fahren sie mit. Lebensgefährlich. In ihren Augen sind Sie ein attraktiver Mann. Einer von uns, ein richtiger Kerl. Sie werden sich auf Sie stürzen und Sie in Stücke reißen. Richtige Kerle, die gibt's bei denen nicht.«

Er selbst sah ziemlich jämmerlich aus. Die runden, glänzenden Augen nahmen die Hälfte seines Mäusegesichts ein, und nach jedem Satz zog er die Nase hoch. Witali bedankte sich für den Tee und flüchtete ins Abteil. Dort saß die Georgierin hellwach in den Kissen. Sie reichte ihm eine gebratene Hühnerkeule.

»Das schmeckt besser als das Zeug von den Polen.«

Dabei beließ sie es. Sie ging ihm nicht mit Geschwätz auf die Nerven, denn sie sprach kaum Russisch. Doch sie duldete nicht, daß er nichts aß, und das Tischchen durfte sich nicht leeren, also häufte sie Hähnchenfleisch in Nußsauce auf gefüllte Auberginen und Käsebrote und fütterte ihn, bis es dunkel wurde. Er schlug sich den Bauch voll, sie platzte fast vor Lachen, drückte ihn an ihre Brust, nahm ihre Taschen und verließ den Zug mitten in der Nacht.

Berlin, nichts davon war zu sehen. Nicht nur wegen der Dunkelheit. Hinter dem schmutzigen Fenster mit den Baumwollvorhängen war vor zwölf Stunden auch Warschau unbemerkt vorbeigeglitten. Ein paar Leute waren ausgestiegen, aber niemand war zugestiegen. Der staubige Koloß mit den roten Sternen an den Flanken stampfte durch das vereinte Deutschland, doch drinnen trank Witali Tee aus einem Glas in einem versilberten Halter, auf dem der Kreml als Mittelpunkt des Kosmos abgebildet war. Das alte Radio über der Tür schwieg, würde aber sicher jeden Moment ausrufen: »Hier spricht Moskau!« Die Georgierin hatte einen vollen

Abfallbehälter zurückgelassen, der das Abteil nach Datscha riechen ließ. Solange er diesen ganzen Sowjetkram um sich hatte, würde er keine Grenze überschreiten, jedenfalls sah es so aus.

Er starrte eine Weile auf das schwarze Fenster. Sein Buch, Erzählungen von Bulgakow, hatte er mehrmals aufgeschlagen, um dieselbe Seite noch einmal zu lesen. Von Zeit zu Zeit klappte er die Sitzbank hoch und inspizierte den Inhalt seines Koffers. Jeans, Pullover, zwei Hemden, vier Paar Sokken, Turnschuhe. Er fragte sich, ob er mit dieser Kleidung in Amsterdam nicht zu sehr auffallen würde. Den Reisepaß steckte er in ein Seitenfach, zu der Zollerklärung und dem Bahnticket. Zwischen den Hemden fand er (wieder in so einer ausgewaschenen Plastiktüte) eine Schachtel. Seine Mutter hatte einen Zettel mit der Telefonnummer seines Cousins Ilja daran befestigt.

An dem wackligen Küchentisch hatte sie sie aufgeschrieben, einen Ellbogen zwischen den Blättern des Adreßbüchleins, die Augen zusammengekniffen wegen des weißen Lichts, das von den gekachelten Häusern gegenüber in die Küche fiel. Den Drahtrundfunkempfänger hatte sie abgestellt. Als sie fertig war, blätterte sie noch eine Weile in dem Adreßbuch. Das Geräusch des aussetzenden Kühlschranks, der sich wie ein nasser Hund schüttelte, durchbrach die Stille.

»So«, hatte sie gesagt. Sie hatte beschlossen, nicht zu weinen. »Er muß dir helfen. Ljuda hat versprochen, ihn anzurufen, bevor du fährst.«

Ilja stammte aus einer früheren Ehe seiner Tante. Bevor sie das große Los gezogen hatte mit Onkel Kolja (kein Trinker/ Wohnung/Auto/Garage/Datscha), hatte sie ein Techtelmechtel mit einem Künstler gehabt. Daraus war Ilja hervorgegangen. Alles, was an Ilja anders war, wurde dem »Künstler«

zugeschrieben, obwohl der sich seit Iljas Geburt nicht mehr hatte blicken lassen. Die roten Locken hatte er mit Sicherheit von seinem Erzeuger, denn der Rest der Familie hatte das üppige pechschwarze Pferdehaar von einem tatarischen Großvater geerbt. Daß Ilja sich idiotisch herausputzte, mit Klamotten aus dem Leihhaus, hatte er auch von dem Künstler. Er war unhöflich zu den Mädchen, verscheuchte sie mit grimmigen Witzen. Um den Dienst in der Armee hatte er sich gedrückt, indem er den Verrückten spielte. Statt dem Vaterland zu dienen, war er nach Sankt Petersburg gezogen, das damals in seinen letzten Jahren als Leningrad die Aktionen des ungeduldigen Undergrounds erlebte. Dort schuf er Wandmalereien im Innenhof der Puschkinstraße 10, im Café Saigon und im Tam-Tam-Club, dem Krawall-Tempel. An allem war der Künstler schuld. Niemand hatte je erfahren, welche Art von Künstler Iljas Vater gewesen war. Ilja selbst meinte, er sei nichts weiter als ein Holzwerker, der dekorative Schneidebretter für die kleinen Volkskunstläden anfertigte. Der eigentliche Künstler in der Familie war er, Ilja, der vor seiner Abreise in die Niederlande noch einmal nach Gorki zurückgekommen war, um ein paar Sachen mitzunehmen und sich über das, was er zurückließ, lustig zu machen.

Witali öffnete die Schachtel, die Tante Ljuda ihm für ihren Sohn mitgegeben hatte. Sie enthielt einen Brief, den er nicht lesen wollte, eine Blisterpackung mit Tabletten und ein rotes Tuch, das sich beim Auseinanderfalten als Pionierhalstuch erwies. Witali erinnerte sich an ein Foto von Ilja im Pionierlager. Er schien sich dort pudelwohl gefühlt zu haben, dieser Bubi mit dem breiten Grinsen. *Facht die Lagerfeuer an, wir sind die Kinder der Arbeiter!*

»Was blieb mir anderes übrig?« sagte er später. »Ich mußte ja den verdammten Eid schwören!«

Es war schon spät. Als Witali die Stirn durch sein Spiegelbild hindurch ans Fenster preßte, sah er draußen Signalmasten. In der dunklen Einöde wirkten sie so überflüssig, daß es ihn nicht gewundert hätte, wenn sie in Wirklichkeit Attrappen gewesen wären, die an einem Stock rasend schnell hin und her bewegt wurden, während der Zug die ganze Zeit stillstand.

Die Niederlande tauchten am Morgen auf. Eine Frau bei den Toiletten machte ihn darauf aufmerksam. Sie deutete mit dem Kopf auf eine Gegend mit kleinen Gemüsegärten und Holzschuppen: »Die Holländer kriegen nur ein paar Quadratmeter vom Staat.«

Witali nahm seinen Koffer und wartete auf Amsterdam. Er sah regennasse Äcker, Dörfer mit bimmelnden Bahnschranken, knallrote Briefkästen, leuchtendgelbe Züge auf dem Nachbargleis und ein mittelalterliches Tor in einer Stadt mit einem Namen, der sich wie Amsterdam anhörte, es aber nicht war. Er traute sich nicht, die anderen Passagiere zu fragen. In seinem Waggon waren noch sechs Leute übrig, sie standen mit ihren Koffern im Gang, jeder wich den Blicken der anderen aus und versuchte so zu tun, als sei für ihn alles Routine. Von der ausgelassenen Stimmung, mit der sie am Vortag die polnischen Butterbrote miteinander geteilt hatten, war nichts mehr zu merken. Der Schaffner war seit der deutschen Grenze spurlos verschwunden, die Tür des Kabuffs mit dem Samowar hatte er offengelassen. Erst eine Dreiviertelstunde später, als sich der Zug ruckelnd und ächzend der Endstation näherte, kam er hinter einem Türspalt zum Vorschein. Auf dem Bahnhof entriegelte er die Tür und trat das Trittbrett hinunter. Als Witali sich beim Aussteigen von ihm verabschiedete, spuckte er nur auf den Boden.

3

Hoek van Holland war tatsächlich die Endstation. Mit kreischenden Bremsen war der Zug am Rand der Nordsee zum Stehen gekommen. Die grüne Lok war in Berlin durch ein seltsam kurzes, gelbes Fahrzeug niederländischer Bauart ersetzt worden. Von den russischen Waggons waren nur zwei übrig, angekoppelt an einige deutsche Wagen. Der »Rollende Russe«, so wurde der Moskau-Expreß in den Niederlanden genannt. Dreißig Jahre lang bekamen die deutschen und niederländischen Zollbeamten keinen Fuß in die Türen der verriegelten Waggons; was darin transportiert wurde, hat niemand je erfahren. Als die Sowjetunion nicht mehr existierte, blieben auch die Zahlungen für die niederländische Lok aus. Darum durfte der Rollende Russe künftig nur noch bis Warschau fahren. Die Strecke wurde Ende Mai 1993 eingestellt, kurz nach Witalis Reise – er war einer der letzten Passagiere.

Der Bahnhof Hoek van Holland sah eher aus wie eine alte Fabrik, mit seinen braunen Backsteinmauern, den leblosen kleinen Fenstern und den Gleisen, die vor einem Mäuerchen endeten. Die Passagiere hatten dort nichts zu suchen. Sie gingen gleich weiter zum Terminal, wo hinter gläsernen Schiebetüren die Fähre nach England angelegt hatte, gigantisch und glänzend weiß, wie ein gestrandeter Pottwal. Witali lief über den Deich, an einem kleinen Hafen mit Schubbooten entlang. Aus dem Wasser streckten sich Tentakel von Kränen, an Land ragten zwei Leuchttürme auf, an den Deichrand duckten sich kleine Häuser. Die Bewohner hatten Schiffsanker und Rettungsbojen in ihren Gärten aufgestellt, und an der Innenseite der Fenster klebten Fotos von Hunden. Kein Mensch war zu sehen. Nur am Ende, auf der Kreuzung, ein Hüne aus Bronze, ein sozialrealistischer Riese in Regenmantel und Schaftstiefeln, den Blick auf unendlich gestellt. Und ein Wegweiser zum Meer. Harwich.

Witali merkte plötzlich, daß er todmüde war. Er sackte zu Füßen des Fischers zusammen und wurde eine Stunde später von einem Mann geweckt, der wie ein Briefträger aussah, sich jedoch als Polizist entpuppte. Nach einem Zusammenspiel von aufmunterndem Schulterklopfen, einem Funksprechgerät und einer Sprache mit vielen lebhaft klingenden Lauten, die wohl Niederländisch sein mußte, erschien am Nachmittag, wie ein Geschenk des Himmels, ein fluchender Ilja auf dem Bahnsteig von Hoek van Holland.

»Penner!« rief er schon von weitem. Er fuchtelte mit beiden Händen in der Luft herum, wie es alte Leute machen, wenn sich jemand in der Schlange vordrängelt. Witali wußte, daß Ilja sich wie ein altes Waschweib benehmen konnte. Ständig beleidigt, und dann noch diese Krähenstimme.

»Wie hast du das fertiggekriegt, du Penner? Du bist achtzig Kilometer zu weit gefahren!«

»Der Zug fuhr nicht über Amsterdam.«

»Ich faß es nicht. Was zum Teufel tun wir hier? Was ist das für ein Scheißkaff? Komm!«

Im Zug nach Amsterdam redete Ilja ohne Punkt und Komma. Äußerlich hatte er sich kaum verändert. Seine Haare waren länger geworden, die roten Locken fielen ihm bis auf die Schultern. Ständig versuchte er sie mit einer sanften Bewegung glattzustreichen. Er trug seine alte Brille, ein Ding aus Horn, das er eigentlich nie gebraucht hatte. Und dieselben Lackschuhe mit Schnallen wie zu Hause. Trotzdem war er ihm nicht vertraut. Witali sah seinen Cousin an, der einen Schwall russischen Gossenjargons in das niederländische Abteil schleuderte, der auf einem knallgrünen Sitz in einem knallgelben Zug saß und so tat, als würden sie sich kaum kennen. Als hätten sie nicht in Gorki im tanzenden Staub in einem sonnigen Zimmer auf dem Bett gelegen, die Köpfe an den Wandteppich gelehnt, und sich die Beatles vom Kassettenrekorder angehört. Als ob sie sich nicht öfter in die Augen sehen würden, wenn sie jetzt nicht durch diese fremde, haarscharf gezeichnete Landschaft führen.

»Ich sag dir eins über die Niederländer«, dozierte Ilja. »So auf den ersten Blick kommen sie einem wie sehr freundliche Riesen vor. Aber der Schein trügt. Sie haben große Füße, mit denen sie sich aufrecht halten. Nimm dich in acht, denn mit diesen großen Füßen …! Na, du weißt schon, was ich meine.«

Witali hatte keine Ahnung, was er meinte. Er umklammerte den Koffergriff und schielte auf einen Jungen und ein Mädchen auf der Bank schräg vor ihm. Das Mädchen hielt dem Jungen eine Tüte grellbunter Bonbons hin, und der Junge fischte sich, ohne hinzusehen, etwas heraus. Sie kauten und lachten, bis sie Witali bemerkten. Der wandte rasch den Blick ab. Er hatte sich seit fast einer Woche nicht mehr rasiert. Ilja war das auch aufgefallen.

»Bleibt der Bart so? Du siehst aus wie ein Gangster aus dem Kaukasus. Von denen gibt's hier übrigens auch genug. Nur kommen sie aus der Türkei und aus Marokko.«

Der Zug fuhr an einem Platz mit glattgeschorenem Rasen vorbei, auf dem in einem Kreis in regelmäßigen Abständen Laternenpfähle standen und dazwischen Bänke und Abfalleimer. Genau in der Mitte saß ganz allein ein Mann in einem Rollstuhl.

»Kriminelle Typen, diese Türken und Marokkaner, halt dich bloß von denen fern. Ein Freund von mir, Roman, ist von einer türkischen Gang überfallen worden. Sie haben seine ganzen Bilder geklaut. Die Polizei hat sich nicht drum gekümmert.«

»Wo schlafe ich heute nacht?«

Ilja sah ihn kurz begriffsstutzig an. Dann verdrehte er wieder die Augen.

»Bei mir natürlich. Jedenfalls wenn du willst.«

»Wovon lebst du? Ich habe nur hundert Dollar. Studierst du schon an der Kunstakademie? Das hattest du doch vor, oder?«

»Mann, entspann dich. Wie lange gilt dein Visum?«

»Drei Monate.«

»Über dieselbe Agentur, von der ich meins hatte?«

»Ja. Hundertfünfzig Dollar.«

»Mensch, drei Monate legal. Den ganzen Sommer. Das mußt du ausnutzen. Ich nehm dich morgen gleich mit zu Roman, du kannst Bilder für ihn verkaufen. Er will nur Legale.«

Das war abgemacht. Danach redete Ilja übers Wetter, daß der Sommer schön werden würde, über die niederländischen Frauen, die traumhafte Ärsche hätten, über ein Fahrrad, das er für ihn organisieren würde, über Marihuana und die coole Polizei, die es selber rauchte, über Poffertjes mit Zucker, die besser seien als die Pfannkuchen, denn die gerieten den Niederländern viel zu dick. Ilja sprach lauthals weiter, als sie durch die Kakophonie der Amsterdamer Centraal Station stiefelten, er zog ihn durch einen Hafen von klingelnden Straßenbahnen, Radfahrern, Omnibussen und Menschen aller Hautfarben, an einer schwarz verrußten Kirche und einer schreienden Irren in einer Nische vorbei, durch eine Gasse, in der die Häuser aneinanderlehnten wie Zähne in einem Unterkiefer und eine verstaubte Kneipe an die andere grenzte, um die Ecke, wo Leute auf Stühlen neben einem stinkenden Wassergraben saßen und vor Lachen brüllten. Als Witali das Gefühl hatte, dies sei mehr, als er ertragen konnte, schob ihn Ilja durch die schmächtige Tür der Leiche eines Hauses, eines absackenden Gebäudes mit nach hinten geneigtem Vorsteven und verbarrikadiertem Erdgeschoß.

»Komm, wir trinken erst mal Tee. Du hast doch bestimmt von zu Hause was zum Tee mitgebracht? Schokoladenpflaumen? Bärchen im Norden? Die nicht zu verachtende, unübertroffene Kiewer Torte?«

4

Das Haus lag am Ende des Sint Olofssteeg, einer der feuchten Gassen mit windschiefen Häusern am Rand des Rotlichtviertels. Sie kreuzte den Oudezijdsachterburgwal in einem Bogen dort, wo das dunkelgrüne Wasser aus der Kolksluis an die Ufermauer schwappte. Auf einem Reliefstein an der Fassade stand, daß diese Gegend früher »Fischerviertel« geheißen hatte. Andere Verzierungen zeugten davon, daß hier Bierkrüge auf Köpfen zerschellten wie Schiffe an Wogen.

Bevor das Viertel saniert worden war, hatten niederländische und spanische Kommunisten das Haus besetzt. Sie boten Osteuropäern eine Bleibe, die nichts von diesem linken Engagement kapierten, sich jedoch im Tausch gegen ein Bett feixend auf das Spiel einließen. Das wurde, zum Mißfallen der ursprünglichen Bewohner, immer lästiger, je mehr Typen aus dem Ostblock auf der Matte standen. Mit der Loyalität junger Auswanderer untereinander luden sie sich gegenseitig ein. Gegen soviel Solidarität kamen die Kommunisten nicht an. Das Ende ließ nicht lange auf sich warten. Die Niederländer packten ihre Siebensachen zusammen, als die Stirn von Lenin auf einem DDR-Poster durch einen Weinfleck verunstaltet war, für die Spanier war das Maß voll, als der Gips-Marx von seinem Sockel gestürzt worden war (Ilja erklärte, er sei »von allein kaputtgegangen«, als Stas, ein Ukrainer, einen Nagel damit in die Wand hatte schlagen wollen). Nur die Spanierin Maria ließ sich nicht vertreiben, und das wiederum nötigte den Russen Bewunderung ab. Ilja hatte sich deshalb erst mit ihr beraten, bevor er die Sowjetflagge von der Fassade abnahm. Kurz zuvor hatte die Polizei die illegale Kneipe im Parterre geschlossen. Eigentlich hätten Hammer und Sichel sehr gut zu dem verbarrikadierten Erdgeschoß gepaßt: Umständehalber aufgelöst. Ilja benötigte das Tuch jedoch für ein Kunstwerk.

Damals gab es noch nicht viele Russen in Amsterdam. Sie konnten laut fluchen und über die Leute in der Straßenbahn herziehen. Allenfalls kamen Niederländer von der interessierten, freundlich lächelnden Sorte auf sie zu, die sich erkundigten, welche Sprache das sei, und Ilja antwortete dann immer: »Suaheli.« Zu dem Zeitpunkt, als Witali durch die schmale Eingangstür geschoben wurde, wohnten im Haus drei Russen, ein Ukrainer, die Spanierin und ein Pole. Der Pole zählte nicht. Er war fast sechzig und ließ sich den ganzen Tag nicht blicken, denn er ging arbeiten. Er hatte einen großen Schnauzbart und entsprach auch sonst in jeder Hinsicht dem Bild von einem Polen. Die Russen nannten ihn Lech Wałęsa. Er ließ sich Kartons voller Krakauer Würste aus Deutschland kommen, die ein niederländischer Postbote an der Tür ablieferte. Damit verschanzte er sich dann in seinem Zimmer. Stas, der Ukrainer, wußte, wie man das Schloß des Zimmers knacken konnte. Und so wurden die Würste, wenn Wałęsa arbeiten war, doch noch kollektiviert.

Als Witali dem Ukrainer vorgestellt wurde, reichte der ihm eine Hand voller Holzsplitter. Stas baute auf dem Dachboden mit viel Elan einen Lehnstuhl zusammen. Das war seine Arbeit. Mit einem Lastenfahrrad holte er die Wracks bei einem Tischler hinterm Albert Cuypmarkt ab, und wenn er sie repariert wieder ablieferte, wurde er gut dafür bezahlt.

»Ist das dein Bruder?« brüllte er Ilja an. »Er sieht ein ganzes Stück besser aus als du. Wiktor Zoi wie aus dem Gesicht geschnitten!«

Witali wurde öfter mit dem Popsänger verglichen, der im übrigen Halbkoreaner war. Doch wenn er zugab, daß er nicht Gitarre spielen konnte, geschweige denn so gut singen (er versuchte es nicht mal, denn es klang grausig, wenn Leute diese getragene, desolate Stimme zu imitieren versuchten), waren alle enttäuscht. Auch er konnte ihr Idol, das bei einem tragischen Unfall ums Leben gekommen war, nicht wieder lebendig machen.

»Hast du zufällig ein Päckchen Zigaretten in der Tasche?« fragte Stas mit einer Anspielung auf ein Lied von Zoi und seiner Band Kino. »Ich will eine rauchen.«

Als Stas sich reckte, sah Witali, was für ein Hüne er war. Auf seinen Wangen wuchs ein flachsartiger Bart. Vor einem Jahrtausend mußte es einen Waräger mit sehr durchsetzungsfähigem Blut in die Ukraine verschlagen haben. Wenn er aufrecht stand, berührte sein Kopf die Balken. Auf dem Dachboden stank es nach nassem Hund. Überall lagen Hobelspäne, Nägel, zerknülltes Zeitungspapier und Jutelappen, nur eine Ecke war sauber gefegt, für die Sachen eines Mädchens. Ein paar Schnürstiefeletten mit offenen Schuhbändern, ein Parfumflakon, eine Haarbürste, Kajalstifte in einem Glas, eine Puderdose, ein Spiegel in einem dunklen Rahmen mit einer Ansteckblume darauf. Vor dem hochgeschobenen Fenster wiegte sich eine weiße Bluse auf einem Kleiderbügel sanft im Wind. Darunter, auf der Fensterbank: sechs graubraune Totenschädel. Nach hinten gekippt, grinsten sie zur Decke. Einige hatten noch Zähne.

»Alte Holländer«, sagte Stas und streichelte über die Schädeldecken. »Lena hat sie in der Baugrube nebenan gefunden. Wie ein Hund buddelt sie nach Knochen. Was für ein Glück für die Burschen, Jahrhunderte unter der Erde und jetzt wieder an der Sonne.«

Als sie die Treppe hinunterkraxelten, flüsterte Ilja Witali zu, er solle nicht erschrecken, wenn er Lena nachts kreischen höre. Das komme hin und wieder vor. Sie rede stundenlang mit ihrem Lieblingsschädel, den sie für den von Till Eulenspiegel halte. Mitunter raste sie dabei aus. Stas versuche sie immer zu beruhigen, doch dann beschimpfe sie ihn bis in den frühen Morgen.

Ein halbes Stockwerk tiefer, hinter einer Klappluke im Treppenhaus, wohnte Tjoma aus Syktywkar. Artjemi für Außenstehende, wie er beschlossen hatte. Das kumpelhafte »Tjoma« war Freunden vorbehalten, die er allerdings nicht hatte. Witali traf ihn im Schneidersitz auf einer Matratze unter einem *Yellow-Submarine*-Poster an. Er kannte solche Typen und wußte im voraus, daß Tjoma eine ausgestreckte Hand mit einem Kopfnicken beantworten würde und daß er die kluge Musik von Akwarium mochte und nicht die von Wiktor Zoi. Außerdem war er sich sicher, daß Tjoma in nur fünf Minuten mindestens zweimal das Wort »Selbstverwirklichung« in den Mund nehmen würde und ebensooft das Wort »Weltanschauung«, daß er Vegetarier war, nicht wegen der Tiere, sondern weil der *organism* gereinigt werden müsse, daß ihm die Mädchen an den Lippen hingen, seine schönen Haare zu einem Pferdeschwanz binden wollten und ihr letztes Hemd für ihn gaben, weil er nun mal in einer völlig anderen *ismerenie* (Dimension) schwebte. Als Tjoma anfing, aus den Büchern des New-Age-Gurus Carlos Castaneda zu zitieren, stellte Witali zufrieden fest, daß er ihn richtig eingeschätzt hatte. Tjoma hatte auf einem Markt ein paar zugeschneite Bändchen des kalifornischen Schamanen ergattert, dessen Werk, nachdem man ihn im Westen als Pseudo-Anthropologen entlarvt hatte, ein neues Leben in Rußland vergönnt war. Zwei lange Winter hatte Tjoma rückhaltlos sein Bewußtsein erweitert. Castanedas *Kunst des Träumens* hatte den finsteren Verbannungsort Syktywkar erleuchtet, doch die Anorganischen Wesen kamen Tjoma noch viel mehr gelegen, nachdem er in die Niederlande gegangen war. Wenn er nicht begreifen konnte, was sich vor den Fenstern seines dämmrigen Amsterdamer Zwischengeschosses so alles abspielte, war da immer noch die klare Welt Castanedas.

»Gut, Tjomotschka«, sagte Ilja, »wir wollen nicht länger stören, du hast bestimmt noch jede Menge zu tun.«

Tjoma ignorierte die überhebliche Verkleinerungsform seines Namens und blinzelte mit den Augen, die zu klein waren für sein asymmetrisches Gesicht. Ilja verbeugte sich, zog die Luke hinter sich zu und klemmte einen herumstehenden Regenschirm zwischen den Ring der Luke und den Türpfosten.

»So, den lassen wir erst mal in seiner *ismerenie*. Das war Tjoma, eine der lebensentscheidenden Erfahrungen, die Amsterdam zu bieten hat.«

Nach einer traumlosen Nacht erwachte Witali auf einer Matratze im Flur. Die Frühlingssonne schien durch die staubige rote Wolldecke. Als er die Decke wegschob, sah er die morschen Rahmen des hölzernen Schiebefensters, die Staffelei, an der seine Jacke hing, den Spülstein mit einer dampfenden Kaffeemaschine auf dem Rand und Ilja, der, über den geöffneten Koffer gebeugt, an seinen Pantoffeln roch. Er drehte und wendete sie, hielt sie sich dicht vor die zusammengekniffenen Augen und beschnüffelte sie dann von innen. Als er merkte, daß Witali wach war, tat er so, als sei es das Normalste von der Welt.

»Kann ich dir die abkaufen?« Er hielt die Pantoffeln hoch. Vor dem Koffer lagen aufgereiht Turnschuhe, das Revolverblatt *Speed Inform*, die Plastik-Ikone, die Gurken und eine Unterhose.

»Was wühlst du in meinem Koffer rum?«

»Er war offen. Da hab ich die Pantoffeln gesehen. Und das hier.«

Ilja nahm die Schachtel vom Tisch, die seine Mutter Witali für ihn mitgegeben hatte.

»Du hast doch bestimmt schon reingeschaut. Egal. Wenigstens hast du den Brief nicht aufgemacht, aber ich lese ihn dir nachher beim Kaffee vor. Sehr lustig.«

Witali blickte auf die Sachen vor dem Koffer. Hatte er sie selbst so sorgfältig angeordnet? Er konnte sich nicht daran erinnern. Auf dem Tisch standen zwei leere Flaschen: eine kleine Wodkaflasche und eine Literflasche Rotwein. Sie hatten sie am Abend rasend schnell geleert. Witali hatte wie ein erschrockenes Tier dagesessen und getrunken, Ilja hatte gewußt, warum, und nachgeschenkt. Sie hatten so gut wie nichts gegessen. Nun stand ein leeres Gurkenglas neben seinen Turnschuhen, und er dachte daran, wie er sich im Zug gefragt hatte, ob sie gut genug wären für Amsterdam.

»Einigermaßen ausgeschlafen? Du hast dich jedenfalls seit gestern abend um elf nicht mehr gerührt.«

Ilja schenkte den Kaffee in Becher ein. Er trug einen blauen Samtmorgenrock, der über der Brust offenstand. Wenn er sich einen Hängeschnauzer wachsen ließe, sähe er aus wie einem ukrainischen Märchenbuch entsprungen.

»Die Pantoffeln, verkaufst du mir die? Oder wir tauschen. Warte. Ich hab was, was dir bestimmt gefällt.«

Er ging zum Wandschrank und kramte in der untersten

Schublade. Dann hielt er ein rotes T-Shirt hoch. Ein weißer Hund war darauf, darunter stand in fluoreszierenden Buchstaben: ADAMSKI. Es war fast neu.

»Einverstanden?«

»Was willst du mit den Pantoffeln?«

»Die sind prima. Sohlen aus Pappe. Drumherum Filz. So werden sie nur in Rußland gemacht. Ich will sie für meine Arbeit nehmen, wie das Pioniertuch. Ich zeig's dir dann später. Falls du dich waschen willst, hier ist ein Handtuch.«

Während Witali das kalte Wasser aus dem Hahn gegen seinen Oberkörper klatschte, las Ilja aus dem Brief seiner Mutter vor. Er sprach mit hoher, weinerlicher Stimme und unterbrach die Sätze mit tiefen Seufzern.

Lieber Ilja,
diesen Brief gebe ich Witali mit. Außerdem eine Schachtel mit dem Pionierhalstuch und den Tabletten, um die Du mich gebeten hast. Gibt es im Westen kein Analgin? Wenn Du möchtest, schicke ich Dir mehr mit der Post.

Hier ist alles in Ordnung, uns geht es gut. Im Garten haben wir die letzten Kartoffeln gesetzt. Hoffentlich graben die Landstreicher sie nicht wieder aus. Ich habe meinen Pelzmantel schon weggehängt, aber wir kriegen keinen schönen Frühling. Ich sehe es an den Birken. Die Rinde ist feucht. Wir leiden alle sehr unter dem Luftdruck. Tante Walja ist krank, aber das hat Dir Witali sicher schon erzählt. Für die Nieren hat ihr der Arzt vibroakustische Therapie verschrieben. Gegen Arthritis hilft es auch. Wirst Du Witali helfen? Tante Nina macht sich Sorgen um ihn. Wenn er sein Glück nicht in Holland findet, muß er eben wieder zurückkommen. Ira wartet bestimmt auf ihn. Sie hat im Restaurant des Hotel Zentral Arbeit gefunden! Hast Du schon ein Mädchen kennengelernt? Hast du schon die Aufnahmeprüfung für die Kunstakademie gemacht? Du brauchst ein Diplom. Du bist schon dreißig. Ilja. So kann man nicht leben. Wie ist das Wetter bei Euch?

Küsse von deiner Mutter und Papa Kolja

»Sie schreibt immer den gleichen Brief«, sagte Ilja. »Was hat man von einem Brief, der zur Hälfte aus Fragen besteht? In den ersten hatte sie wenigstens noch fünf Dollar gesteckt.«

Er griff in den Umschlag.

»Kein Cent. Wer ist eigentlich diese Ira?«

Witali betrachtete sein schlaftrunkenes Spiegelbild. Mit diesem Satz hatte Ilja seinen Quälgeist heraufbeschworen, nun tauchte er also auch hier in Amsterdam auf wie eine Vogelscheuche auf einem abgelegenen russischen Acker. Er hatte ein einziges Mal mit ihr geschlafen, aus Neugier. Sie war so vorbildlich, unsexy, unmodern. Er war gespannt gewesen, ob sich das Räderwerk dieser Komsomol-Aufziehpuppe festlaufen oder eher überdrehen würde, doch es geschah überhaupt nichts. Sie schaute ihn nur weiter mit diesem edelmütigen Blick an. Bumsen und nichts wie weg. Er brauchte nicht abzuwarten, wie sie aussah, wenn sie schlief, ob sich ihr Gesicht vielleicht entspannte. Sie war der Liebling aller Mütter im Viertel. Das Gerücht von seinem Experiment hatte sich auf den Innenhöfen in Windeseile verbreitet und Kopfschütteln ausgelöst. Nun wartete sie also auf ihn. Ilja hatte es sich fast gedacht.

»Gottverdammt! Die können mich alle mal.«

Er schob den Brief in den Umschlag zurück.

»Wir helfen uns gegenseitig. Morgen verdienen wir Geld,

aber heute zeige ich dir die Stadt. Du wirst sehen, sie ist grandios.«

Sie zogen sich an. Ilja einen schwarzen Samtanzug mit Ellbogenflicken, Witali eine Jeans und das Adamski-Shirt. Ilja stopfte sich Streichhölzer, Tabak, einen Notizblock, Bleistifte, einen Kamm, Kaugummi und Kleingeld in die Innentaschen. Witali steckte eine Fünfzig-Dollar-Note ein. Die Hälfte seines Vermögens.

Auf der halsbrecherisch steilen Treppe nach unten kam ihnen Lena entgegen. Witali war sofort hellwach. Lena erinnerte an ein Fohlen, mit ihren langen Haaren in einem Rostton, wie ihn nur Tierfelle haben, und den großen, dunklen, furchtsamen Augen. Sie trug ein lila Kleid mit einem Spitzensaum, den sie bei jeder Stufe hochhob. Im Vorbeigehen stellte sie sich vor, winkte mit ihrer kleinen, unwahrscheinlich hellen und schmalen Hand. Damit faßt sie also die Totenschädel an, dachte Witali, mit dieser sanften Hand streichelt sie nachts so eine morsche holländische Rübe.

»Ihr seht euch überhaupt nicht ähnlich«, sagte sie. Sie roch teuer und exotisch. Als Witali ihr hinterhersah, gab Ilja ihm einen Klaps auf den Hinterkopf.

»Der Schein trügt«, sagte er. »Sie ist hübsch, aber ein Luder.«

Vom Treppenabsatz über ihnen beugte Lena sich zu ihnen runter. »Ich hab's gehört, Ilja. Du Hundesohn. Du kleines Scheusal.«

Ilja zog die Tür mit Hilfe des zerfaserten Seils auf, das an der Wand hing, und ein zerbrechliches Licht fiel zögernd in den Flur. Amsterdam erschien Witali viel freundlicher als am Tag davor. Sie verließen das Fischerviertel auf demselben Weg, den sie gekommen waren, über den Zeedijk, und umgingen so das Rotlichtviertel, das Ilja sich für den Abend aufheben wollte. Er verabreichte Witali die Stadt häppchenweise. Er war froh, daß ein leichter Wind wehte und daß sie nicht von den Junkies angequatscht wurden, die mit winselnder Stimme um einen Gulden bettelten. Auf dem Damrak stand eine Drehorgel. Witali konnte seine Verwunderung nicht verbergen. In der Menschenmenge gab es Leute, wie er sie bisher nur in Videoclips gesehen hatte. Zwischen Schwarzen, Chinesen, Arabern, Kerlen mit seltsamem Kopfputz und tätowierten Frauen standen plötzlich zwei zahnlose Männer in Pluderhosen und schüttelten rhythmisch ihre kupfernen Sammelbüchsen. Ilja erklärte ihm, diese Holländer kämen aus den Dörfern und alle anderen Leute, einschließlich der Schwarzen, aus der Stadt. Und dann die niederländischen Mädchen. Sie sahen Witali direkt ins Gesicht, nicht herablassend, mit streng hochgezogenen Augenbrauen, sondern mit offenem Blick wie eine Schwester. Doch Ilja erklärte, daß der Schein trüge (das sagte er ständig: »Der Schein trügt!«, oder: »Laß dir nichts vormachen!«); sie seien oberflächlich und falsch.

Die Dollar wechselte Ilja gegen Gulden, mit dem Kleingeld kaufte er an einem Stand auf dem Muntplein zwei Heringe. Die mußten im Stehen runtergeschlungen werden, das war offenbar so üblich. Ilja spießte ein paar Stückchen gleichzeitig auf, steckte sie sich in den Mund und schmatzte nickend wie ein Kropfvogel. In Rußland aß man nie auf der Straße, man trank höchstens im Park Bier. Hier aber hatte Witali Leute gesehen, die, angeregt schwatzend, an jedem Arm eine Einkaufstasche, eine ganze Pizza aus einer Schachtel in ihrem Magen verschwinden ließen, ohne auch nur einen Blick darauf zu werfen.

»Witja, da liegt die Zukunft«, sagte Ilja, als er den Fisch runtergeschluckt hatte. Er packte Witalis Kopf und drehte ihn so, daß Witali einer Straßenbahn hinterhersah. »Da liegt der Rembrandtplein. Da kann man sich eine goldene Nase verdienen. Morgen zeig ich's dir.«

Doch der Rembrandtplein mußte noch warten. Jeden Vormittag schliefen die Cousins aus, nachmittags schlenderten sie durch die Stadt und folgten dabei einer von Ilja geplanten Route. Witali ließ ihn gewähren. Ilja hatte beschlossen, seinen Cousin jeden Tag um eine »Amsterdamer Erfahrung« reicher zu machen, so daß Witali seit dem dritten Tag in einer viel zu knappen Kalbslederjacke vom Flohmarkt am Waterlooplein herumlief und am vierten Tag ein klappriges Fahrrad schob, das ihm ein zittriger Typ am Oudemanhuispoort für einen Zehner verhökert hatte. Einen jämmerlich mißlungenen Nachmittag im Coffeeshop Siberië stand er mit dem Kopf zwischen den Knien durch, und fast hätte Ilja ihn soweit gebracht, zu einer verlebten Nutte gegenüber der Oude Kerk zu gehen. In dieser Woche ließ Witali sich von seinem »Bruder zweiten Grades«, wie Russen einen Cousin nennen, an die Hand nehmen. Er folgte ihm durch die Straßen und dachte an einen Sommerabend vor drei Jahren, als er widerwillig Mitleid mit ihm bekommen hatte. Daran war Olga Samarina schuld gewesen. Ilja schien sich nichts aus Frauen zu machen. Er wußte, wie er sie abschrecken konnte, und machte sich einen Spaß daraus. Nur für Olga empfand er große Bewunderung. Witali hatte bald gemerkt, daß Ilja noch nie ein Wort mit ihr gewechselt hatte. Offenbar war er auch nicht wild darauf, doch Witali überredete ihn, zu einem Tanzabend im Kulturhaus mitzukommen. Er mußte ihn mehr oder weniger antreiben, wie ein Schaf. Im Kulturhaus hatte er sich erst kurz vor Schluß getraut, Olga anzusprechen, mit einem einstudierten scharfsinnigen Monolog.

Mehr als ein Stirnrunzeln hatte sie nicht für ihn übrig. Witali hatte sie deshalb zutiefst gehaßt, er wollte nicht, daß sein Cousin litt.

In dieser Stadt war Ilja ganz anders. Er sprach in fließendem Englisch mit Mädchen, die seine sonderbaren Witze mit schallendem Lachen beantworteten. Wie die Frau in der Galerie. Sie waren in eine Vernissage reingeschneit und tranken gratis Sekt. Als Witali gerade dachte, die Blondine mit den knallrot geschminkten Lippen hätte inzwischen spitzgekriegt, daß sie Schnorrer waren, flüsterte ihr Ilja etwas ins Ohr, und sie lachte, so daß man ihre blendend weißen Zähne sah.

Eine Woche nach seiner Ankunft war Witali pleite. Von den letzten paar Gulden hatte er sich Pommes frites mit Kroketten gekauft. Danach ließ Ilja ihn allein zu Hause. »Ich habe etwas Wichtiges zu erledigen«, sagte er und setzte sich seine sinnlose Brille auf, als sei sie Teil einer Rüstung, mit der er in den Kampf zog. »Wenn ich du wäre, würde ich duschen, solange der Boiler noch voll ist. Und sonst mach, was du willst. Musik hören, was weiß ich. Geh nicht allein auf die Straße. Ich bin in ein paar Stunden wieder da.«

Als er die Tür hinter sich zuschlug, fiel der daran festgepinnte Stadtplan von Amsterdam runter. Witali faltete ihn zusammen und angelte eine Reißzwecke aus einem großen blauen Stiefel, der wie ein Clownsschuh aussah. Daneben standen Iljas Platten. Manche hatten keine Hülle, doch das Vinyl selbst war bedruckt. Kleine Labels. Hör Musik, geh nicht allein auf die Straße. Witali kannte diese Musik nicht. Ebensowenig wie den Popmusiker Adamski, dessen T-Shirt er trug. Nichts in diesem Zimmer gehörte ihm. Seinen Koffer hatte Ilja am ersten Abend aufgerissen und durchwühlt. Er war um hundert Dollar ärmer, seine Pantoffeln war er los.

Statt dessen besaß er nun ein T-Shirt, eine Lederjacke und ein Fahrrad – alles von Ilja ausgesucht. Außerdem hatte Ilja ihn gewarnt, daß Radfahren in Amsterdam ein Kapitel für sich sei. Ilja würde es seinem Brüderchen schon noch beibringen. Alles in diesem Zimmer war Iljas Werk. Er hatte eine Ordnung geschaffen, wie Frauen das tun. Da war eine blühende Kamelie. Ein Stück Lavendelseife hing an einer Schnur beim Spülstein, auf dem Boden lag ein Teppich aus weißer Wolle. Vor den Fenstern zur Straße hatte er indische Tücher festgetackert und sogar an eine Kordel gedacht, mit der sie hochgezogen werden konnten. Draußen nieselte es. Die Korbstühle im Straßencafé waren leer und naß. Das Regenwasser tat dem Graben auf der anderen Seite – eine *Gracht*, das erste niederländische Wort, das er gelernt hatte – sicher gut. Er schob das Fenster ein Stück auf. Jemand brannte Räucherstäbchen ab.

Und plötzlich passierte mit Witali etwas völlig Unerklärliches. Er starrte auf das Wasser und war sich sicher, daß er träumte. Für einen Augenblick schien es, als beginne alles zu verdunsten. Die zähe Wasseroberfläche der Gracht, das Straßencafé an ihrem Ufer, die Fensterbank unter seinen Händen – alles verschwand in einem dunkelroten Nebel. Mein Gott, dachte er, das kann einfach nicht wahr sein! Diese Stadt ist nur was für Exzentriker! Wenn das die Art und Weise ist, in der hier kommuniziert wird, mit witzigen Sprüchen in fließendem Englisch, schallendem Lachen, Clownsklamotten, ausgebuddelten Totenschädeln, schaffe ich es nie. Er hatte kein Geld mehr für eine Rückfahrkarte. Vielleicht wurde er ja eines der winselnden Gerippe vom Zeedijk. Ein gestrandeter Reisender. Er betastete seine Augenlider. Sie zitterten. Er sank zu Boden und blickte sich im Zimmer um. Er mußte sich zusammenreißen, er hatte einfach zu wenig gegessen und zu viel getrunken. Ein Nervenzusammenbruch, weiter nichts.

Als Ilja zurückkam, war es bereits dunkel. Sein Atem roch nach Bier. Er sah müde aus, aber nichts deutete darauf hin, daß er sich solche Sorgen gemacht hatte wie Witali, der vergessen hatte, das Licht anzuknipsen, und im Stockfinstern eine ganze Schachtel aufgeraucht hatte. Ilja beachtete ihn nicht weiter. Aus einer Plastiktüte zog er ein halbes Weißbrot und ein Stück Käse.

»Morgen gehen wir zu Roman«, sagte er. »Er weiß Bescheid.«

5

Roman Popow kam von einem anstrengenden Telefongespräch mit seiner Frau zurück und sah, daß die Toilette übergelaufen war. Das Wasser sickerte unter der Tür durch auf die Bodenfliesen im Flur. Die Dinge in diesem Haus waren ungehorsam, wie in allen Häusern, die seit langem nicht mehr bewohnt sind. In diesem Schlößchen der Amsterdamer Schule, das zwischen den leeren Speicherhäusern am IJ übriggeblieben war, hatten die Dinge das Ruder übernommen. Roman stapfte fluchend durch die Lachen zum Absperrhahn. Er merkte nicht, daß seine Hosenbeine durchs Wasser schleiften, weil sie es nur hinten taten – nichts füllte hier die Hose aus, während sie vorn hochgehalten wurde. Die elastisch gespannte Wölbung seines Bauches verriet, daß dieser stets fürstlich gefüllt wurde und daß Roman nicht immer so lebensüberdrüssig gewesen war, wie er sich nun gab. Vor zwei Jahren, mit vierzig, hatte er beschlossen, daß er sich im Herbst des Lebens befand. Er war in die Niederlande gegangen, um dort seinen Lebensabend zu verbringen, und hatte sich ein paar riesige Cordsamthosen und sogar eine Knickerbocker mit Hosenträgern angeschafft. Und er hatte aufgehört, sich zu kämmen. Wenn seine Haare nicht gewaschen waren, so wie heute, fielen sie wie Farnwedel über die Halbglatze. Haare, Hose, tieftrauriges Gesicht: Alles an Roman hing, nur nicht sein Bauch.

Er drehte das Wasser ab und glaubte noch immer, der Odessit sei schuld. Der hatte vielleicht Abfall ins Klo geworfen. Er trottete die Treppe hinauf, preßte das Ohr an die Tür: »Gogi?« Stille. Also gab es nur eine Erklärung: Die Toilette war von allein übergelaufen. Der Odessit hatte nichts damit zu tun. Roman hatte ihn seit über einer Woche nicht mehr zu Gesicht bekommen. Das letzte Mal hatte er ihn laut singend aufs Rad steigen und am Wasser entlang wegfahren sehen, das Akkordeon wie einen Buckel auf dem Rücken. Roman krempelte die nassen Hosenbeine hoch und schlurfte an den verlassenen Räumen entlang. Er blieb vor einem Saal mit großen Fenstern und Flügeltüren zu einem Balkon stehen. Er hüstelte. Der Raum hüstelte hastig zurück. Wenn Gogi hier Akkordeon spielte, hallte es durchs ganze Haus wie eine Kirchenorgel und übertönte sogar die Züge, die vor der Centraal Station abbremsten. Früher, als die Amsterdamer Reedereien osteuropäische Auswanderer nach Südamerika transportierten, fanden in diesem Gebäude der Schiffahrtsgesellschaft Koninklijke Hollandsche Lloyd auch die Gesundheitschecks statt. Ärzte mit Stethoskopen klopften hier in diesem Saal auf geduldige Emigrantenrücken, frisch entlauste Nacken, erklärten Anwärter für tauglich oder untauglich. Roman fragte sich, was mit den ausgemusterten Exemplaren geschehen war. Wurden die von der Oostelijke Handelskade ins Wasser gestoßen? Gogi wäre selbstverständlich zugelassen worden. Er selbst aber war kurzatmig, kämpfte mit dem Übergewicht und hatte eine Veranlagung zur Thrombose. Er nahm ein Notenblatt von der Fensterbank. Flüchtig hingekritzelte Akkorde aus der Mappe des Odessiten: »… nach Berlin!«, ein Lied über die nach Westen vorrückende Rote Armee. Er las den Text, und sofort war da der flotte Rhythmus hinter der Stimme des alten Utjosow, der sicher schon damals, in der Nachkriegszeit, gedacht haben mußte, was für einen Blödsinn er da sang – ein so fröhliches, beschwingtes

Lied über Soldaten, die nicht genug davon kriegen können, westwärts zu marschieren, stadtein, stadtaus:

Also müssen wir dahin, also müssen wir dahin,
Die Brester Straße führt uns nach Westen!

Für wen zum Teufel wollte Gogi das in Amsterdam spielen? Vor einem Monat hatte den Odessiten das Heimweh gepackt, und Roman hatte ihm vergeblich klarzumachen versucht, daß er in die Falle getappt war. Jemand will nicht dorthin zurück, von wo er gekommen ist, weil er meint, nicht ohne sein Vaterland leben zu können, nein, es ist umgekehrt: Das Vaterland kommt nicht ohne ihn aus! »Wer sagt, daß es deine freie Entscheidung ist, dich in dein Land zurückzusehnen?« hatte Roman doziert und war dabei laut geworden. »Warum zum Teufel fliegen denn Zugvögel wieder zurück? Irgend etwas *holt* sie zurück. Die Leute nennen es Heimweh, aber wer hat sich dein Heimweh ausgedacht?«

Dann hatte er eine kleine Kunstpause gemacht, und Gogi hatte ihn nur zähneknirschend angestarrt. Davon unbeeindruckt, hatte Roman seine Sicht der Dinge dargelegt.

»Das Land, das sich nicht ändern will!«

Er hatte eines erkannt: Jeder Raum strebt zu seiner ursprünglichen Bestimmung zurück. Wenn irgend möglich, mit dem ursprünglichen Inhalt. Jeder Mensch wird in den alten Trott gezwungen, es ist ein Komplott! Und nicht nur das Vaterland übt Zwang aus. Es geschieht überall. Nimm die Sauna im ehemaligen Moskauer Schlachthof. Am Schluß gingen die Besucher jedesmal aufeinander los. Erst mit den Zweigbüscheln, danach mit der Faust. Und dann dieses Haus. Schau dich doch nur um! Es war für osteuropäische Auswanderer bestimmt. Gogi und er waren aus dem größten Land der Welt in das größte Brachland von Amsterdam gezogen, in diese zerwühlte Sandfläche, eine Wüste mit Klatschmohn, rostbraunen Speicherhäusern und einem Gewirr von Schienensträngen. Und sie waren noch nicht einmal am Ziel angekommen. Dahinter lag das Wasser, das ins Meer mündete, und vielleicht mußten sie ja eines Tages weiterziehen. Nach Südamerika. Dort würde dann wieder ein anderer Raum ungeduldig auf sie warten, ein nervöses, heruntergekommenes Haus würde sie anlocken, mit der Beharrlichkeit einer läufigen Hündin.

Er blickte aus dem Fenster zum Wasser. Der Pfad, über den Gogi weggeradelt war, blieb leer. Der Odessit hatte Roman im Haus allein zurückgelassen, im Kampf mit den Dingen. Sie waren überall und führten ein Eigenleben, auf das Roman gern verzichtet hätte. Die Züge krochen mit metallischem Quietschen dahin, die sanitären Anlagen tropften, blubberten oder streikten, andere Dinge schalteten sich ohne Zutun ein, meinten, so für Spannung zu sorgen. Würde es heute abend Licht geben?

»Nein«, sagte Roman zur Neonlampe. »Das wird bestimmt wieder ein Abend mit Kerze.« Er drückte auf den Schalter. Nichts geschah. »Was habe ich gesagt? Ach, ihr seid so berechenbar.«

In seinem Zimmer gab es auch keinen Strom.

»Wenn ich wenigstens eine Musikdose hätte, eine Spieluhr«, sagte Roman zu dem leblosen Kassettenrekorder. »Oder eine Amsel in einem Baum.«

Aus einer Tasche unter seinem Schreibtisch nahm er einen großen Stapel Stadtansichten, Fotokopien von Federzeichnungen, die er im Winter gemacht hatte. Montelbaanstoren, Oude Waal, Westerkerk, Magere Brug, der Groenburgwal mit der Zuiderkerk. Von jeder Stadtansicht zehn Stück, mit ein wenig Glück würde er sie binnen einer Woche loswerden. Er hatte sie aus einem Bildband des Tourismusverbandes abgezeichnet. Die Kunst bestand darin, sie mit grellen Wasserfarben zu kolorieren. Mit Aquarellmalerei hatte das nichts zu tun, es durfte kein Fitzelchen Weiß auf dem Papier übrigbleiben, die Grachten mußten adriablau sein, die Häuser knallgelb oder pink, sonst kauften die Touristen sie nicht. Auf die Brücken gehörte immer ein Fahrrad mit großen Rädern und bleischweren Speichen. Roman tauchte einen breiten Pinsel in eine türkisfarbene Flüssigkeit, streifte das überschüssige Wasser am Rand des Glases ab und versah mit einem Zickzackstrich fünf Westerkerk-Ansichten mit einem heiteren Himmel. Dann nahm er einen feinen Pinsel, wälzte ihn in gelber Farbe und begann mit den Kaiserkronen auf den fünf Kirchtürmen. Ohne Musik war er dem Gezeter seiner Frau in seinem Kopf ausgeliefert. Ihre Tirade am Telefon wiederholte sich gnadenlos. »Roman Walerjewitsch!« Oder nur sein Nachname: »Popow!« Und dann: »Hast du nicht das Gefühl, daß ...«, und: »Weißt du, wie die Leute das nennen?« Die halbe Verwandtschaft und der Freundeskreis wurden zitiert, alle hielten es für einen Skandal, wie Roman im Ausland den Bourgeois spielte. Und sie meinten auch, er könne viel mehr Geld entbehren als das, was er schickte. Sein Sohn sei zwar schon verheiratet, aber es sei trotzdem herzlos, wie sein Vater ihn vergesse. Das Leben in Moskau sei schwer und teuer geworden, die Menschen stürben auf den Straßen! »Die Kirchen liegen voll mit Toten!« Und auf dem Papier seien sie immer noch nicht geschieden, und nach ihrem atemlosen *oj, oj, oj* und *bosche, bosche moi* (Gott, mein Gott) schloß sie wie immer mit einer geflüsterten Drohung: »Wir hatten es doch gar nicht so schlecht miteinander, Roman. Laß mich zu dir kommen. Ich komm zu dir, ich kümmere mich um dich.«

Wenn sie das sagte, war Roman meist stumm vor Entsetzen. Jetzt brüllte er los: »Dann klopf doch wieder bei Sergej an und kümmer dich um den! Verpiß dich, du mannstolle Giftkröte!«

Er hörte auf zu malen, weil er spürte, daß sein einsamer Ausbruch beobachtet wurde. Auf der Sandfläche vor dem Fenster standen zwei junge Männer. In dem langen Lulatsch mit den im Sonnenlicht aufblitzenden Brillengläsern erkannte er Ilja, der ihm gestern auf dem Rembrandtplein eine halbe Stunde lang seinen Finger in die Brust gepiekt und ihn um Arbeit bekniet hatte. Für seinen Cousin. Roman dachte sich bereits, daß das der Typ neben Ilja sein mußte, mit dem verwuschelten schwarzen Haar. »Ziemlich verschlossen, aber hundert Prozent vertrauenswürdig«, hatte Ilja gesagt; nur traute er Ilja selbst nicht über den Weg. Roman legte den Pinsel hin, machte ihnen durchs Fenster ein Zeichen, daß sie ums Haus herumlaufen sollten, und ging zur Tür. Alles war besser, als seine Bilder selber zu verkaufen. Die Touristen konnten noch so begeistert sein, er fühlte sich dabei unwohl. Er war kein Künstler, seine Stadtansichten waren keine Kunst. Das schlimmste war, auf den Platz zu fahren, die Fahrradtaschen voll mit Passepartouts und Bier, und eine Weile der einzige zu sein. Solange er sein kleines Theater nicht aufgebaut, seine Staffelei (nur zur Zierde) aufgestellt, seinen Murks auf den Pflastersteinen ausgebreitet und das Grinsen auf sein Gesicht gezaubert hatte, das zu Roman Radinski, seinem Künstlernamen, gehörte, schämte er sich fürchterlich. Lieber überließ er den Verkauf anderen. Auf dem Westermarkt war das ein boshafter Holländer, dem sein Transportfahrrad als Stand diente, am Spui stand der Weißrusse Kolja, der mit der Polizei Katz und Maus spielte und deshalb kaum zum Verkaufen kam, auf dem Rembrandtplein stand bis vor kurzem Anna, die versprochen hatte, so schnell wie möglich wieder aus Sankt Petersburg zurückzukehren, jedoch kein Visum erhalten hatte. Iljas Cousin kam ihm deshalb gerade recht. Tagsüber konnte er sich in den Durchgang unterm Rijksmuseum stellen und abends dann Romans Platz auf dem Rembrandtplein einnehmen. Ob er als Händler etwas taugte, mußte sich natürlich erst noch zeigen. Auf jeden Fall würde er sich den strengen Blick abgewöhnen und den Mund aufmachen müssen.

»Die Brüder Kirillow«, sagte Roman, als er die Tür öffnete. Ilja pfiff durch die Zähne und schob sich an ihm vorbei ins Haus. Witali streckte die Hand aus. Roman beugte sich ein wenig vor und versuchte mit der anderen Hand, seine Hosenbeine runterzustreifen.

»Willkommen in meinem Schloß.«

Witali folgte ihm durch den Flur in einen der links und rechts abgehenden Räume, die so schmal und hoch waren wie die Buden in russischen Studentenwohnheimen. Romans Zimmer war auch so eingerichtet: ein Bett mit glattgezogenen Decken, an der Wand darüber eine Gitarre, in der Ecke ein Kühlschrank, der Schreibtisch vorm Fenster. Auf dem Bücherregal wurden Ilfs und Petrows *Zwölf Stühle* und *Das goldene Kalb* von Puschkins heiterem Profil aufrecht gehalten, auf dem Kühlschrank standen eine Fettpflanze, ein Plastikkalender von der Olympiade, dessen Datumsanzeige durch Knopfdruck verstellt werden konnte, sowie der obligatorische Korkenzieher in Form einer Kanone. Witali war damals noch nicht klar, daß diese alten Bekannten in den Niederlanden nicht erhältlich waren. Roman hatte sie offenbar vor seiner Abreise zusammen mit anderen lebensnotwendigen Sachen in den Koffer gepackt.

Ilja beugte sich bereits mit einem Bleistift in der Hand

über den Schreibtisch. »Die Perspektive haut nicht hin«, sagte er und zog Linien über das Papier.

»Das kann nicht sein«, protestierte Roman. »Ich hab's von einem Foto abgezeichnet. Laß die Finger davon. Ich würde euch ja gern Tee anbieten, aber im Moment gibt's keinen Strom, und die Gasflasche ist auch leer. Ich hab Cola, wenn ihr wollt.«

»Ja, aber die Windmühle ganz hinten ist im Vergleich zu den anderen viel zu groß«, beharrte Ilja und griff zu einer Ansicht der Zaanse Schans. Wenn er doch bloß den Mund halten würde, dachte Witali. Er sah, daß Roman die Brauen noch mehr zusammenzog und mißmutig in seinem kleinen Vorratsschrank kramte. Witali wollte etwas Freundliches zu ihm sagen, doch es sollte nicht mitleidig oder schmeichlerisch klingen. Es war ihm peinlich, daß Ilja die kolorierten Stadtansichten wie Spielkarten über den Schreibtisch warf, und er wollte sich von seinem Cousin distanzieren. Er fragte: »Sie sind Künstler?«

»Ach was«, rief Ilja. »Du wirst es nicht glauben. Roman, darf ich's ihm erzählen?«

Er wartete die Antwort nicht ab, verdrehte die Augen: »Die Geschichte der KPdSU! Roman war Lehrer für die Geschichte der Kommunistischen Partei der Sowjetunion! Schau ihn dir an! Nicht zu fassen, was?«

Witali sah Roman an, der sich schwerfällig von dem Schränkchen aufrichtete. »Ich habe Wein, habt ihr Lust auf Wein?«

»Es stimmt doch, oder, Roman?«

»Na und wenn schon.«

»Genau«, pflichtete Witali Roman bei. »Und wenn schon. Wenn der Lehrer gut war, konnte das Fach ganz interessant sein.«

»Na ja«, seufzte Roman, »das vielleicht nicht gerade, aber zu meiner Zeit hatte man … Wollt ihr jetzt Wein oder nicht?«

»Gern!« Das rostige Geräusch eines abfahrenden Nahverkehrszuges übertönte Witalis Stimme.

»Die *elektritschka* nach Diemen«, sagte Roman, der den Ortsnamen aussprach wie die Kurzform des russischen Namens Dmitri, Dima, mit einem angedeuteten j vor einem i. »Auf dieser Strecke fährt die *elektritschka* nach Diemen, Weesp, Naarden. Dort gibt es eine Art Wald, wo man Pilze suchen kann.«

»Was für Pilze gibt's da überhaupt?« fragte Ilja.

»In diesem Herbst hatte ich vier Körbe voll.«

»Bestimmt nur Champignons.«

»Nein, richtige Waldpilze. Sogar Steinpilze. Ich hab noch eingelegte Stockschwämmchen. Wenn ihr wollt, mache ich ein Glas auf.«

Roman öffnete den Kühlschrank. Stinkendes Schmelzwasser rann auf den Boden. »*Fu*, kein Strom.« Er warf mit spitzen Fingern ein tropfnasses Päckchen Zervelatwurst in den Mülleimer. »Heute ist auch die Toilette übergelaufen. Manchmal ist das hier eine komplette *antisanitaria*. Ich kann's nicht ändern.«

Er stellte das Glas mit den Pilzen auf den Tisch und suchte im Kühlschrank weiter nach trockenen Eßwaren. In der Tür stand eine Reihe dunkelbrauner Fläschchen und Tiegel mit russischen Medikamenten. Witali entdeckte sogar eine Rolle Verbandmull im Butterfach.

»Halt, hier hab ich noch was«, seufzte Roman und zog, auf den Zehenspitzen stehend, eine Brottrommel vom Regal. Ilja hatte unterdessen die Literflasche Rotwein entkorkt und die Gläser bis zum Rand vollgeschenkt.

»Auf den Geschäftserfolg«, sagte er.

»Nein, nein«, sagte Roman. »Auf unsere Bekanntschaft.« Er prostete Witali zu. Der konnte nicht anders, als dem großen, traurigen Gesicht zuzulächeln; er spielte kurz mit dem Gedanken, seinen Arm mit Romans Arm zu verhakeln und »na *Bruderschaft*« zu trinken. Als er mit Roman anstieß, setzte sich alles im Haus in Bewegung – das Licht, der Kühlschrank, und aus dem Kassettenrekorder ertönte die zerbrechliche Stimme von Bulat Okudschawa:

Was tu ich in Moskau, wenn ich traurig bin,
wenn Verzweiflung mir nachrennt im Dunkel?
Ich geh durch den Regen zum Trolleybus hin,
dem letzten, dem blauen.

»Strom!« rief Roman. Und auch darauf tranken sie.

6

Auf dem Rembrandtplein sorgten ein Mongole und ein Bosnier, beide Porträtzeichner, für Aufsehen. Der Mongole kam völlig überdreht aus der Telefonzelle. Zum ersten Mal seit acht Monaten hatte er mit seinen Eltern gesprochen. Nomaden. Er hatte sie endlich zu fassen gekriegt, weil sie mit einer Herde von dreißig Pferden bei einer Tante mit Telefon angekommen waren. Den Bosnier Enver konnte das nicht beeindrucken. Durch das Gestrüpp seines roten Barts sprach er in atemlosem Englisch über den Krieg. Seine Eltern seien auch Nomaden, seit ihr Haus in Trümmer geschossen worden war. Ungerührt ließ er das Artilleriefeuer aus seinem Bart knattern: *tadadudidadadidodidodidudidodi.* Wir lagen nachts im Bett: *tudidodidadudidodidadiduda*, peng, ein Treffer im Haus, und *tadidodidudidodudatido*, der Schuppen weg.«

Den Mongolen interessierte das nicht. »Dreißig Pferde!« sagte er zu einem niederländischen Mädchen, das seit einer Viertelstunde auf seine Karikatur wartete. Er klappte den Zeichenblock auf, setzte mit Holzkohle ihre Stirn in überdimensionaler Größe aufs Papier und lud sie ein, mit ihm in die Mongolei zu reisen. »Ich stell dich meinen Eltern vor.«

Noch lauter als die Porträtisten brüllte der Holländer mit dem grimmigen Gesicht, rot und feucht wie eine Wärmflasche, der nun über den Platz stiefelte. Ein Schifferbart, keine Zähne im Mund, die weite Hose vollgepinkelt, an der rechten Hand fehlten zwei Finger – Gangrän –, bestimmt ein alter Seemann. Witali hielt sich vorsorglich die Nase zu.

»Harmloser Bursche«, sagte Roman. »Paß auf.« Er zog eine Schachtel Zigaretten aus der Tasche, und tatsächlich, schon kam der klotzige Kerl angetrottet, mit durchaus freundlichem Blick. Er blieb dicht vor ihnen stehen, und siehe da, er konnte auch in gedämpftem Ton sprechen: »Haste vielleicht 'ne Fluppe für mich?« Geduldig hielt er seine Zigarette ans Feuer, inhalierte und bedankte sich höflich, um ein paar Meter weiter wieder loszutoben.

Sie hatten den begehrten Eckplatz ergattert. Roman, mit Witali auf dem Gepäckträger, war schneller gefahren, als er bemerkte, daß er noch frei war. Die Porträtzeichner waren keine Konkurrenz. Sie verkauften keine fertigen Bilder und beanspruchten mit ihrem Skizzenbuch und den zwei Klappstühlen nur wenig Platz. Doch jeden Tag um die Mittagszeit erschienen Mutter und Sohn mit einer Einkaufstasche voller Klecksereien, die sie anpriesen wie Kaukasier ihr Obst auf dem Markt: »Kindchen! Kindchen! Schaun Sie mal, kommen Sie und schauen, angucken kostet nichts, ein schönes Bild, genauso schön wie Sie!«

Der Sohn äffte seine Mutter nach, eine Verkäuferin mit Leib und Seele. Nach ihrer Aussprache zu urteilen kam sie aus einer Gegend am Unterlauf der Wolga. Offenbar hatte sie einen Koffer voller Kittelschürzen in die Niederlande mitgebracht, denn sie trug jeden Tag eine andere, und dazu Hausschlappen. Witali entdeckte diese Schlappen an den unerschütterlichen, krampfadrigen Füßen von jemandem, der sein halbes Leben Schlange gestanden hatte, zum ersten Mal, als er auf seinem Angler-Klappstuhl saß und auf Roman wartete, der kurz in die Kneipe verschwunden war.

»Guten Tag, und wer sind Sie?«

Zu den Füßen gehörte eine Frau, die sich kraß von ihrer Umgebung abhob. Dieser Typ Frau paßte nicht in die Stadt.

In Rußland sah man sie reihenweise auf sommerlichen Dorfbahnhöfen stehen, mit sonnengebräuntem Hals und stämmigen, sommersprossigen Armen voller in Zeitungspapier eingeschlagener Johanniskrautbüschel. Hier jedoch, vor dem Hintergrund von Spielhalle, Falafel-Stand und nölendem Hippie mit Gitarre, bot sie mit ihren Schlappen und dem bunten Kittel ein absurdes Bild. Der Sohn blieb hinter seiner Mutter stehen, seine Schulter vom Gewicht der Einkaufstasche heruntergezogen. Er war eindeutig neben der Kappe, biß sich auf die Unterlippe und starrte Witali an, als könnte der sich auf ein Donnerwetter gefaßt machen.

»Das sind ja Romans Bilder«, sagte die Mutter. »Und wenn Anna demnächst wiederkommt? Wo soll sie dann verkaufen?«

»Roman ist nur zur Toilette. Ich heiße übrigens Witali.«

»So ...« Sie zögerte einen Moment. »Das ist mein Sohn, Oleg. Ich bin Sweta. Wir stehn hier an der Ecke. Heute drükken wir noch mal ein Auge zu, aber wir sind hier zu Hause, kapiert? Wir sind nicht für eine Saison kurz vorbeigekommen, wir leben hier. Normalerweise ist das unsere Ecke. Roman weiß das, und du weißt es jetzt auch.«

Als sie Roman sah, machte sie ein verdattertes Gesicht. Schauspielern war nicht ihre Stärke. »Ach, da ist er ja schon.«

»Sweta! Schon mit Witja Bekanntschaft gemacht?«

»Wo ist Anna?«

»Anna konnte kein Visum kriegen, deshalb vertritt Witja sie.«

»Na schön. Dann stellen wir uns eben ein Stück weiter auf, was, Oleg? Neben Enwer ist noch ein Plätzchen. Ein winzig kleines. Wir richten uns mal wieder nach den Neuen, was bleibt uns anderes übrig.« Sie schob ihren Sohn vor sich her zu dem Bosnier, der sofort mit seinem wirren Gerede loslegte.

Witali lernte sie alle kennen, die fliegenden Händler vom Rembrandtplein. Besonders angenehm war das Klima nicht. In der Hochsaison mißtraute jeder jedem. Nur bei Regen fühlten sie sich miteinander verbunden, denn dann konnte nicht mal der erfolgreichste Verkäufer, Mischa aus Sankt Petersburg, Geld verdienen. Mischa fabrizierte nette graphische Ansichten, Zeichnungen auf gelblichem Papier, die er Radierungen nannte, und winzig kleine, gerahmte Ölbilder, auf die die Japaner ganz wild waren. Seine Ausstellung nahm nicht mehr als eineinhalb Meter ein, so daß er nie Ärger mit der Polizei bekam. Da er Niederländisch sprach, wandten die Polizisten sich sogar an ihn, wenn es Probleme gab. Er achtete darauf, daß die Passanten nicht durch die überall verstreuten Bilder und Klappstühle behindert wurden; er vermittelte zwischen den Musikern, die sich regelmäßig stritten, wer zuerst dagewesen war. Der bulgarische Akkordeonspieler sollte natürlich als erster spielen, klar, und danach trat der mazedonische Puppenspieler auf – mit der Terrasse drüben warte kurz, da sind die Leute vor fünf Minuten vom Balalaika-Sextett abkassiert worden. Später, nachdem sich Mischa aus dem Handel zurückgezogen hatte, wurde die Atmosphäre brenzlig. Keiner wußte, woher plötzlich die Ukrainer kamen, breitschultrige Glatzköpfe, die schon gültige Papiere hatten, obwohl sie gerade erst im Westen angekommen waren. Mit diesem Rätsel wollte sich auch niemand näher befassen. Künftig zahlten die Illegalen ihren Tribut, in Kuverts, die mit unbewegten Mienen in die ukrainischen Handtaschen geschoben wurden. Die Spannung erreichte einen Höhepunkt, als Wolodja – fortan »Killer-Wladimir« genannt – eine Ahle bis zum Griff in den Nacken eines Konkurrenten gerammt hatte. Doch zu der Zeit, als Witali auf dem Platz auftauchte, war Wladimir noch einfach Wolodja; ein gesittetes Nordlicht mit dem kantigen Unterkiefer und dem eisigen Blick von Arbeitern auf Fünfjahresplan-Plakaten. Er kam mit dem Rad angefahren, stellte sich höflich vor und warf dabei einen gehetzten Blick auf den angrenzenden Thorbeckeplein, sein Revier.

»Du verkaufst jetzt statt Anna?«

Witali nickte.

»Von wo?«

»Gorki.«

»Das heißt jetzt doch wieder Nischni Nowgorod?«

»Ach ja. Und du?«

»Archangelsk. Du bist neu hier?«

»Seit anderthalb Wochen. Heute ist mein erster Tag auf dem Platz.«

»Du hast Glück, daß Lawrenti Pawlowitsch heute nicht da war, eigentlich legt ihr zu viele Bilder aus. Die Leute kommen nicht mehr dran vorbei.«

»Ach, Unsinn«, sagte Roman. »Ich hatte noch nie Probleme.«

»Lawrenti Pawlowitsch?« fragte Witali.

»Der dicke holländische Polizist«, erklärte Roman. »Gleicht Beria wie ein Ei dem andern. Runder, kahler Kopf, runde Brille. Breiter Hintern in blauer Hose.«

»Wenn er merkt, daß du den Durchgang versperrst, mußt du um dein Leben fürchten«, sagte Wolodja. »Vor allem jetzt, wo Mischa nicht da ist. Ohne ihn ist es besonders riskant. Du kennst Mischa noch nicht? Er ist legal.«

Wolodja zog seine Jacke aus. So eine gefütterte chinesische Jeansjacke, in der ganze russische Vorstädte herumliefen, mit Manschetten, in denen sich Schmutz ansammelte, und einem Futter aus verfilzter Wolle. Viel zu warm für den Amsterdamer Frühling. Wahrscheinlich war es noch die Jakke, mit der er aus Archangelsk hier angekommen war. Aus einiger Entfernung hörten sie Gebrüll. Wieder der Mongole und der Bosnier. Jetzt zerrten sie aneinander herum.

»Das sieht nach Ärger aus«, sagte Wolodja. »Ich geh auf meinen Platz.«

Von seinem Anglerstuhl aus sah Witali an diesem Tag mehr Waden, als er jemals zuvor in seinem Leben angeschaut hatte. Roman machte ihn auf die amerikanischen Unterschenkel aufmerksam, die wegen der extremen X-Beine fast im rechten Winkel zu den Knien standen, und wenn er dann hochschaute, sah er die Gesichter der besten Kunden, freundlich und neugierig, und die Beutel vor ihren Bäuchen.

»Einen kleinen Teil Ihres Geldes für einen großen Teil meiner Seele«, sagte Roman grinsend auf englisch, und die Amerikanerinnen lachten girrend. Er zeigte auf das Bild mit einem einsamen Rad auf einer Brücke.

»Das hier ist das Märchen vom gestohlenen Fahrrad.«

Dann, mit tragischer Miene: »Nur leider ist es kein Märchen, sondern die bittere Wahrheit.« Die Amerikaner waren überzeugt. Roman steckte zwanzig Gulden in die Hosentasche und sank wieder auf seinen Stuhl.

»So, die nächsten sind für dich. Da kommen Italiener. Die wollen immer feilschen, bleib hart. Rabatt kriegen sie nur, wenn sie zwei nehmen.«

Die Italiener zogen die Brauen hoch und schlenderten weiter. Witali setzte seine Hoffnung in das belegte Brötchen mampfende Publikum des Puppenspielers.

»Vergiß es, das sind Niederländer«, sagte Roman. »Nur Niederländer stopfen sich halbe Brötchen in den Mund.«

Japaner. Freundliches Kopfschütteln.

»Die kaufen so gut wie nie, aber wenn doch einer was will, dann wollen sie alle.«

Ein Grüppchen bleicher Beine in Bermudas.

»Engländer. Guck nicht hin. Tu so, als ob du nichts verkaufen willst.«

Die Engländer blieben auf der Kreuzung stehen, ein Mann hatte seine Lesebrille aufgesetzt und eine Karte ausgeklappt, die anderen beugten sich darüber. Ein Frau blickte abwesend umher.

»Na komm, los, komm schon, komm«, flüsterte Roman beschwörend in ihre Richtung. Er sprang bemerkenswert flott vom Stuhl hoch, zog seine Jacke an und ging auf die andere Straßenseite. Dort drehte er sich auf dem Absatz um und schlenderte langsam zurück. Wieder bei Witali angekommen, spielte er den interessierten Kunden. Stirnrunzelnd schaute er auf die Bilder.

»*How much?*«

Die Frau wurde aufmerksam.

»Hast du sie selbst gemalt?« fragte Roman.

»Ja, natürlich.«

»Reproduktionen?«

Witali dachte kurz nach, nahm die Zaanse Schans und drückte einen nassen Finger auf das blau gefärbte Wasser. Er zeigte Roman die Farbe an seinem Finger.

»Nicht schlecht«, flüsterte Roman auf russisch. Die Frau näherte sich. Roman kramte umständlich nach seinem Geld und wartete mit dem Bezahlen, bis die Frau neben ihm stand. »Ich nehme das da.« Die Zaanse Schans. Die Engländerin blickte sehnsüchtig auf das Bild, das in einer Plastiktüte verschwand.

»Was kosten die?«

»Die großen vierzig, die kleinen zwanzig Gulden.«

Die Frau betrachtete die Bilder flüchtig. *»No more windmills?«*

Witali schüttelte den Kopf. »Nur noch auf den kleinen.«

Sie war unschlüssig. Die Männer auf der Kreuzung hatten die Karte zusammengefaltet und riefen nach ihr. Ohne sich umzudrehen, gab sie ihnen mit der Hand ein Zeichen. Witali hielt die Luft an. Hör nicht auf sie. Geh nicht weg. Er hielt zwei kleine Bilder hoch.

»Wenn Sie die rahmen und nebeneinander an die Wand hängen, sieht das viel besser aus als ein großes.«

Die Frau blickte auf die Bilder, daneben, durch sie hindurch, blinzelte und lächelte dann.

»Okay, ich nehme sie.«

Witali wäre ihr am liebsten um den Hals gefallen.

»Haben Sie sie auch signiert?« fragte sie, während sie vier Zehnguldenscheine hervorzog.

Knisternde Banknoten, frisch aus der Wechselstube. »Dann kann ich sie später teuer verkaufen, wenn Sie mal berühmt sind.«

Sie meinte es todernst. Als sie gegangen war, suchte Witali aufgeregt nach Roman, doch der kam erst aus der Bar Centraal, als die Engländer außer Sichtweite waren.

»Und?«

»Zwei kleine.«

»Rabatt?«

»Nix da.«

Roman zog das Bild, das er zum Schein gekauft hatte, aus der Tasche und legte es wieder zu den anderen. »Behalt mal das Geld, das ich dir gerade gegeben habe. Ich geh jetzt nach Hause. So gegen zehn hol ich dich ab, wenn's regnet, komm ich eher.« Er nahm seine Baskenmütze ab und setzte sie Witali auf.

Es war ein voller Erfolg. Zwei Österreicher hatten ihm einfach so eine Schachtel Kekse geschenkt, ein amerikanisches Pärchen aus Wisconsin hatte fünf Bilder gekauft. Witali hatte Romans Spruch über die Seele und das gestohlene Fahrrad zum Besten gegeben, sie hatten darüber sehr gelacht. Manche Amerikaner blätterten ihr Geld hin, als wäre es nichts. Als hätten sie immer ein Bündel überflüssiger Geldscheine in der Tasche, das sie ausgeben konnten, ohne darüber nachzudenken. Als es zu regnen anfing, sah Witali Mutter und Sohn in eine Gasse flüchten. Sie verlor einen Hausschuh, er, die Einkaufstasche schleppend, hob ihn für sie auf und ging sogar in die Hocke, um ihn ihr an den Fuß zu schieben. Witali packte die Bilder in Plastiktüten und klappte die Staffelei zusammen. Wolodja nahm ihn im Auto zum Nieuwmarkt mit. Von dort aus ging er neben einer Spur von abgenagten Hühnerknochen nach Haus. Was sollte er zu Ilja sagen? Sorg dafür, daß er nicht auf dem Platz auftaucht, hatte Roman gesagt. Er verscheucht die Kunden, der schräge Vogel. Roman meinte, Ilja wolle gar nichts verkaufen. Um ihn bei Laune zu halten, hatte er Ilja ein paar unkolorierte Stadtansichten gegeben, die er ausmalen konnte. Den Ertrag dürfe er behalten. Doch am Morgen hatten sie noch unberührt auf dem Tisch gelegen. Es war wohl besser, den Gewinn erst mal durch zwei zu teilen, die Hälfte in seine Innentasche, die andere Hälfte zu den Bildern, sonst würde das Geld sowieso nur zum Fenster rausgeschmissen.

»Na, wie sind die Geschäfte gelaufen?« schallte es plötzlich über die Straße. Tjoma und Stas saßen auf der Türschwelle und tranken Bier. Witali stopfte das Geld schnell wieder in seine Innentasche.

»Viel verdient, was?« rief Stas. Tjoma hielt den Stummel eines Joints hoch.

»Danke, aber ich vertrag's nicht so gut«, sagte Witali. »Ich bin letzte Woche schon weggekippt.«

»Dann mußt du üben«, sagte Stas. »Wir sind hier schließlich nicht in Gorki. Du mußt dich an die hiesigen Bräuche anpassen.«

»Ist Ilja da?«

»Ich hab nicht gesehen, daß er das Haus verlassen hat, und wir sitzen hier schon ...«

»... so um die drei Stunden«, ergänzte Tjoma. Sie kicherten.

»Habt ihr heute abend was vor?« fragte Stas. »Wir sollten noch was Gescheites mit dem Tag anfangen. Sollen wir einen draufmachen? Du gibst einen aus von dem Geld, das du grade verdient hast. Tu nicht so, wir haben alles gesehen.«

Sie kicherten wieder. Ihre Gesichter blieben freundlich, sie sahen glücklich aus. Stas stand schwankend auf. »Kümmer dich nicht um uns, Bruder. Tjoma, wirf mal eine Handvoll Zuckerwürfel in die Teekanne, ich pack's nicht mehr. Los, sonst fall ich um.«

Tjoma strich sich die Haare aus dem Gesicht. Er hatte rot unterlaufene Augen mit knallgrüner Iris. »Was für'n Horror«, murmelte er. »Was tun wir uns bloß an?«

Hintereinander krabbelten sie die Treppe rauf. Tjoma verschwand hinter der Luke, Stas blieb davor hocken und blickte flehend hoch. »Im Ernst, Bruder. Laß uns einen draufmachen.«

»Gut, aber ich muß erst mit Ilja reden.«

Ilja stand hinter der Staffelei. Er trug einen Overall mit Farbflecken in so vielen verschiedenen Tönen, daß es aussah, als hätte er sie absichtlich darauf verteilt.

»Los, erzähl! Wer war alles da? Was hast du verdient?« rief er.

»Komm, wir trinken einen Tee.« Witali stellte die Keksschachtel auf den Tisch. »Haben mir ein paar Österreicher geschenkt.«

»Na, das ist doch nett. Da glaubt man wieder an das Gute im Menschen! Erzähl, wer war sonst noch da?«

»Eine Frau, etwas seltsam, und ihr Sohn, völlig behämmert …«

»Sweta und Oleg, ja, das sind vielleicht Figuren!«

»Zwei Porträtzeichner, ein Jugoslawe und ein Mongole. Sie haben sich geprügelt.«

»Wie immer!«

»Und Wolodja aus Archangelsk.«

»Und Mischa, war Mischa nicht da?«

Wieder dieser Mischa. Der beliebteste Junge in der Klasse. Sogar Roman hatte anerkennend von ihm gesprochen. Nicht auf den Kopf gefallen, längst nicht so dämlich wie die meisten hier, hatte er gesagt.

»Mischa, der kann Witze erzählen! Das muß man miterlebt haben. Was ist ihm letztens noch wieder passiert … Sie haben ihn hopsgenommen, mit der ganzen Familie. Seine Eltern und seine Großmutter leben auch hier, zu viert sind sie vor sechs Jahren hierher ausgewandert. Ich weiß nicht genau, wie sie das gedeichselt haben, sie sind keine Juden, na egal, die Polizei hat jedenfalls vor kurzem ihre Wohnung durchsucht. Ein Rätsel, warum gerade ihre Wohnung. Mischas Eltern sind Musiker in irgend 'nem Orchester, alles legal. Die Polizei dachte, sie hätten was mit einer Abrechnung im Russenmilieu zu tun, sie hatten am Strand die Leiche eines Letten gefunden. Mischas Vater hatte einen Revolver zu Haus, ein altes Erbstück oder so, darum haben sie ihn eingebuchtet. Aber der Witz dabei war, daß sie auch seine Oma eingelocht haben, die mußte eine Nacht brummen. Die Frau ist fast achtzig und spricht kein Wort Niederländisch! Nur Mischa haben sie in Ruhe gelassen. Versteh einer die niederländische Justiz.«

Als der Tee eingeschenkt war, legte Witali einen Fünfzigguldenschein auf den Tisch. Liebevoll betrachtete Ilja die Sonnenblume, als sähe er das Geld zum ersten Mal. Dann steckte er es ein. Keine Diskussion.

»Davon gehn wir beim Surinamer essen!« sagte er und lief zu seiner Staffelei. »Ich hab auch nicht Däumchen gedreht. Wenn das hier fertig ist, hab ich genug für eine Ausstellung zusammen. Dann strömt das Geld nur so rein. Glaubst du mir nicht? Ich erklär's dir.« Er drehte die Staffelei zu Witali. Der sah, daß seine Pantoffeln im Abstand von einem Schritt auf die Leinwand getackert waren, die nicht aus Leinen, sondern aus Jute war. Darüber war ein roter Pfeil gemalt und darunter stand, in tropfender kyrillischer Schrift: »Der Weg des Sozialismus«.

»Na, wie findest du das? Wahrscheinlich nicht so gut. Aber du wirst dich wundern, wie viele Leute so was kaufen! Es ist übrigens eine Serie. Hier, wenn du sie nebeneinander siehst, kapierst du's bestimmt.«

Er nahm eine Leinwand nach der anderen vom Wäscheschrank. Sie waren alle aus Jute, die Rahmen aus unbehandeltem Holz, und auf jeder waren Gegenstände befestigt, in großen Klumpen schwarzen Pechs: eine Bakelit-Steckdose, in der ein Stecker mit einem ausgefransten Stück Kabel steckte, ein Päckchen Belomorkanal mit vier heraushängenden Papirossy, der Plastikverschluß eines Einmachglases und in einer aus Buchweizenkörnern zusammengesetzten Schrift Stalins geflügelte Worte: »Das Leben ist besser geworden, Genossen, das Leben ist fröhlicher geworden«, die Scherben eines Wodkaglases, ein getrockneter Fisch.

»Ich hatte auch noch eins mit einem Weißbrot, aber das fing an zu schimmeln«, sagte Ilja. »Obwohl ich Firnis draufgestrichen hatte. Verdammt schade, es war nämlich ein echtes Baton, ich hatte es im Aeroflot-Büro bekommen. Und das hier habe ich heute morgen gemacht.«

In der Mitte der Leinwand war das Pioniertuch befestigt und auf dem Tuch der rote russische Dauerlutscher in der Form eines Hahns festgetackert.

»Soll ich ›Pawlik Morosow‹ drunterschreiben, oder ist das zuviel des Guten?«

Witali zuckte mit den Schultern. Es kam ihm alles ziemlich abgedroschen vor. Vor allem der Witz mit dem getrockneten Fisch im Rahmen. Der hatte etwas Petersburgisches. Gräten, Kopf und Schwanz – bis zum Gehtnichtmehr fuhr der Petersburger Underground Fischgerippe auf, auf Plattencovern von Popgruppen, Plakaten, T-Shirts, Buchumschlägen, das Künstlerkollektiv Mitki hatte sie schon in den achtziger Jahren gezeichnet – aber jetzt noch damit anzukommen! Ilja meinte, sich verteidigen zu müssen.

»Unser braver Witalik wirft mir Konformismus vor? Du hast nie in einer Gemeinschaftswohnung gelebt. Aber ich. Und diese Mitki, die kennst du nicht persönlich, aber ich habe mit ihnen gesoffen und dabei natürlich getrockneten Fisch gegessen. Ich habe also genauso wie sie das Recht, diese Leiche auf die Leinwand zu knallen. Außerdem: Ich habe überhaupt nicht gesagt, daß ich neue Wege einschlagen will. Ich will Geld verdienen. Warum nicht? Was habt ihr denn gerade gemacht, mit den angetünchten Kopien? Verkauft Roman den Leuten denn was Neues? Hör zu. Letzten Monat hatte mein Namensvetter, Ilja Kabakow, eine monumentale Einzelausstellung im Stedelijk Museum. Der hat dort in Lebensgröße unseren popeligen Sowjetalltag nachgebaut! Säle voll mit Sowjetzubehör, vollgeschissene Klos, Hausschlappen, Fischgräten! Der Mann ist weltberühmt. *Kunnsst* nennen sie das hier, Konzeptkunst. Das ist alles, was von unserer Vergangenheit übrig ist: ein konzeptuelles Kunststück! Ich weiß ja, es *ist* auch öde. Nur, warum dürfen andere damit Geld verdienen und ich nicht, mit deinen Stinkepuschen, mit den Artefakten unseres stinkenden Sowjetlebens?«

Ilja stampfte durchs Zimmer. Witali bekam davon richtig gute Laune. »Ich verstehe«, sagte er ruhig. »Weißt du, was wir jetzt machen? Was kostet hier ein anständiger Wodka?«

»Vierzehn Gulden, ein Oblomov.« Ilja brach in Gelächter aus. »Ja, ich weiß, die Holländer sind sehr direkt. Auf so was zu kommen!«

»Gut. Gehn wir oblomoffen. Bleibt noch genug übrig für das Essen bei deinem Surinamer.«

»Der Oblomov-Laden ist zu. Bleibt noch der Getränke-Spätshop, aber der hat nur unseren echten Wodka. Und der ist da viel zu teuer. Außerdem ist der Laden in der Gegend, aus der du gerade gekommen bist.«

»Macht nichts, dann gehn wir eben bummeln. Ich habe Stas und Tjoma versprochen, daß sie mitdürfen.«

Es dauerte eine Weile, ehe sie zu viert das Haus verließen. Das erste Ziel war der Spätshop, aber die laue Nacht ohne einen Windhauch lockte sie danach zu anderen Orten und warf sie erst fünf Stunden später auf ihre Matratzen, wo sie noch eine Ewigkeit im Strudel ihres Rausches herumtaumelten. Nur Witali schlief sofort ein. Er träumte ganz klar, klarer als je zuvor, von dem Soldaten.

7

Bei extrem niedrigen Temperaturen kann die Augenhornhaut erfrieren, das hatten sie ihm in der Kaserne erzählt. Noch aber liefen ihm Tränen über die Wangen, und er sah alles haarscharf: Schneefläche, Fichtenwald, Soldat. Drei Bäume am Waldrand wiegten sich im Wind, wahrscheinlich mit dem typischen Ächzen, doch das konnte Witali nicht hören, weil seine Ohren unter einer Mütze steckten, deren eine lange Ohrenklappe wie ein Druckverband um seinen Kopf gewickelt war. So hörte er auch nicht, was der Soldat sagte. Denn der rief ihm etwas zu, das bemerkte er plötzlich. Er hatte sich auf seinen Skiern umgedreht, sah ihn an, das war tatsächlich passiert und geschah in jedem Traum aufs Neue, jetzt aber schienen sich seine Lippen zu bewegen, der Mund ging auf und zu: Er redete. Witali spähte angestrengt zu ihm hin, setzte die Hornhäute dem Frost aus, doch ohne Erfolg. »Warte, ich nehme meine Mütze ab!« Kein Laut kam aus seinem Mund. Er versuchte, die Mütze zu lösen, konnte aber die Hände nicht heben. Der Soldat drehte sich um und machte sich lustlos auf und davon.

Bondartschuk hätte es anders angepackt. Der Schauspieler, bekannt aus dem Kriegsfilm *Ein Menschenschicksal*, war Witalis großes Vorbild. Während seines Militärdienstes mußte er oft an ihn denken. Wenn er bei militärischen Übungen kaum noch mithalten konnte, stellte Witali sich vor, er sei Bondartschuk. Sein Held sprach kaum, so wie er. Im Film schwieg er noch ausdrücklicher als die anderen Figuren, die auf ihre sparsamen Worte minutenlanges, regloses Starren folgen ließen. Nur die empörte Stimme aus dem Off sprach über das große Unrecht. Bondartschuk, wie die meisten Kriegshelden ein Produkt der Nachkriegszeit, ertrug schreckliche Dinge am laufenden Band, ohne eine Miene zu verziehen. Den Gipfel an Kaltblütigkeit zeigte er in einer biblischen Szene, in der er seine Henkersmahlzeit verweigerte, die ihm ein deutscher KZ-Schinder auftischen wollte. »Ein letzter Schnaps vor deinem Tod!« sagte der Mann, die Pistole schon im Anschlag. Er reichte ihm das Glas: »Auf den Sieg der deutschen Waffen!« Doch Bondartschuk stellte das Glas wieder auf den Tisch. Der Deutsche kapierte, daß er nicht auf den deutschen Sieg trinken wollte, aber dann doch sicher auf sein eigenes Ende? Bondartschuk nahm das Glas wieder: »Auf mein Ende und die Erlösung von allen Leiden will ich gern trinken.« Das Brot rührte er nicht an. »Nach dem ersten Glas esse ich nie etwas«, sagte er. Also bekam er ein zweites Glas, nach dem er immer noch nichts aß, und ein drittes, und so zögerte er trinkend seinen Tod hinaus und erwarb sich damit die Achtung des Deutschen.

In Witalis Leben nahm der Schinder Mitte der achtziger Jahre an der finnischen Grenze die Gestalt eines versoffenen russischen Leutnants an. Der lüpfte ihn aus dem Schnee, um sein Gesicht auf Erfrierungserscheinungen zu inspizieren, wie ein Fleischbeschauer die Flanken einer Kuh befummelt. Witali stellte sich vor, er sei Bondartschuk, und niemand durchschaute ihn, niemand sagte: »Hör doch auf mit dem Theater!« Aber als es wirklich drauf ankam, als der Soldat vor seinen Augen desertierte, ließ ihn sein Held im Stich. Im Film hätte er blitzschnell die Verfolgung aufgenommen, seinen Kameraden an den Schultern gepackt und ihn geschüttelt: »Das ist das Land, das wir von den Lappen, den

Verrätern, erobert haben, bleib hier, gib nicht auf, nimm dir ein Beispiel an mir!« Bondartschuk, ja, der gab nicht auf, Teufel auch, der machte immer weiter, obwohl er alles verloren hatte, Frau, Kind, Freiheit – alles, nur nicht seinen Stolz. Doch als es passierte, war er nirgends zu entdecken. Da war nur Witjok, *synok*, der eingemummt im Schnee stand.

Zwischen den Bäumen drehte sich der Soldat noch einmal um. Witali starrte ihm nach, bis er einen Krampf in den Augenhöhlen bekam. In der Dämmerung schien die weiße Fläche ruhig zu atmen. Und jetzt passierte noch was: Der Soldat winkte, der Teufelskerl! Witali setzte sich auf der Matratze auf, ließ die Augen zu und träumte weiter. Der Soldat bewegte seinen Arm nach vorn und nach hinten. Er zögerte einen Moment, schüttelte dann den Kopf, stieß sich mit den Skistöcken ab und verschwand außer Sichtweite. Die Dämmerung schloß sich um den weiß eingepackten Hintern. In seinem Rücken hörte Witali Gejammer. Er drehte sich um und sah Bondartschuk, der seine Mütze nicht vom Kopf bekam und vor Kummer aufheulte.

Das laute Heulen hielt an, als Witali die Augen öffnete und der Dunst des verranzten Bettzeugs in seine Nase drang, dazu der Schnapsatem seines Bruders, der jetzt sagte: »Gottverfluchtes Scheißweib.« Er stand mit einem Glas Wasser neben ihm, das er würgend leer trank.

»Dehydrierung. Willst du auch?«

Witali nickte. Das Geheul kam immer näher. Es drang aus dem obersten Stockwerk, aus Lenas weit aufgerissenem Mund. Ilja machte die Tür auf.

»Schlampe!« rief er mit rauher Stimme. »Schluß jetzt, oder ich reiß dir den Kopf ab. Stas! Tu was, verdammt noch mal! Stas!« Er füllte ein zweites Glas am Waschbecken und brachte es, einen Teil des Wassers verschüttend, Witali.

»Die Schnalle ist ja wohl nicht ganz normal! Ich schmeiß sie aus dem Fenster.«

Witali stellte sich vor, wie Lena aus dem Dachfenster stürzte, sich an der Fensterbank festzuhalten versuchte und die ganze Reihe Totenschädel mit sich riß. Und kreischte. Er wußte noch nicht, was schlimmer war, die Wirklichkeit mit einer Hexe auf dem Dachboden oder die Stille eines geträumten Soldaten, der ihm vergebens etwas hatte sagen wollen. Darum richtete er den Blick auf das beruhigende Bild des leicht hin und her schwappenden Wassers im Glas. Weitertrinken, das half immer, überall.

Nach dem Spätshop waren sie zum Azart gegangen. Das Azart war ein Narrenschiff, ein zum Theater umgebautes Boot mit einem Liegeplatz im östlichen Hafen. Der Kapitän hatte ein Faible für Rußland. »Azart« ist die russische Verballhornung von *l'hazard*, Russen meinen nur die Leidenschaft fürs Glückspiel damit, und es war tatsächlich ein Glücksspiel, an Bord zu gehen. Nicht nur, weil jede Vorstellung eine Überraschung war, sondern vor allem, weil der alte Heringslogger nur mit knapper Not im Gleichgewicht blieb, das durch die zahlreichen, halb im Wasser versunkenen Beiboote an seinen Flanken und die aberwitzigen Kreationen an Deck bedroht war. Da blühte ein Baum mit einem Fahrrad in der Krone, und auf dem Heck stand ein Holzmatrose, der die Gäste mit traurigen Gedichten anlockte. Der Kapitän fiel nie aus seiner Rolle als Spaßmacher. Auf einen Stock gestützt, hinkte er wie ein Buckliger herum, und immer trug er spitze Gummiohren und eine Mütze mit Schellen. Manche konnten bezeugen, daß er sogar in diesem Aufzug schlief. Alle Narren schliefen zusammen, wie Tiere in vergitterten Holzkojen im Schiffsrumpf, Säuglinge und Kleinkinder inbegriffen. Tagsüber führten sie satirische Theaterstücke auf, nachts fanden im

Vorschiff Konzerte statt. Wenn es knüppelvoll war mit Betrunkenen, riefen sie immer, das Schiff gehe nun unter, was sie allerdings nicht davon abhielt, etwas später mit der Azart auf große Fahrt zu gehen. Die Reise führte nach Schottland, nach Sizilien und schließlich auch nach Rußland.

Die Azart war in russische Gewässer eingelaufen, ohne daß irgend jemand an der Grenze Papiere verlangt hatte. Nicht mal an den Stadtgrenzen wurden Fragen gestellt. Erst später, als das Boot mit dem Baum an Deck, dem rostigen Fahrrad und dem Gedichte deklamierenden Holzmatrosen direkt hinterm Winterpalais auf der Newa schaukelte, interessierte sich ein Polizist für sie. Die Narren schilderten ihm die geplante Fahrtroute. Sie wollten die großen Seen durchkreuzen und sich dann die Wolga stromabwärts treiben lassen – Moskau, Kasan, Samara! Die Pergamentrollen mit den verschnörkelten Lettern, die ihnen die Durchfahrt ermöglichen sollten, beeindruckten jedoch niemanden, und die Azart wurde zum Kulturpark geschleppt. Dort gaben sie noch eine Woche lang Vorstellungen, dann mußten sie das Land verlassen. Keiner weiß, wovon die Narren wirklich lebten. Vom russischen Publikum verlangten sie keinen Eintritt, erbaten nur das, was gerade da war – ein Brot, ein Pfund Tomaten oder eine selbstgemachte Zeichnung.

In der Nacht, in der Witali mit auf das Schiff kam, war der Laufsteg kaputt. Sie mußten springen, und Ilja knallte mit dem Kopf an einen Stahlschrank. Aus dem Vorschiff dröhnte die Musik. Sie hatten sie schon von weitem gehört, denn in jener Zeit war der Hafen noch wüst und leer, nur von der Azart kamen Geräusche, und nur ihr Name, in feuerroten Leuchtbuchstaben am Mast, gab Licht. Bei der Musik handelte es sich um Klezmer aus Odessa.

Ach, Zitrönchen, ihr seid meine Milliönchen,
wo wachst ihr in meinem Garten?

Witali half Ilja auf, und sie suchten die Treppe. Die war genau da, wo Romans Kopf aus dem Schiffsrumpf ragte. »Willkommen! Mein Freund Gogi spielt heute abend.« Er reichte Witali die Hand, aber Stas stellte einen Fuß auf seinen Kopf wie auf Unkraut.

Die Zuhörer im Vorschiff drängten sich Kopf an Kopf. Viele Betrunkene sprangen auf und ab, manche rumsten dabei mit dem Schädel an die Decke. Es war nicht auszumachen, wer die Narren waren und wer die Gäste. Ein paar Männer mit Zylinder steckten in der Menge fest. Auf einem Thron sitzend, entblößte eine maskierte Frau die Brust und stillte ihr Kind. Witali sah die Hand vor Augen kaum. Die Musiker auf ihrem kleinen Podest konnten fast nicht aufrecht stehen; der Baßbalalaika-Spieler hatte mit Sicherheit keinen Platz, sich zu bewegen, schlaksig beugte er sich über sein Instrument. Es gab einen Gitarristen, Strawinsky wie aus dem Gesicht geschnitten, und einen kleinen Domra-Spieler, den sie Fisch nannten. Er verdankte den Namen seinen Brillengläsern, die so dick waren, daß er die Welt vermutlich wie durch ein Goldfischglas sah. Ganz vorn stand Gogi mit seinem Akkordeon. Er hatte den Kopf eines alten Wolfs, der Schweiß lief ihm über die Tätowierungen auf seinen Schultern. Er riß wild an dem Instrument herum. Wenn er singen mußte, beugte er sich mit hoch erhobener Nase zum Mikrophon:

Ich kann mausen, dich beklauen,
kann stibitzen, dich behumsen.
Ach, Zitrönchen, ihr seid meine Milliönchen,

wo wachst ihr in meinem Garten?
Ach, Zitrönchen, ihr seid meine Milliönchen,
wo wachst ihr auf Sonjas Balkon.

»Das ist dein bester Freund?« fragte Witali.

Roman tippte sich mit dem Finger an die Kehle. »Tja, Gogi sitzt nie auf dem Trockenen.« Dann warf er sich in die Brust und riß die Augen weit auf. Alle außer Witali wußten, daß Roman nun ein Gedicht vortragen würde:

Die bronzenen Lenins stehn abgeklärt
Von Moskau bis Tula, erhaben und ehern!
Ich kenn einen Helden von größerem Wert,
Kameraden! Ein Denkmal der Russischen Leber!

»Auch Lehrer für die Geschichte der KPdSU müssen beim Trinken was essen«, sagte Ilja. »Du siehst, es geht schon in die Hose.«

Über die Tische schlängelte sich eine Bauchtänzerin. Sie konnte sich dabei nicht aufrichten. Nach hinten gebogen, den Bauch nach oben, wackelte sie mit dem Hintern und rückte immer wieder einen Schritt vor. Witali wurde von dem Anblick schwindlig. »Was hat Bauchtanz mit Jiddenmusik zu tun?«

»Und guck dir nur mal die *parascha* an«, sagte Ilja. »Echt, auf diesem Schiff haben sie nichts anderes. Sie leeren sie einfach in die Gracht, die dreckigen Holländer.«

Der Kapitän tauchte mitten zwischen ihnen auf, um die Gläser zu füllen, und löste sich dann in einer Rauchwolke auf. Witali hatte keine Ahnung, wie der Trick funktionierte. Das Chaos war komplett, als Gogi mit einem Jodelschrei ein Lied über einen Adligen aus Odessa anstimmte. Das Publikum brüllte mit, in welcher Sprache auch immer.

»Du kannst vielleicht drüber lachen«, sagte Tjoma ernst, »aber meine Familie ist adelig. Wir haben echt gelitten.«

»Schwafel nicht«, rief Stas. »Du heißt Iwanow, du hirnloser Hornochse. Iwanow von und zu! Daß ich nicht lache!«

»Es ist aber so«, beharrte Tjoma. »Zum Schutz hat mein Urgroßvater einen anderen Namen angenommen. Eigentlich heißen wir Rumjantschew.«

»Du Hornochse«, sagte Stas wieder. Plötzlich wurde sein Gesicht finster. »Oh nein.«

Das hopsende Publikum wich auseinander, und Lena schritt auf sie zu. Auf dem Kopf trug sie ein Käppchen aus gehäkeltem Silbergarn mit Glöckchen; sie sah wie eine osmanische Prinzessin aus. Gogi folgte ihr mit seinen rot unterlaufenen Augen, während er weitersang und seine Quetschkommode bearbeitete.

»Hallo Jungs. Ihr wolltet mich wohl loswerden?«

Sie schaute sich hochmütig um und deutete mit ihrem Bierglas auf Witali.

»Er sieht aus wie ein Seldschukenjüngling. Er kann bestimmt hervorragend reiten.«

»In welcher Aufführung sind wir jetzt wieder gelandet?« fragte Stas. Er tippte an ihren Kopfschmuck. »Tausendundeine Nacht? Paß auf, Witali, sonst setzt sie dir gleich noch einen Turban auf. Laß dir nichts gefallen.«

Gogi hatte sich auf einen Tisch gesetzt und angefangen, »Äpfelchen auf dem Tellerchen« herunterzuleiern.

»Heute abend tanzt der ganze Obstkorb an«, sagte Roman düster.

Er war mittlerweile völlig betrunken. Seine Augen schwammen ziellos in den Höhlen. Es kostete ihn viel Energie, sie auf einen Punkt zu richten, den Kopf gerade zu halten, aufrecht stehen zu bleiben und eine Frage zu stellen. Aber er kriegte es auf die Reihe: »Darf ich auf die anwesende Dame trinken?«

»Nein«, sagten Ilja und Stas im Chor.

Roman tat es trotzdem. Er fiel auf die Knie und begann stotternd zu reimen. Lena hatte selbst genug intus, um es zu würdigen. Als sich Roman im Schlußsatz verhedderte, kippte ihm jemand ein Glas Bier über den Rücken.

»So, mir reicht's«, sagte er. »Ich geh dann mal nach Hause.«

Er machte Gogi auf dem Podium ein Zeichen, doch der konzentrierte sich auf sein Lied.

Hei, Äpfelchen, dort auf dem Tellerchen,
ich hab meine Alte satt und mach einen drauf.

Witali half ihm durch das dichtgedrängte Publikum aufs Oberdeck.

»Wie Heringe im Faß«, bemerkte Roman.

Oben schwappte das Wasser in den Beibooten. Sie standen am Rand des Decks unter einem smalteblauen Himmel, und gerade, als Witali einfiel, daß es keinen Laufsteg gab, sprang Roman geschmeidig über einen Autoreifen an Land. Dort verfiel er wieder in seinen alten Zustand.

»So. Du weißt ja, ich hab's nicht weit.«

»Bist du mit dem Rad hier?«

Roman schüttelte energisch den Kopf. »Nein. Ich hab beschlossen, nicht mehr radzufahren. Dazu kriegt mich keiner mehr. Vergiß nicht, ich bin nicht emigriert. Ich bin nur ein alter Kater, der sich ein Plätzchen zum Sterben gesucht hat.«

Sie waren eine Stunde später nach Hause gegangen. Lena

den halben Weg tanzend und hüpfend, so daß Stas vermutete, sie hätte etwas geschluckt, und zu maulen anfing, daß er nichts abbekommen habe. Zu Hause hatte er eine Flasche Żubrówka im Zimmer des schlafenden Polen gefunden. Das war ein Tick zu viel des Guten gewesen. Lena, sturzbetrunken und überdreht, hatte sich bei Till Eulenspiegel Rat geholt und war wieder ausgeflippt.

Während Ilja mit einer Holzlatte nach oben stürmte, rauchte Witali eine Zigarette und drehte sich auf den Rükken. Unter der Zimmerdecke stand mit Filzschrift: »Hier liegt der Hund begraben.«

Ihm war übel. Er wußte, daß es nicht vom Alkohol kam und auch nicht von dem Theater da oben. Es kam von seinem Traum, der irgendwie nicht mehr stimmte. Die Bilder waren klarer gewesen als je zuvor, aber es waren nur Rätsel dazugekommen. Der Soldat hatte etwas zu ihm gesagt, und er wußte nicht, was.

8

»In der *Komsomolskaja Prawda* habe ich was über einen Mann gelesen, der in nur einer Woche körperlich um dreißig Jahre gealtert ist.« Sweta spießte zwei *pelmeni* auf ihre Gabel und steckte sie sich in den Mund. Sie saß am Kopf des Tisches, ihr Sohn brachte Schüsseln mit Rote-Bete-Salat und Sülze. Sie hatte viele Bilder verkauft, bevor es zu regnen anfing. Versöhnlich gestimmt, hatte sie Witali und Roman zum Essen zu sich nach Hause eingeladen. Roman war dafür gewesen, die Chance zu nutzen. Mutter und Sohn wohnten ganz in der Nähe, in einer Neubauwohnung mit Kunststofffenstern und noch niedrigeren Decken als in einer *Chruschtschowka*, doch das machte ihnen nichts aus. Sie hatten sich in neoklassizistischem Stil eingerichtet, mit Gipssäulen, verschwenderisch drapierten Gardinen und einer Schrankwand mit Glastüren und Schmuckrosetten. Die Decke war mit blauem Kreppapier und goldenen Sternen beklebt. Beim Essen bekam Witali das Gefühl, daß von dort oben Staub herunterrieselte.

»Mann o Mann, dreißig Jahre!« sagte Roman.

»Wirklich, es war ein Foto dabei. Erst ein junger Adonis und nach ein paar Tagen ein verschrumpeltes Wrack.«

»Und wieso?«

»Eine sehr seltene Krankheit. Schrecklich, seine Frau hat ihn natürlich sofort verlassen.«

Die Tür ging auf, und ein bärtiger Mann kam ins Zimmer. Sweta stand auf und zog ihn am Ärmel zum Tisch. »Das ist mein Mann. Er spricht kein Russisch. Ihr braucht nicht mit ihm zu reden.«

Witali streckte die Hand aus. Der Mann brachte mühsam ein *sdrawstwuitje* heraus. Sweta seufzte. »Immer dasselbe«, sagte sie und fuchtelte mit den Händen. »Laß es gut sein. Setz dich, *sit. Sit down.*« Oleg gab ihm einen Teller und eine Gabel und starrte ihn den Rest des Abends wütend an.

»Er ist Archäologe«, sagte Sweta kauend. »Man kann sich mit ihm nicht unterhalten.«

Der Mann deutete lächelnd auf Romans Sachen. »Auch Künstler?«

»Ach, nur Dilettanten«, sagte Roman in nachdrücklich palatalem Englisch. »Von irgendwas muß man ja leben. Aber eigentlich bin ich fast ein Kollege: Historiker. Ihr Fachgebiet?«

»Neolithikum.«

»Die Spätsteinzeit! Und, was sagen Sie zu der Eismumie in den Alpen?«

Der Mann legte seine Gabel auf den Teller und breitete begeistert die Arme aus, doch Sweta unterbrach ihn auf russisch. »Roman, laß gut sein. Wir sprechen hier nicht englisch. Hans, *eat.*« Sie zog ein strenges Gesicht, so daß die gezeichneten Linien über ihren Augen nicht mehr mit dem natürlichen Bogen der Brauen übereinstimmten. Zu Hause angekommen, hatte sie sich rasant verwandelt. Sie war ins Schlafzimmer gerannt, hatte den Kittel und die Schlappen gegen Leggings und Stöckelschuhe getauscht und sich geschminkt, als wolle sie im Varieté auftreten. Während sie mit den letzten *pelmeni* die Rahmsauce vom Teller wischte, reagierte sie auf Witalis nachdenklichen Blick.

»Ich meine, es ist schon schlimm genug, daß Dimka nicht mehr russisch sprechen will.«

Dimka war Olegs jüngerer Bruder. Er hatte sie fröhlich empfangen, aber sobald er hörte, daß sie russisch sprachen, war er in sein Zimmer gerannt und hatte die Tür hinter sich zugeknallt. An der Tür hing eine Zeichnung mit einem niederländischen Zug. Darunter, mit Filzstift in Blau und Gelb: »Niederländische Eisenbahn – Reiseauskunft«. Über Züge könne man ihn alles fragen, hatte Sweta gesagt, die Abfahrts- und Ankunftszeiten jedes Zugs in den Niederlanden könne Dimka einem raussuchen.

»Ich hoffe ja sehr, daß er irgendwann wieder normal spricht. Das ist ein echtes Problem. Nur Hans kann noch mit ihm reden. Hans hatte selber nie Kinder, deshalb nimmt er mir jetzt meine weg.«

Hans schöpfte sich lächelnd Rote-Bete-Salat auf den Teller. Er hat wirklich keinen blassen Schimmer, dachte Witali. Er hat keinen blassen Schimmer, oder er hat sich damit abgefunden.

»Ich will Dimka an den Wochenenden in die russische Schule schicken«, sagte Sweta. »Die bringen ihm wenigstens was bei. Da sind *unsere* Lehrer!« Beim Wort »unsere« hob sie die Hand in Richtung Sternenhimmel. »Wartet, ich zeig euch die Broschüre. Dann seht ihr sofort, daß wir es hier mit dem Inbegriff des russischen Talents zu tun haben.«

Die Schule hieß »Perestroika«. Die Broschüre hatte vier Seiten und war zweisprachig. Auf der Vorderseite war eine Gruppe von Leuten mittleren Alters in einer Haltung zu sehen, wie sie in Komsomol-Lagern üblich war: drei lachende Frauen, die sich gegenseitig die Arme um die Schultern gelegt hatten, links und rechts je ein schnurrbärtiger Kerl mit erhobenen Armen, und vorne lagen zwei junge Männer in Trikots, die Hände hinterm Kopf. »Die russische Methode für russische Talente«, stand in folkloristischer Schnörkelschrift darüber. »Haben Sie teil an der reichen russischen Tradition, von Tschaikowsky bis Nina Kusnetsowa.« Auf der nächsten Seite wurde erklärt, wer Nina Kusnetsowa war. Sie hatte an der Musikhochschule in Omsk Klavier studiert und unterrichtete nun an der Perestroika-Schule, wie ihr Ehemann. Der hatte Geige studiert, am Konservatorium. An welchem, stand da nicht. »Das niederländische System ist ungeeignet, Talente zu fördern«, so das Ehepaar. »Niederländische Schulen sind nur auf das Vergnügen ausgerichtet.« Auf einem anderen Foto dehnte einer der Männer in Trikot das Bein eines kleinen Jungen. Außerdem gab es Zeichenunterricht bei einem Juri Below, der an der Akademie von Astrachan Graphikdesign studiert hatte und den Kindern beibrachte, »was Kunst bedeutet, aber der Westen vergessen hat«. Auch zu Belows Arbeit gab es ein Foto: eine grazile Frauengestalt, die auf den Zehenspitzen stand und nach einer schwebenden Geige langte.

»Oleschka hatte das Glück, daß er fast seine ganze Schulzeit in Rußland verbracht hat«, sagte Sweta. »Bei ihm konnten sie hier nicht mehr viel verderben.«

Oleg schielte auf seinen Stiefvater, während er an einer Pirogge an seiner Gabel herumnagte. Er ißt um die Füllung herum, dachte Witali. Er ist schon über zwanzig und läßt die Füllung der Pirogge liegen.

»Ich hätte so gern, daß Dimka dasselbe mitbekommt«, sagte Sweta. »Deshalb habe ich beschlossen, daß Hans eine Satellitenschüssel kaufen soll. Dann kann er auf jeden Fall unser russisches Kinderprogramm sehen. *Karlsson vom Dach, Winnie the Pooh*, diese Art Sowjetproduktionen. Stimmt's, Hans?« Sie formte mit ihren Händen einen Kreis. »Sputnik. Kaufen wir.«

Hans nickte und stand vom Tisch auf. Kaum trat er in den

Flur, flog die Kinderzimmertür auf und Dimka kam ihm mit einem großen Bilderbuch entgegengerannt. Hans schaltete mit einer Kordel das Flurlicht ein und beugte sich über die glänzenden Seiten. Sie mußten beide lachen.

»Hans hat Osteochondrose«, sagte Sweta. »Und auch Radikulitis, vermute ich. Die Ärzte hier können nichts dagegen tun. Ich kenne eine gute russische Ärztin, die wüßte bestimmt Rat. Sie braucht sich nur mein Ohr anzusehen, und schon spürt sie die Schwachstellen in meinem Organismus auf. Ihr glaubt mir nicht? Ich gebe euch nachher ihre Telefonnummer, erinnert mich daran. Jeder Punkt des Ohrs korrespondiert mit einem Punkt im Organismus. Die kritischen Punkte projiziert sie auf einen Computerbildschirm. Sie hat sofort gesehen, daß ich Probleme mit der Galle habe und hat mir Entwässerungstee verordnet. Lacht nicht, es hilft! Hans will auch nicht auf mich hören. Wenn er demnächst stirbt« – sie spuckte über die rechte Schulter und klopfte auf den Tisch –, »habe ich wenigstens getan, was ich konnte.«

Es war bereits dunkel. Im Haus auf der anderen Seite des Innenhofs standen zwei Nachbarn in ihren Küchen, ohne voneinander zu wissen, jeder rührte hinter seinem schwach erleuchteten Fenster in einem Topf auf dem Herd. Hier, in dieser Wohnung, hingen Spitzengardinen vor den Fenstern. Und daneben, an der Wand, eine Menge Familienfotos, darunter das von einem Cockerspaniel mit sterbensmüdem Blick vor einer gemalten Berglandschaft – vermutlich in einem russischen Fotostudio aufgenommen. Die Hochachtung, mit der das Tier auf dem Bild verewigt worden war, erinnerte Witali an den Bouvier seiner ehemaligen Mathelehrerin. Arkadi hatte sie ihn genannt, aber die Schüler riefen ihn »Rasputin!«. Tiere in die Schule mitzubringen war verboten, nur bei ihm war es erlaubt; alle waren sich einig, daß Arkadi kaum was von einem Tier hatte. Während des Matheunterrichts saß er reglos in einer Ecke des Klassenzimmers, wie ein Pope, ein großer schwarzer Fleck mit glühenden Augen. Die Ähnlichkeit mit Rasputin wurde durch das kleine Kreuz an seinem Halsband betont. Die Mathelehrerin erzählte, daß sich ein Priester bereit erklärt habe, Arkadi zu taufen. Sie hatte die gleiche Art zu reden wie Sweta: dominant. Doch die Mathelehrerin war in ihrem hirnrissigen Mischmasch von Rechtschaffenheit (sie war nicht nur fromm, sondern auch aktives Parteimitglied) aufrichtig. Sweta nicht. Mit ihr stimmte was nicht. Auf dem Platz gab sie die ehrbare *datschnitsa*, die Russin mit den rosigen Wangen, aber sie war jemand anders. Sie las Roman gerade die Leviten. Zusammengeschrumpft saß er da, wie ein Schatten am Mittag. Zeit zu gehen. Plötzlich wandte Sweta sich an Witali.

»Und Sie? Was sind Sie eigentlich von Beruf?«

»Ingenieur.«

»Fachgebiet?«

»Interne Verbrennungsmotoren. Nichts Interessantes, ich konnte bisher nichts damit anfangen.«

»Nicht so bescheiden, junger Mann. Es wird Zeit, daß wir den dummen Ausländern zeigen, wozu wir fähig sind! Sie sind sicher sehr talentiert. Ich kann solche Dinge sehen, wissen Sie. Ich sehe Dinge.« Sie klatschte in die Hände. »Wollt ihr noch *pelmeni* für zu Hause mitnehmen? Mit Dill.«

»Wieviel?« fragte Roman, die Jacke in der Hand.

»Acht.« Sie zögerte kurz. »Sieben. Für dich sieben Gulden das Kilo.«

»Hast du diesmal auch kein Brot ins Hackfleisch gemischt?«

»Wie kommst du auf so etwas! Das mache ich nie.«

»Dann nehme ich drei Kilo.«

In der Küche warf Sweta die gefrorenen Teigwaren auf eine Waage. Ihre Nägel waren rosa lackiert. An der rechten Hand trug sie mindestens zehn Ringe aus russischem Rotgold. Alles Eheringe, dachte Witali boshaft.

»Ich pack einen zweiten Beutel drum herum, dann tauen sie nicht so schnell auf.«

Draußen sagte Roman: »Das machen wir nicht noch mal.« Sie überquerten die Straße und blickten durch ein Fenster ohne Gardinen in einen hell erleuchteten Raum in der Beletage. Alles im Zimmer war gut zu sehen. Auf der Fensterbank waren Kühe aus Holz und Porzellan aufgereiht. Witali fragte sich, worauf die Bewohner stolzer waren: auf die Kühe, die bemalte Wanduhr oder den großen Fernseher, der eingeschaltet war. Eine Frau mit einer Gießkanne trat ins Wohnzimmer. Roman zog Witali weg.

»Guck nicht so auffällig hin. Niederländer zeigen ihre Wohnzimmer wie eine Frau ihr Dekolleté. Du darfst draufschauen, aber es ist absolut nicht so gedacht, daß du deine Nase reinsteckst und nachsiehst, wie das Ganze hochgezurrt wird.«

Im Fenster in der Etage darüber hing ein Schild. Die Wohnung stand leer.

»Hast du gesehen? Die Wohnung da wird vermietet.«

»Wieviel kostet die, was meinst du?«

»Vergiß es. Mindestens tausend Gulden im Monat.«

»Aber das hast du doch in zehn Tagen auf dem Rembrandtplein verdient.«

»In zehn guten Tagen. Und dann? Wenn der Sommer vorbei ist, mußt du auch Miete zahlen. Oder hast du vor zurückzugehen, wenn dein Visum abgelaufen ist?«

Witali blickte auf die Frau im Wohnzimmer. Sie trug einen großen Kater zum Sofa. Dann machte sie es sich in den

Polstern bequem, griff zur Fernbedienung und starrte bewegungslos auf den Bildschirm.

»Rebjata!«

So erschrocken wie jetzt war Witali noch nie gewesen, wenn er seine Muttersprache hörte. Sweta hatte das Fenster geöffnet und lehnte sich heraus. Von unten sah sie wie ein kläffender Hund aus.

»Die *pel-me-ni!* Was steht ihr noch hier herum, die *pelmeni* schmelzen. Sie tauen auf!«

»Ja, Swetka, mach dir keine Gedanken«, rief Roman. »Wir gehen schnell nach Hause, eine Woche lang schlemmen!« Er packte Witali am Arm und stiefelte los. »Das dürfen wir wirklich nicht mehr machen. Weißt du eigentlich, wer die ist?«

»Auf jeden Fall nicht die, die sie zu sein scheint.«

»Sie war bei den Bullen. Eine Milizionärin! Ich denke, sie hat was ausgefressen und ist dann abgehauen. Oder es ist wegen dem Sohn. Sie hat Oleg aus dem Land geschmuggelt, als seine Einberufung zum Militär auf die Fußmatte fiel. Das wäre logisch.«

Es war also tatsächlich alles Theater. Die dicken Füße in den Schlappen, die hatten überhaupt nicht jahrelang Schlange gestanden, mit denen waren Hintertürchen geöffnet und regelmäßig Tritte ausgeteilt worden. Witali fuhr zusammen, als Roman ihm den eiskalten Beutel mit den *pelmeni* an den Nacken hielt.

»Habt ihr eine Tiefkühltruhe? Es würde mich nämlich sehr wundern, wenn ich diese Woche Strom hätte.«

9

In diesem Sommer eröffnete auf dem Noordermarkt ein russisches Teehaus. Es war das zweite russische Lokal in der Stadt. Das erste war das Trojka in der Nes, ein schlauchförmiger Raum, beherrscht von einem Bildschirm, auf dem, bestenfalls, Zeichentrickfilme über Wolf und Hase liefen, schlimmstenfalls Sowjet-Hits in Karaoke-Ausführung: »Meine Adresse ist kein Haus und keine Straße, meine Adresse ist die Sowjetunion.« Das Trojka war nicht mehr angesagt, nachdem ein paar Armenier es übernommen hatten. Stammgäste standen immer öfter vor verschlossener Tür, und wenn sie durchs Fenster schauten, sahen sie Herren mit Hut und Anzug bei einer Besprechung. Darum war das Teehaus ein willkommener Neuzugang. Es hatte eine kleine Veranda, in frischem Datscha-Blau gestrichen, wo die alte Volksweisheit »Tee ist kein Wodka – viel kann man davon nicht trinken« galt und deshalb nur selten Tee ausgeschenkt wurde. Im Angebot waren dreizehn Sorten Wodka, doch für die Herkunft von mindestens der Hälfte konnte der Wirt die Hand nicht ins Feuer legen.

Der Wirt, ein ehemaliger Schiffskoch, war bei der Windjammerparade Sail '90 in den Niederlanden hängengeblieben. Alle sprachen ihn mit seinem Vatersnamen an: Germanowitsch. Er hatte Ilja erlaubt, bei der Eröffnung seine Werke auszustellen, aber zur Bedingung gemacht, daß sie sich den Gewinn teilten. Ilja hatte nicht lange gefackelt, sondern die Bilder sofort in Zeitungspapier gewickelt und in

Stas' Transportfahrrad geladen. Witali half ihm schleppen, wenn auch nur widerwillig. Doch dann war alles vergeben und vergessen, denn während über dem Noordermarkt eine Wolkendecke hing, die aussah, als könnte sie jeden Moment herunterstürzen, saß auf der Veranda des Teehauses Polina. Ilja kannte sie schon und ließ sich von ihrer Erscheinung nicht mehr beeindrucken. Sie hatte ein Walt-Disney-Gesicht: Wangenknochen wie Kuhglocken, Stupsnase, schräg stehende, schwarz umrandete Augen, bordeauxrote Haare, zu einem Hütchen geföhnt. Sie aß einen Oliviersalat. Essen konnte man es eigentlich nicht nennen, das taten Mädchen wie sie nun mal nicht. Sie stocherte mit der Gabel im Salat und suchte sich hin und wieder etwas aus, das sie sich in den Mund steckte, wie die Erbse, die sie mit zwei blau lackierten Fingernägeln vom Teller nahm, und sie wandte den Blick nicht von Witali.

»Schmeckt's nicht?« fragte Ilja.

»Es geht. Germanowitsch hat es gemacht. Er ist hinten.«

Sie gingen weiter in die Küche, wo ein Koloß im Matrosenshirt Piroggen füllte. Seine behaarten Unterarme waren voller Mehl.

»Fleischfüllung?« fragte Ilja.

»Und Kohl«, sagte Germanowitsch, auf ein Backblech mit dampfenden Teigtaschen deutend. »Häng deinen Plunder schnell auf, wir haben nur noch anderthalb Stunden.«

Polina hatte beschlossen, sich näher mit Witali zu befassen. Sie tauchte hinter ihm auf, als er ein Bild für Ilja hochhielt, der mit einer Wasserwaage herumhantierte. Unvermittelt strich sie ihm mit der Hand über den Hintern.

»Brauchst du Hilfe?«

Wenn sie lachte, bekam sie eine spitze Schnute, die sie sofort mit ihren blau lackierten Krallen bedeckte. Den Rest des Abends spürte Witali diese kleinen Krallen von seinem Hintern zum Nacken hochtrippeln, doch wenn er sich umdrehte, war Polina jedesmal ganz woanders.

Zwei Stunden später hatte sich das Teehaus mit russischem Gemurmel gefüllt. Roman hatte sich am großen Tisch neben Witali und Ilja auf einen Stuhl fallen lassen. Als Germanowitsch ihm seinen Tee gebracht hatte, sagte er mit bleiernem Gesicht: »Sei dir darüber im klaren, daß wir hier im Lokal eines Schiffbrüchigen sitzen. Es heißt jetzt, gemeinsam zu überleben.«

Wolodja aus Archangelsk hatte sich auch dazugesetzt, ohne zu grüßen, mit hundert Gramm Wodka und einem Pfannkuchen. Er lebte auf, als sich ein junger Mann in einem Leinenanzug an den Tresen stellte.

»Mischa! Wo warst du die ganze Zeit?«

Mischa sah ganz anders aus, als Witali ihn sich vorgestellt hatte. Er hatte ein ausdrucksstarkes, kräftiges, sonnengebräuntes Gesicht und für einen Russen außergewöhnlich gesunde Zähne, war jedoch ziemlich hager und kaschierte das mit breiten Schulterpolstern. Er schüttelte Hände und bestellte Bier für den ganzen Tisch. Germanowitsch brachte es. Er hielt mit einer Hand das Tablett und zog mit der anderen eine Goldkette aus seiner Schürze.

»Wenn das nicht die richtige ist, mußt du's sagen. Aber sie hatten gerade nichts anderes.« Mischa wog den Schmuck in der Hand. »Schön schwer. Breite Glieder. Mal anprobieren.« Er legte die Kette auf seinen kantigen Schädel und versuchte sie nach unten zu ziehen. Sie blieb hängen. Germanowitsch stellte das Tablett ab und griff mit beiden Händen nach Mischas Kopf, schüttelte und drückte, bis die Kette an ihren Platz fiel.

»Ich nehm sie«, sagte Mischa. »Es führt kein Weg mehr

zurück.« Er wollte zu seinem Portemonnaie greifen, doch Germanowitsch hielt ihn davon ab.

»Das erledigen wir später.«

»Die Geschäfte laufen also gut?« fragte Roman.

»Ich kann nicht klagen«, sagte Mischa. »Ich stehe jetzt halbe Tage auf dem Rembrandtplein und halbe Tage an einem Platz, wo ich die Kunden fast schon abwimmeln muß. Ich komme mit dem Malen kaum nach.«

Alle wollten wissen, wo. Mischa trank sein Bier zur Hälfte aus und sagte, er würde es ihnen nur verraten, wenn niemand auf die Idee käme, sich ebenfalls dort hinzustellen: Es war der Damrak. An der Ecke gegenüber vom Bijenkorf, vor dem Laden des Juweliers, nach Ladenschluß.

»Aber das ist unmöglich!« rief Wolodja. »Das läßt die Polizei doch nie zu!« Er schüttelte mit ungläubigem Respekt den Kopf. Mischa nickte, trank, schluckte, nahm noch einen Schluck – keiner unterbrach ihn.

»Stimmt. Darum habe ich zwei Kumpels angeheuert. Der eine paßt in Richtung Palast und Monument auf, der andere in Richtung Bahnhof. So kann nichts schiefgehen. Ich sehe die Polizisten, sie sehen mich, aber bis sie da sind, bin ich weg. Sie können mir nichts. Und das schöne ist: Es sind immer dieselben. Ein Mann und eine Frau. Sie hassen mich.«

»Du bist legal. Auch wenn sie dich zu fassen kriegen, kann dir nichts passieren«, sagte Wolodja. »Wir würden uns nie trauen, auf dem Dam zu verkaufen.«

»Vom Dam kann unsereiner nur träumen«, sagte Roman. »Also mach dir keine Sorgen.«

»Lange mache ich diesen Quatsch sowieso nicht mehr mit«, sagte Mischa. »Für den Straßenhandel bin ich eigentlich überqualifiziert. Vielleicht übernehme ich das Trojka.«

»Dann mußt du erst mal die Armenier vertreiben«, sagte Wolodja. »Das sind Breitköpfe.«

»Allerdings«, nickte Roman. »Wenn du die fotografieren willst, brauchst du ein Weitwinkelobjektiv.«

Mischa zuckte mit den Schultern. »Warum sollte ich Angst vor denen haben?«

Witali sah Mischa an und wurde sich klar, daß er ihn für einen miesen Blender hielt, der vermutlich dank der Beziehungen seiner Eltern um den Militärdienst herumgekommen war. Was für ein aufgeblasener Typ! Der müßte mal eine Zeitlang in ein Holzfällerlager im Norden. Da würde er nicht lange durchhalten, der mit seiner komischen Gestik, der kindischen Angewohnheit, sich die Zigarette tief zwischen die Finger zu stecken und mit der Hand vor dem Mund zu rauchen, mit den zugekniffenen Augen, wenn er so tat, als höre er jemandem zu, aber eigentlich bereits seine Antwort formulierte.

»Warum sollte ich Angst vor denen haben?« wiederholte Mischa. »Irgendwann übernehme ich das Trojka, laß dir das gesagt sein. Dann mach ich was Besseres daraus als diesen Unsinn.«

Draußen schlossen Tjoma, Stas und Lena ihre Räder aneinander. Vor allem Lena sah ziemlich mitgenommen aus.

»Ich hoffe, daß sie sich nicht daneben benehmen«, sagte Ilja. »Sie haben heute morgen schon Pillen eingeworfen.«

»Sweta ist auch im Anmarsch«, sagte Roman, der durchs Fenster spähte. »Wenn sie sich nur nicht zu uns setzt. Leg schnell eine Jacke auf den Stuhl da.«

Sweta trat auf die Veranda, im Schlepptau den störrischen Dimka und drei nervöse junge Burschen in Windjacken. Slawistik-Studenten. Sweta dirigierte sie an den Tresen mit dem Auftrag, Wodka zu bestellen: »Auf russisch!« Sie versuchte,

Dimka mit sich an ihren Tisch zu zerren, doch er riß sich los und rannte wieder raus, auf den kleinen Spielplatz.

»Die Jungs sind meine Schüler. Ich gebe ihnen Konversationsunterricht. Sie kriegen es noch nicht auf die Reihe, aber das werde ich ändern.«

Germanowitsch, der mit Polina vor der Musikanlage stand, ignorierte die Slawisten.

»Wollt ihr auch was trinken?« fragte Sweta. »Noch mal fünf!« rief sie und zeigte auf ihren Tisch. Die Slawisten zählten ihr Geld. Aus den Lautsprechern schrie eine heisere Schlampe der vaterländischen Estrada den neuesten Hit:

Das Leben ist nicht einfach für ein ehrliches Mädchen
ohne Geld, also muß ich wieder zu dem Typ gehn.

Polina sprang die Stufen zum Podest hoch und fing an zu tanzen. Die Slawisten beachteten sie nicht. Sie bezahlten und trugen den Wodka mit verwegenem Blick zum Tisch.

»Wodka«, sagte Sweta, »trinkt man so.« Sie nahm ein Glas und eine saure Gurke und stellte einen Fuß auf einen Stuhl – in einem Schlappen, wie Witali bemerkte, wirklich und wahrhaftig!

»Wir trinken auf die Gesundheit« – dabei nickte sie dem verdatterten Roman zu – »und den Reichtum« – nun sah sie Mischa an – »und den künstlerischen Erfolg« – sie zwinkerte Ilja zu.

Die Slawisten nahmen ihre Gläser, wollten ebenfalls den Fuß auf einen Stuhl stellen, doch sämtliche Stühle waren besetzt, und die Gurken waren auch alle.

»*Pojechali, bljad*«, brummte Ilja. Na, dann mal los, verdammt.

»Nein, wartet«, rief Sweta. »Ich bin noch nicht fertig!«

»Ich trinke keinen Wodka mehr«, sagte Roman. »Aber bei deinem Rußki-Theater kannst du auf mich zählen, ich heiße ja nicht umsonst Roman Popow. Pópow, wie sie hier sagen.« Er winkte den Slawisten und zeigte mit dem Finger auf seine Brust. »Pópow, Clown Pópow.« Die Slawisten nickten begeistert. Sweta schwenkte die Gurke vor ihren Gesichtern.

»Hört nicht auf ihn. Ihr müßt trinken lernen. Eigentlich muß man das leere Glas über die Schulter werfen, aber wir werden …«

Sie wurde von Iljas lautem Würgen unterbrochen. »Verdammt, was ist das denn für ein Gesöff?«

Mischa hatte es auch gemerkt. Er sprang wütend auf. »Germanowitsch, was drehst du mir da an?« Germanowitsch griff sich erschrocken an den Kopf.

»Ich dachte, es wäre für die Studenten.«

Die Slawisten kriegten nichts davon mit. Sie sagten »hoppa« und kippten das Zeug synchron. Dann folgten sie Sweta nach draußen.

Auf dem Podest ging Polina hüftwackelnd in die Knie. Ihre gefönten Haare hingen wie ein Fächer vor ihren Augen, sie schob sie zur Seite und sah Witali durchdringend an. Der schlug schnell die *Komsomolskaja Prawda* auf. Ein gräßlicher Unfall in der Ukraine. Ein Mann war mit dem Kopf in eine Konservenmaschine geraten.

»Was Neues von der Heimatfront?« fragte Mischa.

»In einer Erbsenfabrik ist ein Männerkopf eingedost worden.«

»Einzelheiten.«

»Ein Arbeiter der legendären Konservenfabrik in Winnysja wurde beim Abfüllen und Verschließen der Dreiliterkonserven enthauptet.«

»Erbsensuppe mit reichlich Fleischeinlage«, sagte Stas, der sich zu ihnen gesetzt hatte.

»Seine Frau hat erklärt, daß er bei der Arbeit nie trank, und fordert eine Entschädigung.«

»Das ist doch nichts Neues«, sagte Wolodja. »Bei meinem Vater in der Fabrik ist jeden Tag einer in eine Maschine geraten. Wenn sich die Schlosser mal wieder nicht an die Vorschriften gehalten haben und zu weite Hosenbeine trugen: zack, der halbe Körper weg.«

»Und haben sie eine Entschädigung gekriegt?«

»I wo. Außerdem ging es mit ihnen danach nur noch aufwärts. Sie haben sich Afghanistan-Klamotten besorgt und sind betteln gegangen. An einem Tag haben sie einen ganzen Monatslohn reingeholt.«

»Ja, aber um welchen Preis?« sagte Mischa. »Keine Beine, also wirklich.«

»Das glaubst auch nur du«, rief Ilja. »Bei den meisten sind sie einfach unter den Körper geknickt oder im Rollstuhl versteckt! Komm mir nicht mit diesen Schlawinern! Wir hatten so einen auf dem Newski. Keine Arme, keine Beine, nur ein Rumpf mit lauter Veteranenorden. Ein jämmerlicher Anblick, es zerriß einem das Herz vor Mitleid. Aber eines Tages hab ich ihn in der Metro die Rolltreppe runterrennen sehen, frisch wie eine Gurke. Tipptopp gekleidet, Arme, Beine, alles dran!«

»Penner legen keinen Wert auf Arme und Beine«, sagte Stas. »Als ich in Dnipropetrowsk in der Notaufnahme gearbeitet habe, hatten wir von halb acht bis halb neun immer Penner-Sprechstunde. Ganze Wagenladungen haben wir reingekriegt. Um die Zeit haben sie gerade ihre Abendration intus und werden langsam schlapp, wenn sie zu gierig eine Gemeinschaftsflasche ausgesoffen haben.«

Die Geschichte, die Stas nie vergessen würde, war die mit den Filzstiefeln.

»Allerdings ziemlich makaber …«

»Schön makaber …«, sagte Roman. »Ich schmeiß ’ne Runde.«

Witali schaute vorsichtig hoch. Polina hatte ein Bein über die Balustrade geschwungen und sang Playback.

Ich habe einen bildhübschen Freund, aber er kauft mir keine Schuhe, keine schönen Kleider, drum muß ich zu dem Glatzkopf gehn.

»Verdammt schönes Bein«, murmelte Witali vor sich hin. Geschmeidige, nicht zu muskulöse Wade, schlanker Oberschenkel, dezentes Knie.

Als der Wodka gebracht wurde, hob Stas das Glas und rief erneut, es sei aber wirklich eine sehr makabre Geschichte, damit niemand auf die Idee kam, das Gesprächsthema zu wechseln. Er trank, ohne etwas dabei zu essen, ballte die Hand zur Faust und ließ sie über dem Tisch hängen, bis alle mit Schlucken und Kauen fertig waren.

Die meisten Fälle, die zur Penner-Sprechstunde in die Notaufnahme im Zentrum von Dnipropetrowsk gebracht wurden, seien mit der »Rosenmethode« übel zugerichtet worden: Jemand hatte ihnen eine abgebrochene Flasche ins Gesicht geschraubt.

»Da ging es meist nur darum, alles wie einen Knödel zusammenzunähen, Knoten rein und fertig. Da wurde nicht lange dran rumgepuzzelt. Aber die Sache mit dem Penner und seinen Filzstiefeln, das war so was von eklig …«

»Na los, erzähl schon«, sagte Roman.

»Sogar die Sanitäter mußten kotzen. Der Mann hatte

schon so zwei Wochen im Eingang eines Mietshauses gelegen, die Bewohner hatten sich über die Geruchsbelästigung beschwert. Aus eigener Kraft konnte er da nicht weg, aber das brauchte er auch gar nicht, seine Freundin hat ihm nämlich seinen Fusel gebracht. Der Gestank kam aus den Filzstiefeln. Gangrän im fortgeschrittenen Stadium ...«

Polina hatte aufgehört zu tanzen. Sie lehnte an der Balustrade und reckte den Hals. Witali schaute wieder auf den Artikel über den Mann, dessen Kopf in einer Konservendose gelandet war. Auf dem Foto lächelte er noch ahnungslos, hatte sich die Haare sorgfältig gekämmt und eine Brille aufgesetzt.

»Also, der Penner wird auf den Tisch gelegt, und die Stiefel mußten runter. Und als wir dran gezogen haben, kamen die Füße einfach mit. Eine Praktikantin mußte dann die Filzstiefel mit den Füßen drin in die Leichenkammer bringen. Am nächsten Tag hat sie ihr Studium geschmissen.«

»Und der Penner?« fragte Wolodja.

»Der Penner hat's überlebt. Der war doch glatt noch sauer, daß er seine Filzstiefel nicht zurückgekriegt hat.«

Roman nahm die Karaffe und schenkte nach. »Ich würde gern auf was trinken, aber ich weiß nicht, worauf«, sagte er.

»Auf Polina, die so toll für uns getanzt hat!« rief Mischa.

Polina wand sich geschmeichelt und schaute wieder Witali an. Heute nacht würde er mit zu ihr gehen, darüber brauchte er nicht lange nachzudenken.

Während Stas die Geschichte zum besten gab, war Ilja auf seinem Stuhl herumgewippt, ein Zeichen, daß auch ihm eine Anekdote eingefallen war. Als die anderen tranken, stieß er Witali an.

»Witjok, erinnerst du dich noch an den lahmen Ljocha?«

Von Witali wurde nicht mehr erwartet, als zu nicken.

»Bei uns an der Wolga hatten wir einen Penner mit einem Hinkebein. Nach einem Bruch war das Bein völlig schief zusammengewachsen.«

Das Bein des lahmen Ljocha hatte einen Winkel von mindestens vierzig Grad. Er war ein Fixer. Wenn er Stoff brauchte, sprang er manchmal vor ein langsam fahrendes Auto und krümmte sich wimmernd auf dem Asphalt, das schiefe Bein hinter sich herziehend. Er wollte damit erreichen, daß der Krankenwagen kam und die Sanitäter ihm seinen Schuß Morphium verpaßten. Wenn sie ihn dann auf die Trage legen wollten, richtete er sich auf, erst das eine Bein, dann das andere Bein, wie ein Pferd, und hinkte davon.

»Nach einer Weile kannte jeder den Trick, aber sein Morphium hat er trotzdem gekriegt«, sagte Ilja. »Später ist er dann noch unter den Zug gekommen. Oder, Witja?«

Witali nickte wieder. Ljocha war auf dem Bahnsteig ausgerutscht und unter einen Zug geraten. Im Krankenhaus hatten sie ihm das gesunde Bein abnehmen müssen. Ilja hinkte um den Tisch und imitierte den wütenden Ljocha.

Witali entschuldigte sich und stand auf, um Polina zu suchen. Auf dem Podest war sie nicht mehr. Dort saßen nun die Studenten zusammen mit einer Baba Jaga im Rollkragenpulli und mit slawischem Umschlagtuch. Sie hing mit einer Brust über ihrer Gitarre und schüttelte wie ein störrischer Esel den Kopf zum Takt eines Volkslieds. Die Studenten sangen mit. Witali ging nach draußen. Da stand sie, mit einem leeren Glas. Geistesabwesend hörte sie Sweta zu, die, ihren zappelnden Sohn an sich gedrückt, lauthals verkündete: »Wenn ich damals abgetrieben hätte, hätte ich ihn jetzt nicht. Kannst du dir das vorstellen? Dann hätte ich dieses liebe rothaarige Bürschchen jetzt nicht!«

Dimka rannte weg. Komm nicht mehr zurück, dachte Witali, renn einfach immer weiter.

»Wo sind meine Studenten?« rief Sweta. »Sitzen sie wieder bei diesem Weibsstück, der Jana? Sie soll bloß die Pfoten von meinen Studenten lassen!« Sie ging ins Teehaus, blieb vor dem Podest stehen, fiel mit nasaler, pseudosibirischer Stimme in den Refrain des Lieds ein und stampfte dazu mit den Absätzen.

»Mein Fußboden«, rief Germanowitsch. »Sweta, mein Fußboden.«

Sweta hörte nicht auf ihn. Witali sah sie in Milizionärsuniform vor sich.

»Sie ist total blau«, sagte Polina. »Ich übrigens auch. Ich glaub, du mußt mich begleiten. Sonst find ich nicht mehr nach Haus.«

10

Am nächsten Morgen wachte Witali mit dem Gesicht im plüschigen Hinterteil eines Katers auf. Als er das Tier wegschob, merkte er, daß sonst niemand mehr in dem luxuriös ausstaffierten Bett lag; an der Wand hing jedoch ein riesiges Aktfoto der Frau, mit der er, es konnte gar nicht anders sein, die Nacht verbracht hatte. Sie posierte wie ein Krieger, die Knie etwas gebeugt, das Becken gekippt und die Fäuste neben den großartigen Brüsten geballt. Witali blickte auf die Walt-Disney-Augen und merkte mit Bedauern, daß das ihre einzigen Köperteile waren, an die er sich erinnern konnte. Das Schlafzimmer nahm er nun auch zum ersten Mal bewußt wahr, die Wände waren glatt verputzt, außer dem Foto war nichts farbig. Die Tür ging auf, und das Original trat ein. Sie sah wieder picobello aus, mit einem frisch nachgezogenen, höhnischen Lächeln. Sie angelte seine Unterhose vom Boden und fragte ihn, wie es ihm ging.

»Mir ist übel.«

»Von mir?«

»Natürlich nicht. Vom Alkohol.«

»Falls du kotzen mußt, die Toilette ist am Ende des Flurs.«

Er ging zur Toilette (»weißer Freund« hatten sie die früher genannt, wenn sich jemand auf den Knien, die Schüssel umarmend, übergeben mußte) und sah auf dem Weg, daß es eine große Wohnung war; das in Quadrate unterteilte Fenster ging auf eine breite Straße hinaus. Das Badezimmer war mit schwarzen Sanitäreinrichtungen ausgestattet, und bei den Wasserhähnen war ihm nicht gleich klar, wie er sie bedienen mußte. Als er die Spülung betätigt hatte, klopfte Polina an die Tür.

»Möchtest du Kaffee?«

»Gern. Darf ich mir ein Bad einlassen?«

Er durfte. Witali schnupperte an den Fläschchen auf der Waschmaschine. Er entschied sich für einen fröhlichen Flakon mit Bärchen und Schmetterlingen und schüttete den Inhalt in die Wanne. Der heiße Dampf erinnerte ihn an zu Hause, wo er oft gebadet hatte. In einer tiefen Wanne mit abgeblätterter Emaille, an der er sich den Rücken aufschürfte, und einem getrockneten Farbklecks auf dem Boden in der Farbe der Wand: Babyblau, wie alle *Chruschtschowka*-Badezimmer von 1964 – das dritte Jahr in Folge, in dem in Jaroslawl die Produktionsnorm für wasserfesten babyblauen Lack erfüllt wurde. Die sanitären Einrichtungen in Amsterdam mochten vielleicht schöner aussehen, waren aber sicher nicht so robust. Und der Wasserdruck war eher lächerlich. Der russische Staat pumpte das warme Wasser mit solcher Kraft durch die Leitungen, daß man fast fürchten mußte, der Wasserhahn könnte abfliegen; in wenigen Minuten war die Wanne mit heißem Wasser gefüllt, das die Farbe von dünnem Tee hatte. Manchmal signalisierte der Wasserhahn mit einem heiseren Geräusch, daß an der Haustür ein handgeschriebener Zettel von der Stadtverwaltung hängen mußte, auf dem stand, das warme Wasser sei abgestellt. Im Sommer dauerte das mehrere Monate, danach pappte da plötzlich wieder ein Zettel, diesmal mit einer guten Nachricht, durch die sich das ganze Viertel verbrüderte. Alle drehten aufgeregt die Wasserhähne auf, die erst ein paar dunkle Klumpen aushusteten und dann wieder so viel glühendheißes Wasser spendeten wie sonst.

Witali ließ sich in den duftigen Schaum sinken und fragte sich, wovon Polina das alles bezahlte. Vielleicht war sie Fotomodell, vielleicht Prostituierte, jedenfalls teuer im Unterhalt. Sie trug in ihrer Wohnung Stilettos, auch als sie mit Kaffee und Bier ins Badezimmer kam. Mit dem Fuß stieß sie die Tür hinter sich zu und rümpfte die Nase.

»Hast du Weichspüler ins Wasser gekippt?«

Witali schlug die Beine übereinander. Diese Frau konnte er sich nicht leisten.

»Weißt du eigentlich, wem du ähnlich siehst?« fragte sie. »Wiktor Zoi.«

»Ich bin kein Schlitzauge.«

»Das sollte ein Kompliment sein. Meine Mutter war Tatarin.«

»Mein Großvater auch, also bin ich weniger Zoi als du.«

Sie pikste ihn mit einem Fingernagel in den Oberarm. »Was ist das?«

»Eine Tätowierung.«

»Das seh ich selber«, quietschte sie wie ein Teenager, »aber was soll das sein?«

»Ein Grenzpfahl. Er ist mit den Jahren ein bißchen breiter geworden.«

»Ein Grenzpfahl? So was Schwachsinniges. Warum?«

»Ich habe bei den Grenztruppen gedient. Da ist das eine ganz normale Tätowierung.«

»Und an welcher Grenze?«

»Zwischen Rußland und Finnland. Und eine Weile an der zu Norwegen. Die liegen dicht beieinander.«

»Warst du Offizier?«

»Nein, Korporal. Und später bin ich degradiert worden.«

Polina schlug die Hand vor den Mund. »Wie schrecklich! Hast du etwa jemanden umgebracht?«

Nein, das war ja gerade das Problem, dachte Witali. Er tauchte unter und wäre dort am liebsten eine Weile geblieben, doch Polina stellte ihm die eiskalte Bierdose auf die Brust.

»Ronald war nie beim Militär. Niederländer sind Weicheier.«

»Ronald?«

»Mein Mann. Morgen kommt er von seiner Geschäftsreise zurück.«

Witali setzte sich erleichtert auf. Für Polina wurde also gesorgt. »Du bist verheiratet?«

Sie zog einen Flunsch und nickte.

»Liebst du ihn?«

Nein, sagte sie knatschig, es sei nicht gerade leicht. Sie brauche noch zwei Jahre – »genauso lang wie dein Militärdienst«, was für ein Vergleich! –, erst dann bekäme sie einen Paß.

Plötzlich klingelte es. Witali fuhr erschrocken zusammen, aber Polina hielt ihn in der Wanne fest und mußte lachen. »Ich hab doch gesagt, daß er erst morgen kommt. Das ist Serjoschka mit der Lieferung!«

Als Witali, nach Maiglöckchen duftend, im Bademantel von Polinas Mann ins Wohnzimmer ging, traf er dort auf eine ziemlich gruselige Gestalt. Serjoschka hatte das Gesicht eines getrockneten Fisches mit rissiger Haut, stumpfen Augen und einem kläglich offenstehenden Mund mit spitzen, kleinen Zähnen. Seine Haare waren gefärbt, nicht weil sie grau wurden, sondern weil er meinte, mit seiner Begegnung mit Polina habe ein neues Kapitel in seinem Leben angefangen. Sie hatte das wahnwitzige Kupferrot nicht mal zur Kenntnis genommen, sie drückte ihm nur eine neue Wunschliste für die russische Handelsvertretung in die Hand. Er nahm seine

Aufgabe als Laufbursche sehr ernst. Serjoschka war der Meinung, die russische Handelsvertretung an der Veluwelaan sei eine uneinnehmbare Festung, mit Panzertüren, die sich nur öffneten, wenn man die Parole kannte. Sich mit Dauerwurst und Sprotten einzudecken, sei ein heikles Unterfangen. Serjoschka war sich sicher, daß diese Häppchen aus der Heimat ein Köder waren, mit dem KGB-Agenten heimwehkranke Emigranten in die Falle lockten. Er hatte sie sofort durchschaut, die Herren in der Veluwelaan, die aussahen, als seien sie dem TV-Mehrteiler über den Agenten Max Otto von Stierlitz entsprungen; auch immer in Schwarz-Weiß, den Bakelit-Telefonhörer wie festgeschweißt zwischen glattrasierter Wange und gepolsterter Schulter, von hinten beleuchtet und deutlich artikulierend: »Denk nicht zu leichtfertig über eine Sekunde.« Doch für Polina bot er ihnen die Stirn, und so stand er an diesem Vormittag aufgeplustert wie ein Gockel in ihrem Wohnzimmer, während sie die Köstlichkeiten auf dem Eßtisch ausbreitete: *tworog* mit Rosinen, warm geräucherter Stör, Sprotten, Lachskaviar, Moosbeeren in Puderzucker, Erster-Mai-Tee und Moskauer Zervelatwurst. Sein ganzer verlangender Körper erstarrte, als er Witali bemerkte. Polina packte in aller Seelenruhe den *tworog* aus und leckte ihre Finger ab. »Serjoschka, Liebling, darf ich dir Witali vorstellen?«

Der Mann schaute Witali in seinem Bademantel verstört an. »Sie haben hier übernachtet?«

»Witali ist Grenzoffizier«, sagte Polina. »Und Witja, der Tarnname von Serjoschka ist Agent Quecksilber, aber nicht weitersagen!«

Serjoschka pfiff durch die spitzen Zähne. »Polina!«

»Mach dir keine Sorgen. Bei Witja ist die Information in sicheren Händen. Er wird es niemandem verraten!«

Serjoschka ignorierte Witalis ausgestreckte Hand. »Ich

rate Ihnen nachdrücklich, mit niemandem darüber zu sprechen«, sagte er ernst.

»Worüber?«

»Über die Delikatessen auf diesem Tisch.«

Polina stellte den Fernseher an. Auf dem Bildschirm erschien eines der erotischsten Bilder aus der Geschichte des Sowjetkinos: die platinblonde Swetlana Swetlitschnaja, die Hände vor der Brust, die Schenkel in einem ziemlich geräumigen Schlüpfer, bei einem verführerischen Tanz ertappt. »Es ist nicht meine Schuld, er kam von sich aus zu mir!«

»Brilliantowaja ruka!« rief Witali. »Was für ein Zufall! Das erste Mal, daß ich ausländisches Fernsehen gucke, und sie zeigen diesen Film!«

»Das ist kein ausländisches Fernsehen«, sagte Polina. »Wir haben eine Satellitenschüssel.«

Serjoschka drehte dem Bildschirm den Rücken zu. »Es ist nicht gut, sich das anzusehen. Zusammen mit *Brilliantowaja ruka* werden noch andere Signale über den Sputnik gesendet. So beeinflussen sie das Unterbewußtsein von Emigranten. Aber lassen wir das, unser Freund hier ist ja Grenzoffizier.«

»Und was hat das damit zu tun?« fragte Polina.

Serjoschka spießte einen Fisch auf die Gabel und deutete damit auf Witali.

»Die Grenztruppen unterstehen dem KGB.«

»Na ja, offiziell. Bloß …«, begann Witali, doch Serjoschka fiel ihm ins Wort.

»Mir machst du nichts vor, Kamerad. Und nun entschuldigt mich bitte!«

Er steckte sich die Sprotte in den Mund und marschierte mit großen Schritten aus dem Zimmer. Polina rannte hinterher. »Serjoschka!«

»Ab heute Sergej, nicht Serjoschka«, hörte Witali ihn im Flur sagen, und: »Ich muß den Kontakt mit dir abbrechen. Dieser Verrat ist ein Schlag ins Gesicht.«

Er knallte die Tür zu und polterte die Treppe hinunter. Polina kam kichernd ins Wohnzimmer.

»Verdammt, so was Blödes aber auch! Das mit dem Grenzoffizier hätte ich natürlich nie sagen dürfen!« Sie gab der Katze, die die ganze Zeit mit einem feierlichen Gesichtsausdruck dagesessen hatte, ein Stück Zervelatwurst. »Jetzt hab ich keinen Laufburschen mehr.«

Sie ließ sich auf die Couch fallen, an der Wand darüber hing ihr Hochzeitsfoto. Für den großen Tag war sie auf der Sonnenbank gewesen, hatte ein Braut-Make-up auftragen und sich in einen Ballen hochglänzenden Satins einschnüren lassen, der im letzten Augenblick bis über die Knie gekürzt werden mußte, weil es sonst nicht sexy genug ausgesehen hätte. Der Bräutigam war ein aufgedunsener, zur Glatze neigender Mann, der trotzdem selbstbewußt in die Kamera blickte. Inzwischen hatte er sich wohl daran gewöhnt, diese sagenhafte Frau an seiner Seite zu haben – hier schwebte er noch in dem süßen Traum zwischen Unglauben und Desillusion. Daneben hing ein kleineres Bild, zweifellos in Rußland aufgenommen: eine Gesellschaft mit gefüllten Gläsern vor einem giftgrünen Wandteppich. Die Frauen hatten breite Gesichter und Augen wie Polina, waren jedoch alt und aus der Fasson geraten. Die Männer waren keine Tataren, sondern der wettergegerbte Typ Russe, der immer einen Anlaß zum Trinken findet und schon lange auf einen Happen dazu verzichten kann. Zwischen ihnen eingeklemmt, saß ein ernster kleiner Junge mit einem Kuchenteller.

»Ist das deine Familie?«

»Meine Tante, meine Eltern, mein Onkel«, Polina zeigte

auf die Personen. »Und das ist Egor. Mein Sohn. Ronald denkt, er wäre mein Neffe.«

»Warum?«

»Du glaubst doch wohl nicht, ich hätte eine Chance gehabt, wenn ich mit einem Kind in die Niederlande gekommen wäre? Aber ich habe ihn vorigen Sommer noch gesehen. In zwei Jahren hole ich ihn her.«

Aus einer Zimmerecke ertönte ein schriller Schrei. Dort stand ein Käfig mit einem Papagei, der auf seiner Stange zufrieden ein Stückchen weiter wanderte, als er merkte, daß er beachtet wurde. Dann sahen sie wieder fern; Mironow, als Bäuerin verkleidet, startete eine himbeerrote Jawa mit Beiwagen. Obwohl Witali die Komödie schon mindestens zwanzigmal gesehen hatte, berührten ihn erst jetzt die Eiscremefarben der Bilder, der gepuderte Augenaufschlag der Schauspieler und die Requisiten aus einem Leben, das auch noch weitere zwanzig Jahre unverändert bleiben würde – eine Tortenschachtel mit einer Trageschnur, eine Kristallkaraffe mit Wodka, Brokattapeten, alles war so unglaublich vertraut, daß er den Rest des Tages, in seinen Morgenmantel gekuschelt, vor dem Fernseher sitzen blieb. Polina hatte nichts dagegen. Nach *Brilliantowaja ruka* nahm der einzige Indianer, den der Ostblock jemals hervorgebracht hatte, der Serbe Gojko Mitic, im Western *Spur des Falken* den Kampf mit einer Bande amerikanischer Banditen auf. Es gab einen Zeichentrickfilm über die Bremer Stadtmusikanten, im ersten Programm tanzte das Kirow-Ballett den *Nußknacker*; danach trug eine Stimme aus Eichenholz Gedichte von Puschkin zu herbstlichen Aufnahmen aus dem Petersburger Sommergarten vor.

Witali wurde wieder wach, als im Eiltempo das Tagesgeschehen abgehandelt wurde: Hungertote in Altersheim, drei illegale Wodkabrennereien ausgehoben, pater familias mumifiziert seine Angehörigen.

Sie gingen früh zu Bett. Als Polina das Licht im Wohnzimmer ausmachte, rief der Papagei in einwandfreiem Niederländisch: *»Lecker poppen!«*

»Was sagt er?« fragte Witali.

Polina übersetzte es, ohne mit der Wimper zu zucken. »Guck mich nicht so an. Das hat Ronald ihm beigebracht.«

11

Draußen versprach eine reglose Pappelallee, daß es ein drückend schwüler Tag werden würde. Witali überquerte die Straße und blickte über die Schulter auf das Haus, in dem er zwei Nächte verbracht hatte. Gleich würde Polinas Mann das Wohnzimmer lüften von den Schemen von Swetlana Swetlitschnaja, Agent von Stierlitz und Gojko Mitic; dann würde er kopfschüttelnd den Inhalt des Kühlschranks inspizieren und mit dem Papagei ein paar holländische Vulgaritäten austauschen, und wenn er in seinem schwarzen Badezimmer duschte, würde er dabei – wie es Niederländer zu tun pflegen – pfeifen. Vor einer Weile hatte ein stramm in die Pedale tretender Radfahrer sein Liedchen nicht mal unterbrochen, als er Witali fast über den Haufen fuhr.

Witali war seit diesem Tag illegal. In seiner Tasche steckte der alte Paß, den er hin und wieder hervorzog, um daran zu riechen. An dem Dokument haftete unvermindert stark der Geruch von Sowjetbürokratie, Leim und Stempeln, Linoleum, furnierten Türen und resoluten Busen in gestärktem Grau. Der Geruch ging nicht raus, wie lange er auch von zu Hause fort war. Das Dokument war nun wertlos, während die Mehrfahrtenkarte, die er erleichtert in seinem leeren Portemonnaie gefunden hatte, ungemein wichtig war. Das Risiko, beim Schwarzfahren erwischt zu werden, konnte er nicht mehr eingehen. In der Tram 24 bohrten sich die Blicke von fünfzehn Fahrgästen in seinen Rücken, als er die Karte faltete und in den Stempelautomaten schob. Zwei Zonen, vorsichtshalber.

Daß seine Tasche mit den Bildern noch bei Roman stand, traf sich gut. Er hatte das Bedürfnis nach dessen ungezwungener Gesellschaft, mehr als nach den Belehrungen seines Bruders, dessen Meinung über Polina sicher feststand. Aber er traf Roman bei geschlossenen Fenstern an, in apathisches Selbstmitleid versunken, noch immer ohne Wasser und Strom. Er trug einen Schlafoverall aus hellblauem Frottee, schaute ihn jedoch mit einem Blick an, als sähe Witali noch seltsamer aus.

»Du bist mir einer, mein Freund.«

»Ich bin ab heute illegal.«

»Tatsächlich? Man sieht's dir nicht an.«

In der Wohnung war es so warm wie in einem Terrarium. Roman machte sich ein Baguette. Er höhlte die Kruste aus und stopfte sich das Innere in den Mund. Witali mußte an einen Nachbarn von früher denken, einen Vielfraß, der alles im Leben unter dem Aspekt der Nahrungsaufnahme sah. Wenn er gefragt wurde, wie sein Tag in der Fabrik gewesen sei, berichtete er nur, was auf den Tisch gekommen war: »In der Kantine gab's heute Würstchen mit Püree.« Wenn seine Frau, die im Gegensatz zu ihm ganz helle war, von ihrer Arbeit als Lehrerin erzählte, sagte er, in Hemdsärmeln seinen Milchreis mampfend: »Unterricht ist wie ein Topf Makkaroni. Man muß ihn warm auftischen.« Wurde ihm dann endlich sein Teller serviert, verfolgte er ihn mit den Blicken, bis er vor ihm auf dem Tisch stand, und nahm große Happen zwischen Daumen und Zeigefinger, den kleinen Finger abspreizend. Roman belegte das Brot mit Wurst, schnitt es in der Mitte durch und drückte die Hälften fest aufeinander. Beide kleinen Finger abgespreizt.

»Bitte sehr. Einen Wodka?«

Sie tranken ein Glas und noch eins. Hinter der Sandfläche zogen staubige Kalkwaggons vorbei. Witali spürte, wie ihm der Schweiß über die Schläfen lief.

»Roman, ich halt's bei Ilja nicht mehr aus. Es ist nicht gut, daß wir uns so auf der Pelle hocken. Weißt du nicht was, was ich mieten könnte?«

»Du bist hier willkommen, aber ich rate dir davon ab. Wenn ich mich waschen will, muß ich ins Stadtbad gehen. Im Teehaus hat mir jemand ein Zimmer angeboten, vielleicht ist das was für dich.«

Er kritzelte etwas auf einen Zettel. Das Zimmer lag im »indischen Viertel«, das so hieß, weil dort alle Straßennamen an die ehemalige Kolonie Niederländisch-Indien, das heutige Indonesien, erinnerten. Der Vermieter war ein Moskauer, der auf den Namen Leopold hörte.

»Das ist natürlich nicht sein richtiger Name«, sagte Roman. »Er heißt Aleksej, glaub ich. Aber du mußt ihn Leopold nennen, sonst rastet er aus. Wenn man so lange illegal ist wie er, stellt man Ansprüche.«

Leopold war eine der schillerndsten Gestalten der russischen Diaspora. Seinen Tag verbrachte er hauptsächlich damit, kuriose Ernährungsvorschriften einzuhalten. Das war der Grund – darüber waren sich alle einig –, warum ihm irgendwann Hörner auf dem Kopf wuchsen. »Iß wie eine Ziege, und du wirst eine«, so die unwiderlegbare Schlußfolgerung. Leopolds Mahlzeiten bestanden aus großen Haufen von Büscheln und Strünken, zwischen denen er wie ein Viech auf dem Kinderbauernhof herumscharrte. Als er einmal eine Party gab, servierte er in Zubern Zwiebeln und Rüben, zu diesem besonderen Anlaß in kleine Stücke geschnitten. Weiter nichts. Die Gäste wollten den Pizzadienst anrufen, aber das erlaubte er ihnen nicht. Leopold wachte über die Reinheit seiner Eingeweide und seiner Wohnung. Wer unbedingt Fleisch essen wollte, mußte sich ins Treppenhaus verziehen. Auf der Treppe ging es dann sehr gesellig zu. Der Gastgeber saß allein am Tisch. Nach einer Stunde stiefelte er wütend ins Treppenhaus und hielt einen Vortrag darüber, auf welche Widerwärtigkeiten er gestoßen sei, als er einmal irrtümlich eine Scheibe Salami gegessen und im Klo mit einer Lupe seine Ausscheidungen näher studiert habe. Diese Information wurde damals achselzuckend zur Kenntnis genommen, doch zwei Jahre später, als er seine seltsame Krankheit bekam, triumphierend breitgetreten. Leopold selbst schien die Sache nicht weiter zu stören. Mitten im Sommer erschien er auf dem Rembrandtplein mit einer Strickmütze und zog sie sich schwungvoll vom Schädel, auf dem zum Erschrecken der Umstehenden vier stumpfe Hörnchen wuchsen. Ungefähr sieben Zentimeter lang, so berichteten die, die den Anblick aushalten konnten, und unbehaart. Leopold hatte Hörner aufgesetzt bekommen, obwohl er nicht mal verheiratet war. Ein Dermatologe stellte fest, daß sie gutartig waren, riet jedoch trotzdem zur Entfernung, bevor sich das Gewebe verhärtete. Drei Monate lang sparte Leopold für die Operation. Nachdem er sie überstanden hatte, fühlte er sich deprimiert; er war davon überzeugt, daß er sich ein besonderes Sinnesorgan hatte amputieren lassen.

An dem Tag, an dem Witali vor Leopolds Tür stand, hatten beide noch keinen blassen Schimmer von diesen sonderbaren Problemen. Witali drückte auf den Klingelknopf, Leopold zog zwei Stockwerke höher an einem Seil, so daß die Tür aufsprang und Witali von einer steilen Treppe begrüßt wurde, die unbeleuchtet in der Höhe verschwand.

»Wer ist da?«

»Ich bin ein Freund von Roman.«

»Ja?«

Witali hielt die Haustür einen Spalt offen. Draußen war es immer noch weniger einschüchternd als im Haus, obwohl er nur geduckt durch das »indische Viertel« getrottet war und dabei registriert hatte, wie die Pheromone bei ein paar Krawallen an den Straßenecken flossen. Er sah so etwas in Amsterdam zum ersten Mal. Dem Fehlen von Krawallen verdankten die Straßen dieser Stadt ihre Ruhe. Und dem gemütlichen Verkehr ohne viel Gehupe. Man lief kaum Gefahr, unvermittelt von den Fäusten eines Passanten oder von betrunkenen Kamas-Fahrern niedergestreckt zu werden. Wenn trotzdem jemand starb, lag es an der eigenen Schusseligkeit oder an einer Krankheit. In den Häusern sah die Sache völlig anders aus. Bisher hatten alle Häuser, die Witali betreten hatte, von innen bedrohlich gewirkt. Auch das hier.

»Ja?« kam wieder von oben. Es war Russisch, doch Witali zweifelte, daß es Leopold war. Es kam ihm eher wie eine Frauenstimme vor.

»Ich heiße Witali. Ich habe gehört, daß Sie ein Zimmer vermieten.«

»Dann kommen Sie mal rauf.«

Es war tatsächlich Leopold. Witali konnte es sich nicht erklären, warum dieser sportlich gekleidete, athletische Mann wie eine alte Frau sprach.

»Ich dachte, Roman würde sich für das Zimmer interessieren, aber Sie scheinen mir noch viel geeigneter.«

Er zeigte Witali den kleinen Raum. Auf dem Fußboden lag eine alte Matratze, vor dem Fenster hing ein Bettlaken als Vorhang, und in der Ecke stand ein hölzerner Klappstuhl. Mehr paßte nicht rein.

»Nicht groß, aber auch nicht teuer«, sagte Leopold. »Zweihundert Gulden, alles inbegriffen. Na ja, alles …« Er kicherte wie eine Möwe.

»Im Moment hab ich das Geld nicht«, sagte Witali, »aber nächste Woche bezahl ich's Ihnen mit Zinsen.«

Damit war Leopold einverstanden. Er bat Witali ins Wohnzimmer, einen behaglich eingerichteten Raum, in dem sich eine Sibirische Katze aufhielt. Während Leopold erzählte, der Kater Kolja und er hätten »ein Vertrauensverhältnis aufgebaut«, hockte sich der Kater auf den Tisch und erledigte sein Geschäft. Die Küche war dunkel und versifft. Auf dem Wandtischchen schenkte Leopold Witali ein Glas Grenadine ein, für sich maß er einen Viertelliter Olivenöl und einen halben Liter Zitronensaft ab. Das Olivenöl kippte er würgend runter, mit dem Zitronensaft spülte er nach.

»Schon mal von Genescha Malachow gehört?«

Wer hatte nicht von Malachow gehört! Der Volksheiler aus Kamensk, Autor von Bestsellern wie *Meine Leber – Freund und Beschützer*, hatte halb Rußland zu Saftkuren und Wechselbädern animiert. Leopold war wahrscheinlich einer der wenigen, die sich über so lange Zeit an die Vorschriften hielten. Gewissenhaft beachtete er die Mondphasen; alle biorhythmischen Prozesse mußten miteinander im Einklang sein, bevor er den Kampf gegen seine Parasiten aufnahm. Er trank seinen Urin, fastete wochenlang und schlief auf der rechten Seite, eine Wärmflasche auf den Nieren. Witali wollte mit alldem nichts zu tun haben, aber das war gar nicht so einfach. In der ersten Nacht machte er kein Auge zu. Draußen hielt das türkische Proletariat unter seinem Fenster Konklave, drinnen arbeitete sich die Sibirische Katze an der Tapete hoch, und Leopold hockte die ganze Zeit ächzend auf dem Klo. In der zweiten Nacht hatte Witali einen Traum, dessen couleur locale aus Gallensteinen, Parasiten und Poren bestand. In der dritten Nacht klopfte Leopold an seine Tür. Witali hielt den Atem an.

»Witali? Schläfst du schon?«

»Nein, nein!«

»Wegen meiner körperlichen Beschwerden habe ich völlig verschwitzt, daß Roman angerufen hat. Dein Bruder sucht dich. Du sollst so schnell wie möglich nach Hause kommen.«

Ilja hatte zwei Briefe erhalten. Von den Müttern für ihre Söhne. Beide Briefe begannen mit einer Aufzählung der Alltagssorgen – Gesundheit der Familie, Wetter, Zustand des Gemüsegartens – und endeten mit viel *nado* (du mußt) und *pora* (es wird Zeit): Job finden, Familie gründen, die Gebote des Herrn befolgen. Witali konnte sich nicht vorstellen, daß seine Mutter so einen Brief geschrieben hatte. Sie war bis zum bitteren Ende in der Partei gewesen und hatte sich über ihre Nachbarin lustig gemacht, die in die Kirche ging. »Wie kann man sein Geld für Leute ausgeben, die noch in Bastschuhen rumschlurfen?« hatte sie gesagt und den grimmigen Mönch Georgi gemeint, der sich vor der Muttergotteskirche aufgebaut hatte. Georgi hatte einen verfilzten Bart, stank wie ein Iltis und war ständig erkältet. Die Rotze wischte er sich an der Kutte ab, einfach ekelhaft. Doch vor einem Jahr hatten gepflegt aussehende, sauber gewaschene Leute an der Tür geklingelt und seiner Mutter ein Traktat der Zeugen Jehovas in die Hand gedrückt, in dem ohne Wenn und Aber das Ende der Welt angekündigt wurde. Witali bekam die Blättchen, wenn seine Mutter sie ausgelesen hatte, doch sie gab ihm auch die Werbung von Scientology und von Boris, dem Hellfühler, darum nahm er es nicht ernst. Nun schrieb sie, er dürfe seine Zeit nicht vergeuden, sie habe viel über

Amsterdam gehört, allerdings nichts Gutes. Er solle besser zurückkommen.

»Seltsam«, sagte Ilja, der beide Briefe mit dem obligaten Seufzen und Stöhnen vorgelesen hatte. »Was ist bloß in die gefahren? Waren sie nicht immer taffe Frauen, unsere Mütter?«

Er wirkte ratlos. Um ihn aufzumuntern, erzählte ihm Witali von Leopold, doch das fand Ilja alles andere als witzig.

»Wohnst du vielleicht lieber bei diesem Dreckfink als hier?«

»Nein, deshalb bin ich ja wiedergekommen.«

»Ich sollte dich rauswerfen«, sagte Ilja theatralisch. »Undankbarer Schuft. Für dich habe ich mir das Brot vom Munde abgespart!«

Von der Treppe war lautes Gepolter zu hören, jemand stolperte ein paar Stufen hinunter, zwei Frauen stritten sich immer lauter auf spanisch und englisch, Stas drehte die psychedelische Orgelmusik auf, und Tjoma versuchte, die Spanierin auf russisch zu beruhigen. Ach ja, das übliche Theater. In diesem Haus herrschte nie Ruhe. Ilja tat so, als höre er überhaupt nichts. Er übte sich in Geduld und starrte vor sich hin. Witali beschloß, dasselbe zu tun.

»Ilja, ich bin illegal.«

»Na und.«

»Schon seit ein paar Tagen.«

»Das war abzusehen.«

»Ich habe Angst, daß es zu spät ist.«

»Wir sind geboren, um zu spät zu kommen.«

»Zu spät, um zurückzugehen, meine ich. Sie werden mich auf die Schwarze Liste setzen.«

Ilja beruhigte ihn. Lena sei im vorigen Jahr nach Hause gefahren, als ihr Visum bereits seit zwei Wochen abgelaufen war. An der Grenze ließ man sie durch, danach habe sie problemlos wieder ein Visum erhalten. »Das bedeutet, daß sie nicht auf der Schwarzen Liste stand, weil sie nur für kurze Zeit illegal war.«

»Oder daß es überhaupt keine Schwarze Liste gibt.«

Ilja lachte spöttisch. »Bruderherz, die Schwarze Liste existiert. Du darfst es eben nur nicht zu bunt treiben.« Er sah auf seine Armbanduhr. »Halb zwei. Sind wir müde? Nein, wir sind nicht müde.« Er zauberte eine Flasche Whisky hervor und schenkte in zwei Bierkrüge ein. Dann trank er auf *fraternité*, *egalité* und *illegalité* und beschloß, daß Witali ihn, zur Buße, auf dem Fahrrad in der Stadt herumfahren müsse.

Ilja war für seine Größe nicht schwer, doch er thronte mit der unerschütterlichen Sorglosigkeit eines Kindes auf dem Gepäckträger, während Witali sich auf den Brücken schwitzend abstrampelte. Ilja hatte auch den Whisky mitgenommen, den er Witali nun über die Schulter reichte. Bei einer Baustelle an der Reguliersgracht passierte es. Witali wollte nach rechts abbiegen, konnte jedoch auf dem Sand den Lenker nicht halten. Das Rad mit dem eingedösten Ilja auf dem Gepäckträger geriet ins Rutschen, und sie stürzten in einen Sandhaufen. Erschöpft blieben sie auf dem Rücken liegen. Über sich sahen sie den Großen Bären durch den Himmel taumeln.

»Das ist wirklich wunderbar«, sagte Ilja. »Der Große Bär, das sind wir. Lange vor Gagarin flog Bärenmutter Rußland durch den Kosmos.« Er begann zu singen: »Schit i verit, eto sametschatelno« – Leben und glauben, das ist wunderbar. Witali nickte, und sie sangen zusammen das wahnsinnig wehmütige Lied über die Kosmonauten, die sich nach Apfelbäumen auf dem Mars sehnen:

Ich habe mich angefreundet mit den fernen Sternen,
mach dir keine Sorgen um mich und sei nicht traurig.
Als wir unsere Erde verließen, haben wir versprochen,
daß Apfelbäume wachsen werden auf dem Mars.

»Weißt du noch, wer das immer gesungen hat?« fragte Ilja.

»Onkel Wlad.«

Wenn Onkel Wlad »Apfelbäume auf dem Mars« sang, begann er zu blinzeln, so aufgewühlt war er von dem Lied, das aus ihm herausströmte. Nun begriff Witali, daß das unvermeidlich war, jeder, der dieses Lied laut sang, mußte weinen. Zwei singende und schluchzende Russen, die auf dem Rücken in einem Sandhaufen lagen, und es schien keinen der Passanten zu kümmern. Ein Mann stapfte sogar dicht an Witalis Ohr vorbei über den aufgerissenen Asphalt. Gesindel, und das an einem normalen Arbeitstag.

»Er hatte eine Wega-Anlage, drei-in-eins, weißt du noch? Plattenspieler, Kassettendeck, Radio in einem Gerät. Zwei kleine Lautsprecher. Wenn im Radio eine Sendung in Stereo kam, war er ganz aus dem Häuschen. Wie hieß das Programm doch gleich wieder? Sie haben immer Paul Mauriat gespielt.«

»Und er hatte eine Ural 650.«

»Daß du das noch weißt! Ich dachte, du wärst damals noch zu klein gewesen.«

»Nein, daran erinnere ich mich genau.«

Witali erinnerte sich, wie Onkel Wlad auf dem knallorangenen Motorrad hupend und mit brüllendem Gelächter das mickrige Fleckchen Erde rund um ihre Datscha zerpflügt und seine Mutter ihm eine Kelle Kartoffelsalat an den Kopf geklatscht hatte, um ihn zur Räson zu bringen. Er erinnerte sich auch daran, daß er danach mit der Nachbarin Twist getanzt hatte und daß dabei die Nähte seines Satinhemds geplatzt waren.

»Wer hat dir eigentlich von dieser Schwarzen Liste erzählt?« fragte Ilja unvermittelt.

Witali hatte vor längerer Zeit davon gehört. Wenn jemand illegal im Land ist und wieder nach Hause will, wird er an der Grenze im Computer erfaßt. Und kommt in den nächsten fünf Jahren in kein europäisches Land mehr rein. Das wußte halb Rußland.

»Willst du denn jetzt schon wieder zurück?«

Was für eine Frage, jetzt! Das war nicht die Nacht, um irgendwelche Entscheidungen zu fällen. Witali fand, es sei an der Zeit, nach Hause zu gehen, sonst würde die Polizei sie aus dem Sand ziehen und in eine holländische Ausnüchterungszelle stecken. Zum Glück stand der Große Bär wieder still.

12

Gegen Ende des Sommers ging Witali immer seltener zum Rembrandtplein. Mutter und Sohn waren unerträglich geworden; wenn Kunden gerade vorhatten, etwas zu kaufen, verscheuchte Sweta sie mit ihren folkloristischen Ausbrüchen. Oleg trieb es auf die Spitze, indem er seiner Mutter Biergläser mit Baileys vollschenkte. Weil kein Mensch holländische Stadtansichten von durchgeknallten Russen haben wollte, verlegte Witali sein Geschäft in den Durchgang unterm Rijksmuseum. Hier konnte er seine Ware beim Ausgang auf einer kleinen Treppe ausbreiten, wo das spätsommerliche Licht hereinfiel, wie gemalt. Er verkaufte dort nicht viel, trotz des Samtkittels, den er von Roman bekommen hatte, um »altholländisch« auszusehen. Die Aufmerksamkeit der Touristen wurde von einem Blechbläserquintett aus Sankt Petersburg völlig absorbiert.

Die fünf – Tuba, Posaune, Horn, zwei Trompeten – hatten sich den Ort wegen der großartigen Akustik ausgesucht. Sie klangen wie eine Kirchenorgel, vielleicht sogar noch lauter. Der Tubist war der Chef. Er hieß Bus, mit vollem Namen Arbusow, was soviel wie »von Wassermelone« bedeutet, ein Nachname, der ihm wie auf den Leib geschnitten war. Er konnte gleichzeitig Musik und Streß machen. Er setzte die Lippen ans Mundstück – *pum* – setzte das Instrument ab und schleuderte, so schnell es die Musik zuließ, den anderen Blechbläsern Flüche an den Kopf. Nur sie wußten, worum es eigentlich ging. Der große Zuhörerkreis vermutete sicherlich nichts anderes als hehre Gedanken in den Köpfen der Virtuosen, aber auch Witali, der trotz des Lärms versuchte, seine Bilder an den Mann zu bringen, wurde daraus nicht schlau. Meinungsverschiedenheiten über die Art des Vortrags verbanden sich mit der Frage, wie die Münzen aufgeteilt werden sollten. Eine Diskussion über das Tempo des *Radetzkymarsches* führte automatisch zu Gezänk und Vorwürfen, daß man sich gegenseitig das Bier weggetrunken habe. Auch das Publikum bekam sein Fett weg. »Ja, ja, bravo, bravo. Aber ihr müßt blechen«, sagte Bus nach dem frenetischen Applaus. Über Geldmangel konnten sie nicht klagen. Tagsüber nahmen sie pro Mann hundert Gulden ein, und abends spielten sie neben dem Eingang des Concertgebouw noch schnell ein paar Fugen von Bach herunter. Alles in allem verdienten sie das Zehnfache von dem, was sie in einem durchschnittlichen russischen Orchestergraben bekommen hätten. Manchmal begegneten sie ihren alten Kollegen, wenn ein Petersburger Orchester im Großen Saal ein Konzert gab. Die russischen Orchestermusiker hätten allen Grund, neidisch zu sein, meinte Bus.

»Da stehn sie hier im Frack und glotzen auf unser Geld«, sagte er zu Witali. »Am liebsten würden sie in unseren Koffer greifen. Wir sind nur die Schnorrer von der Straße, aber sie würden sofort mit uns tauschen. Wenn du da unten im Graben sitzt, kriegst du nie persönlich Applaus. Dann mußt du hundert Mal im Jahr *Schwanensee* spielen, und Teile vom Bühnenbild fallen dir auf den Kopf.«

Das Quintett spielte nicht nur auf der Straße. Jedes Wochenende hatten sie einen Auftritt im Haus eines betuchten Niederländers und starrten beim Spielen aufs Büffet. Auf der Party eines einflußreichen Mannes in Broek in Waterland verputzte jeder von ihnen zwei Quiches, und sie füllten ihre

Flachmänner mit Cognac. Wenn sie auf Veranstaltungen spielten, bei denen eine Hotelübernachtung inbegriffen war, landete ein großer Teil des Frühstücksbüffets in den Musikkoffern. Während einer Radioübertragung an der Amstel zogen sie gleich den ganzen Imbißwagen des Teams zu sich hin und forderten Wodka gegen den *mandrasch*, der ihre Hände und Lippen zittern ließ – aber das kam gar nicht von der Nervosität, sondern vom Alkohol am Vortag. Blechblasen war nach Ansicht von Bus sehr gesund. »Der Alkohol bleibt dann nicht im Körper«, sagte er, »sondern tritt über die Lungen wieder aus.« Er vermutete, daß das Publikum so großzügig zahlte, weil es von der Atemluft des Quintetts berauscht war.

Die Bläser hatten nicht vor, das Klischee vom ausgehungerten Russen zu widerlegen, der trinken muß, um nicht Höhenangst zu bekommen angesichts der Tiefe seiner Seele. Es verschaffte ihnen eine Bleibe. Genügend kulturliebenden Niederländern ging das Herz auf, wenn sie ihnen nach Schuberts *Ave Maria* in holprigem Englisch erklärten, sie müßten auf der Straße nächtigen, mit den Instrumenten als Kopfkissen. Sie wohnten gratis in den schönsten Häusern von Amsterdam-Süd. Nur die russische Emigrantenszene blieb von ihrem Können unbeeindruckt. *Buchowiki*, so nannten sie sie; eine Zusammenziehung aus den russischen Wörtern für »saufen« und »Bläser«. Die einzigen Landsleute, mit denen sie viel Kontakt hatten, waren die Prostituierten an der Ruysdaelkade. »Wir rauchen nur ab und zu eine Zigarette mit ihnen«, sagte Bus. Danach spielten sie in der Eckkneipe für Ex-Knackis Poolbillard mit einem einarmigen Banditen. Wenn der Halunke gewann, schmiß er eine Runde für die Bläser.

Ihre Musik interessierte sie kaum. Drei der fünf standen

mehr auf Hardrock. Bus hatte lange Haare und trug T-Shirts mit Totenköpfen, auch als er im Konservatorium vorspielte, weil das Concertgebouw-Orchester einen ersten Tubisten suchte. Er erschien mit seiner Löwenmähne und einer Motorradjacke mit Fransen und spielte, ohne die linke Braue auch nur eine Sekunde sinken zu lassen, die Cavatina »Largo al Factotum« von Rossini. Was den Konzertmeister vor allem verblüffte, war das Ungetüm von einer tschechischen Tuba, das Bus morgens noch mit einer Bierflasche auszubeulen versucht hatte. Die Buchowiki kümmerten sich nicht sonderlich um ihre Instrumente. Am Strand von Zandvoort mußte der zweite Trompeter einmal hinter seinem Koffer herschwimmen, den die Flut geschluckt hatte, und der Hornist wachte eines Morgens im Oosterpark ohne sein Horn auf.

Bus sagte zu Witali: »Mein ganzes Leben laufe ich schon mit dieser Tröte rum. *Tubist or not Tubist.* Im Pionierlager durften alle Kinder spielen und turnen, nur ich mußte fürs Orchester üben. Nach dem Sommer ging's zurück ins Musikinternat. Und als ich beim Militär war, wurde ich zur Kapelle eingeteilt. Verstehst du? Ich hatte nie ein Gewehr in der Hand. Immer nur die Tröte.«

»Ist auch besser so«, sagte Witali.

»Es macht keinen Unterschied«, sagte Bus. »Wenn ein Krieg ausbricht, muß ich auch an die Front. Weißt du, daß schon die Römer in ihren Heeren Tuben hatten? Caesar hat damit zum Rückzug blasen lassen. Ein guter Marsch muß noch von den letzten Bataillonen zu hören sein.«

Er sortierte mit resolutem Zeigefinger Münzen auf einem Trompetenkoffer. Die anderen Musiker standen am Ende des Durchgangs in der Sonne. Witali fiel auf, wie gerade sie den Rücken hielten. Die Silhouetten, stattlich mit Bäuchlein (b-Moll!), machten sie zu ganz anderen Wesen als die

Amerikaner, die mit Posterrollen von Museum zu Museum trotteten, oder die gefirnißten italienischen Damen, die von ihren knurrenden Ehemännern weggezerrt wurden, wenn sie sich für Witalis Bilder interessierten. Es wunderte ihn nicht. So wie es ohne weiteres geschehen kann, daß ein Meerschweinchen in Europa nie viel größer wird als eine Hand, im warmen Südamerika hingegen zum Format eines Capybara heranwächst, können Menschen im kurzen Zeitrahmen von einem Jahrhundert in irgendeiner abweichenden Staatsform eine völlig andere Gestalt annehmen. Etwa die eines Buchowik: der Alkoholiker, der immer aufrecht stehen bleibt und wunderbar spielt.

»Hast du noch was verkauft?« fragte Bus und ließ eine Handvoll Münzen in seine Tasche gleiten.

»Nur zwei. Ihr macht so viel Krach.«

»Krach! Im Gegenteil, wir ziehen Kunden an! Mischa stand letztens auch hier, er hat gesagt, es hilft.«

»Aber das ist Mischa. Der Mann, der alles kann.«

Bus drehte den Kopf zur Seite und schielte ihn mit einem Auge an, wie eine Kuh. »Wir stehn bei ihm in der Kreide. Er hat den Typ mit der Steel Drum verscheucht. Der Buschnigger hat sich eingebildet, er hätte hier vormittags ein Monopol und wir dürften erst nach zwölf anfangen. Dabei lebt er von Stütze.«

Mischa hatte das verfilzte Haar des Jamaikaners beiseite gestrichen und ihm etwas ins Ohr geflüstert. Daraufhin hatte der Steel-Drum-Typ ganz laut *»Rassian appressian!«* gebrüllt und die Segel gestrichen. Künftig durften die Blechbläser eine Stunde eher anfangen.

»Müßt ihr Mischa was dafür bezahlen?«

»Was geht dich das an?« sagte Bus. »Alle haben was davon. Keiner will sich das Scheiß-Blechfaß länger als nötig anhören. Jeder hier ist von dem Geklingel und Getingel irre geworden, sogar die Museumswärter haben sich bei uns bedankt. Offenbar sind wir bis ins Museum zu hören. Hier über uns« – er zeigte mit dem Finger nach oben zum Gewölbe – »hängt *Die Nachtwache*.«

Er klappte den Koffer wieder auf. An der Innenseite klebte ein Stück Papier mit den Worten *»Greetings from Leningrad«*.

»Warum schreibt ihr noch immer Leningrad?«

»Weil Sankt Petersburg nicht auf den Zettel gepaßt hätte. Die Leute hier wissen doch nicht, was Sankt Petersburg ist, hier gibt's die Stadt noch nicht. Genausowenig wie das Mariinski-Theater. Es heißt Leningrad und Kirow-Theater. Außerdem sind wir in Leningrad ausgebildet worden, oder? Mit Sankt Petersburg habe ich nichts am Hut.«

»Ich komme trotzdem eigentlich aus Piter«, sagte der Posaunist, der hinter Bus mit einem Grillhähnchen aufgetaucht war. »Leningrad, das sagen nur Leute von außerhalb.«

»Steht vielleicht in deinem Paß, daß du in Piter geboren bist?« fragte Bus.

Der Posaunist zuckte mit den Schultern und schlug die Zähne in die Hähnchenbrust.

»Aber die ändern das ja sicher, wenn man einen neuen Paß beantragt?« fragte Witali.

»Nein«, sagte Bus streng. »Wir sind in Leningrad geboren. Und du in Gorki, nicht in Nischni Nowgorod. UdSSR. Das wird nicht geändert. Und wenn du deinen Paß zehnmal verlierst.«

Plötzlich hallten Majakowskis *Verse vom Sowjetpaß* vom Gewölbe des Durchgangs wider, allgegenwärtig, als schwebe der Geist des Dichters über ihren Häuptern.

Das will ich
aus breitem Hosenbausch
ziehn –
meines Daseins
unschätzbaren Lohn.
Da, lest,
beneidet mich,
seht, wer ich bin:
Bürger der Sowjetunion.

Es war Tjoma auf seinem Fahrrad. Hinter seinem Kopf ragten zwei Angeln aus einem Rucksack.

»Fischer! Ich hätt' gern 'nen Hering!« rief Bus.

»Mit 'nem Wässerchen!« sagten die anderen.

Manche Wörter im Russischen existieren nicht mehr ohne den Zusatz »mit 'nem Wässerchen«. Die Blechbläser gehörten zu den Leuten, die das nicht nur an Wörter wie »Hering« oder »Salzgurke« dranhängten, sondern auch an »Sauna«, »Spaziergang«, »Aushilfsjob« oder »Zahnarztbesuch«.

»Kommt ihr mit?« fragte Tjoma. »Herrliches Wetter!« Er zeigte auf seinen Rucksack. »Ich hab Tee mit Rum dabei.«

Das Quintett zögerte kurz, doch der Trompeter setzte als erster wieder das Mundstück an die Lippen, und im selben Moment verwandelte sich sein Gesichtsausdruck; von der Alberei, mit der er »mit 'nem Wässerchen« gerufen hatte, war nichts mehr übrig.

»Witali, du kommst aber mit?« überschrie Tjoma die Musik. »Ich weiß eine Stelle mit kapitalen Barschen.«

»Ich muß noch was verkaufen. Ich habe erst vierzig Gulden verdient.«

»Das Museum schließt doch in einer knappen Stunde.

Und mit den Fischen sparst du dir das Abendessen. Wir können sie gleich grillen.«

Eine Viertelstunde später hatte Witali seine Bilder eingepackt. Die Bläser spielten den *Säbeltanz*, deshalb kam er sich ziemlich lächerlich vor, als er mit der Staffelei hinter Tjoma den Durchgang verließ. In der Stadt war es noch immer warm. Sie fuhren im Schrittempo durch den mit Menschen übersäten Vondelpark. Die Amsterdamer saßen nicht auf den Bänken, sie lagerten auf der Wiese, mit Weinflaschen und Trommeln und Gitarren. Drei Mädchen in roter Spitzenunterwäsche schlugen nacheinander Saltos; eine stellte sich dazu erst immer auf die Schultern der beiden anderen. Tjoma hielt an und fragte Witali, ob er so etwas schon mal gesehen habe. Die Blonde wurde gerade von den beiden Brünetten hochgestemmt, schlug einen Purzelbaum und blieb kurz kopfüber hängen, so daß Passanten ihre Pobacken sehen konnten, mit dem schief sitzenden Slip darüber. Die Show wurde von einem Skater gestört, der mit einem entsetzlichen Knall auf dem Asphalt landete. Die Leute auf der Wiese mußten schallend lachen, aber die Mädchen sprangen zu dem Mann und strichen ihm übers Bein. Er hatte eine Schürfwunde.

»Ich laß mich auch gleich fallen«, sagte Tjoma. Er lachte laut, was selten vorkam. Witali dachte, daß Tjoma eigentlich gar nicht so übel war; vielleicht entwuchs er der Castaneda-Phase, dann könnte er sein Überlegenheitsgefühl ablegen und öfter mal lachen. Auch jetzt verfinsterte sich seine Miene sofort wieder. Er straffte den Rücken und starrte grimmig vor sich hin. Witali brauchte einen Moment, bis er merkte, daß der Stimmungsumschwung etwas mit dem Burschen zu tun hatte, der über den Rasen anmarschiert kam, ein kleiner Punk mit krummen Beinen in einer schauderhaft engen

Hose und trotz der Hitze mit Springerstiefeln. Er winkte hektisch. Tjoma seufzte und konnte seinen Widerwillen nicht verbergen.

»Hallo. Was machst du denn hier?«

»Nichts, ich geh halt so durch den Vondelpark«, sagte der Junge mit kehliger Stimme. West-Ukraine. Der Schweiß lief ihm übers Gesicht, wozu auch die Stiefel? Hat es sich ausgepunkt, wenn man Sandalen anzieht? Der Bursche kam Witali bekannt vor.

»Was ich fragen wollte, Tjoma: Arbeitest du noch bei der Umzugsfirma?«

»Ab und zu. Wieso?«

»Also, ich wollte dich was fragen.«

Tjoma stemmte sich in die Pedale. Der Junge rückte hastig mit seinem Anliegen raus.

»Ich geb's dir in ein paar Tagen wieder.«

Tjoma schüttelte den Kopf. »Nein, bei mir ist endgültig Feierabend. Wir müssen los.«

Als sie wegfuhren, schaute sich Witali rasch um, doch der unsympathische Bursche hatte sich anscheinend in Luft aufgelöst. Futsch. Die Niederländer saßen noch immer lachend im Gras, als wäre nichts gewesen. Manche Leute werden von allen anderen übersehen, und meist ist das auch gut so. Witali und Tjoma waren von dem Punk angesprochen worden, damit hatte er ihnen die Laune vermiest. Als sie am Schinkel entlangfuhren, hatten sie noch immer kein Wort gewechselt. An den Wohnbooten wurde eifrig gewerkelt. Die Besitzer standen auf kleinen Kähnen im Wasser, der eine mit einem Eimer Teerfarbe, der andere mit einem Winkelschleifer, aber ihre Anstrengungen hatten nicht viel Erfolg. Es waren und blieben zusammengestümperte Bruchbuden auf dem Wasser. Das Holz, aus dem manche bestanden, wäre in Rußland gerade gut genug gewesen, um daraus einen Hühnerstall zu zimmern. Vor der Brücke, wo der Autobahnring über das Wasser lärmte, lag ein Boot, das mit seinen kleinen, verrosteten Bullaugen wie ein Müllcontainer aussah. Drinnen saß jemand vor dem Fernseher.

An Tjomas Angelplatz hatten sie eine weite Aussicht über einen See mit einem Wald am anderen Ufer. Er lehnte das Rad an einen Baum, band die Angeln vom Rucksack los und blickte eine Weile auf das Wasser, durch das ein Motorboot schnitt.

»Gefällt es dir hier?« fragte er schließlich.

Witali schaute sich um. In der Ferne war noch immer die Betonbrücke zu sehen.

»Nein, nicht die Autobahn«, sagte Thoma. »Und auf die Flugzeuge darfst du auch nicht achten.« Er formte mit den Händen ein Fernrohr. »Nur so ist es der Mühe wert. Die niederländische Natur ist was zum Fotografieren. Den Rest läßt du weg oder du denkst ihn dir dazu.«

In der Nähe parkte ein Auto. Ein Mann saß am Steuer. Tjoma zog sein Hemd aus und deutete mit dem Kinn auf die Enten am Ufer. »Wenn wir keinen Fisch fangen, greifen wir uns eine von denen.« Aus seinem Rucksack zog er einen Weidenkorb und ein Hackmesser. Mit dem Messer verschwand er im Gebüsch. »Wenn du willst, kannst du schon mal deine Angel fertig machen. Ich habe auch Rutenhalter dabei.«

Witali schaute in den Korb und sah glänzende Kunstköder, eine Schachtel mit Haken, Blei und Angelschnur sowie ein Schraubglas mit Maden. Er wußte nicht mehr, was er zuerst tun mußte. Es waren Spinnangeln, sie sahen ziemlich kompliziert aus.

»Tjoma?«

Keine Antwort. Der Mann saß noch immer am Steuer. Er sah Witali lächelnd an.

»Tjoma?«

Endlich kam Tjoma zwischen den Sträuchern hervor, mit einem großen Reisigbündel, das Messer zwischen den Zähnen.

»Klappt's nicht?«

»Ich hab vergessen, wie's geht. Was macht der Mann da eigentlich? Er belauert uns.«

»Hier sieht man öfter einsame Männer. Sie denken über ihr Schicksal nach, vermute ich. Kurzurlaub vom Eheweib.«

Tjoma warf das Reisig auf den Boden und nahm eine Spinnangel. »Dann mach du Feuer.«

Witali brach das Holz in kleine Stücke. Er spürte den Blick des Mannes im Rücken und drehte sich um.

»Was suchst du denn?« fragte Tjoma. »Streichhölzer sind im Rucksack.«

»Wer war der Bursche vorhin im Park?«

Tjoma fädelte die Schnur durch die Öse eines Hakens. Als er es geschafft hatte, kramte er ein paar Bleistücke aus der Schachtel hervor. »Das war Bogdan, der Hundeesser.« Er klemmte das Blei auf die Schnur und runzelte die Stirn. »Komplett abgedreht, der Typ. Hat sich im Innenhof einen streunenden Hund gegriffen und verputzt.«

»Was für einen Hund?«

»Ich glaub, es war ein Pudel.«

»Hier?«

»Nein, in dem Kaff in der Ukraine, aus dem er kommt. Frag ihn doch mal danach, er wird's dir ausführlich erzählen, wie er ihn totgeschlagen, gehäutet und geschmort hat und daß er am nächsten Morgen noch die Leber auf einem Teller in der Küche gefunden und sie sich mit einer Zwiebel gebraten hat. Ich will mit diesem Fiesling nichts zu tun haben. Er hängt schwer an der Nadel. Heroin. Offenbar drehen alle Ukrainer durch, wenn sie Drogen sehen, wie Indianer beim Alkohol.«

Aus einer Plastiktüte holte er eine weiche Kugel hervor. »Brot mit Katzenfutter. Einen besseren Köder gibt's nicht. Meine Erfindung.« Mit einer geschmeidigen Bewegung warf er die Angel aus.

»Meinst du Stas?« fragte Witali.

»Auch Stas ist Gras nicht genug. Aber es ist Lenas Schuld. Sie hat so einen Knall, sie macht alle depressiv.«

»Einen Knall hat sie sicher«, sagte Witali. »Hast du ihre Schädelsammlung gesehen?«

»Ach, die Schädel. Die können mir nicht imponieren. Ich hab in meinem Leben mehr Totenschädel gesehen, als mir lieb ist.«

Das Getränk, das Tjoma in einer Thermoskanne mitgenommen hatte, bestand mehr aus Rum als aus Tee. Witali hielt seinen Becher mit beiden Händen fest und wartete auf einen Vortrag über Schädel aus dem Landesinneren von Mexiko, die sich auf transzendentale Weise dem Unterbewußtsein aufdrängten, aber Tjoma sagte nur: »Das ist eine lange Geschichte« und erzählte statt dessen von seiner Militärzeit. Er sei Soldat bei der Fernmeldetruppe gewesen. Witali versuchte, ihn sich mit geschorenem Kopf und einer Soldatenmütze vorzustellen. Er konnte es fast nicht glauben, als Tjoma erzählte, er habe in derselben Provinz gedient wie er, in Kandalakscha, nordöstlich von Alakurtti.

»Kandalakscha! Aber dann sind wir praktisch Truppenkameraden!«

Tjoma strich sich die Haare hinter die Ohren und sah ihn fragend an. »Wieso?«

»Ich war ein halbes Jahr in Alakurtti! Kennst du Alakurtti?«

»Und ob«, sagte Tjoma, »da war ich doch. Wann hast du denn gedient?«

»Von 1984 bis 1986.«

Tjoma schüttelte den Kopf. »Nein, ich bin zwei Jahre später gekommen. Aber schon komisch. So klein ist die Welt.«

Der Mann startete den Wagen und fuhr weg. Sie blieben allein mit einem reglos im Wasser treibenden Schwimmer zurück.

»Weißt du«, sagte Tjoma versonnen, »beim Angeln geht's nicht um das Wasser. Es geht um das, was unter dem Wasserspiegel ist, um die Unterströmung.« Er nahm einen Schluck. »Ich erzähl dir jetzt mal, wie das mit den Schädeln war. Als ich ein Jahr beim Militär war, hatte Marschall Jasow, du weißt schon, das Arschloch, das beim Putsch eine Panzerdivision über die Demonstranten walzen lassen wollte, die glorreiche Idee, ein paar von den hunderttausend Leichen, die im Zweiten Weltkrieg an der finnischen Grenze in Brüdergräber geschmissen worden waren, ein anständiges Begräbnis zukommen zu lassen. Typisch, was? Ob tot oder lebendig, in unserem Land müssen Veteranen erst fünfzig Jahre lang in einer *kommunalka* verrotten, ehe sie ein eigenes Dach überm Kopf kriegen.«

Er schüttelte die Maden aus dem Glas in seine Hand und schleuderte sie zum Schwimmer ins Wasser.

»Wir haben den Archäologen beim Aussieben von so einem Grab geholfen. Richtig graben ging nicht, da ist Permafrost. Dafür konnte man sie leichter identifizieren, sie waren nicht völlig verwest. Irgendwie seltsam: Die Haut war unverletzt, aber so dünn wie Seidenpapier. Ein bißchen wie beim Stockfisch. Man konnte so durchpiksen. Wenn die Archäologen nicht hinschauten, haben wir manchmal mit den Schädeln rumgespielt, zu denen noch kein Körper gefunden worden war. Manche sahen echt schaurig aus.« Er lächelte bitter. »Und wir waren sehr jung und dumm.«

»Was macht das schon«, sagte Witali.

»Nach einem Monat haben die Angehörigen die Überreste abgeholt. Eine Frau hatte wegen ihres Vaters den langen Weg von der Krim auf sich genommen. Sie war noch nicht alt, sie hatte ihn gar nicht gekannt. Als sie den Zinksarg anfaßte, fiel sie in Ohnmacht.«

Tjomas Militärdienst war zu Ende, als die Sowjetunion ihrem letzten Winter entgegensah. Er ging nach Syktywkar, wo es genauso kalt und dunkel war wie in Kandalakscha, ließ sich die Haare lang wachsen und übte sich in transzendentaler Meditation.

Als die Sonne im Nieuwe Meer unterging, straffte sich die Schnur, und der Schwimmer begann zu zucken. Tjoma sprang vom Klappstuhl auf. »Schnell, den Kescher!« Und schon lag ein großer gestreifter Fisch, nach Luft schnappend, im Korb. Tjoma hielt ihn am Kopf fest und löste den Haken. Dann versetzte er dem Fisch einen Schlag und klemmte ihn in einen Grillrost.

»Kommst du oft hierher?« fragte Witali.

»Das ganze Jahr. Die Landschaft verändert sich hier fast gar nicht. Du wirst sehen, wenn in einem Monat Herbst ist, merkst du hier nichts davon, und auch nicht vom Winter. Das Gras bleibt grün. Das ist ein Vorteil der Niederlande, daß sich hier nichts verändert.«

13

Einen Monat später war sehr wohl zu merken, daß der Herbst hereingebrochen war. An manchen Tagen regnete es ständig, nervtötend pladderte es auf die Straßen. Die Niederländer zogen ihre gelbe Regenkluft an und radelten weiter. Die Russen versammelten sich unter dem Vordach der Disko auf dem Rembrandtplein und schenkten sich gegenseitig Hochprozentiges in Plastikbecher ein. Die Touristensaison war vorbei.

Eines Abends wachte Witali mit dem Gefühl auf, in der Küche seiner Großmutter zu sein. Er roch frisch gehackte Zwiebeln und sah durch die Wimpern den blauen Schein der Gasflämmchen. Jemand hatte eine Decke über ihn gebreitet. Erst nach einer Weile begriff er, daß es Stas war, der mit weit aufgerissenem Mund neben ihm auf dem Bett saß und über den sich Tjoma mit einer Kerze in der Hand beugte.

»Die ist aus Metallkeramik?«

»Fünfzig Dollar«, sagte Stas. »Ein Freundschaftspreis. Wenn ich alles machen lasse, brauche ich fünfzehnhundert.«

»Bei mir ist der hier«, erklärte Tjoma und öffnete den Mund so, daß Stas seinen Eckzahn sehen konnte, »völlig im Eimer. Ich laß ihn mir wohl ziehen.«

Als sie merkten, daß Witali wach war, lächelten sie mitfühlend, und dem Betroffenen war sofort klar, daß das Aufstehen mit schauderhaften Kopfschmerzen verbunden sein würde. Witali griff sich schon an die Schläfen.

»Immer langsam, mein Freund«, hörte er eine salbungsvolle Stimme im Halbdunkel sagen. »Iß erst mal einen Happen, dann fühlst du dich gleich besser. Ich bin sofort fertig.« Roman. Er stand vor dem Schreibtisch und rührte in einer Schüssel. Frisch gehackte Zwiebeln. Draußen flimmerte nur schwach die Stadt, hinter dem Nachtschwarz der Brache, der Bahngleise und des Hafens. Es hatte aufgehört zu regnen. Die letzten Tropfen fielen atonal auf die Zinkfensterbank, als spiele jemand in der Ferne auf einem Xylophon. Als Witali sich aufsetzte, steckten seine Füße fast im Butangasofen. Gasflämmchen. Seine Freunde hatten ihm die Schuhe ausgezogen. Tjoma wickelte ihn fester in die Decke.

»Wie fühlst du dich jetzt?« fragte er besorgt. »Oder bist du noch betrunken?«

»Nein, nein. Ist schon gut.«

Roman hatte den Kartoffelsalat zu einem Katzenkopf gemauert und die Oberseite des Schädels mit einer dicken Schicht Mayonnaise verputzt. »Guck mal, eine Olive als Nase«, sagte er ernst. »Man muß immer versuchen, was draus zu machen.«

Stas schenkte fünf Gläser Wodka ein.

»Für wen ist das fünfte?« fragte Tjoma.

»Ach, wie blöd! Sagen wir: für den verlorenen Sohn.«

»Das sind wir alle«, sagte Roman. Er war kurz davor, einen seiner Aphorismen zum besten zu geben, ließ den Zeigefinger aber wieder sinken, weil Stas mit lauter Stimme fragte, ob kein Brot da sei.

»Na dann mal los«, sagten sie im Chor. Sie tranken schweigend. Nur das Öfchen teilte keuchend mit, daß das Gas bald alle war. Stas schlüpfte zu Witali unter die Decke. Dann passierte etwas Seltsames. Über die verlassenen Gleise donnerte mit Karacho ein einzelnes gelbes Fahrzeug. Tjoma blickte entgeistert nach draußen, in sein Glas, dann wieder aus dem Fenster.

»Habt ihr das gesehen?«

Roman nickte heftig. »Ja ja, ich weiß! Ihr habt ihn also auch gesehen? Was bin ich froh. Ich dachte schon, ich hätte jetzt das weiße Fieber.«

»Das weiße Fieber!« rief Stas. »Du weißt nicht, was du da redest. Dafür muß man Riesenmengen saufen.«

»Aber hast du ihn auch gesehen, Stas?« fragte Roman. Er deutete mit seiner Gabel mit Salat drauf zum Fenster.

»Ich hab was rattern gehört.«

»Du hast ihn also nicht gesehn!« flüsterte Roman. »Gieß nach, dann erzähl ich's dir.«

Stas schenkte ein und wartete grinsend, bis Roman getrunken und gegessen hatte.

»Das ist der Fliegende Holländer«, erklärte Roman. »Kein Mensch sitzt in dieser Lokomotive. So. Was sagst du dazu?«

Stas starrte ihn ungläubig an. »Du machst wohl Witze.«

»Nein, das geht jede Nacht so. Echt gruselig.«

»Roman, hör auf. Du gehst mir auf den Geist.«

Roman trottete zum Fenster. »Tjoma hat es doch auch gesehen! Ich bilde mir das nicht ein. Es ist der Fliegende Holländer.«

»Aber ich hab nicht gemerkt, daß da kein Lokführer drin war«, protestierte Tjoma. »Aus dieser Entfernung kann man das gar nicht sehen.«

Stas hatte den Kopf in die Hände gestützt. »Es geht wieder los«, sagte er leise. »Der Sommer ist vorbei, alle fangen an zu spinnen.«

Roman war nun kaum mehr als eine Silhouette, ein großer Sack mit einem runden, brummelnden Kopf darauf. »Ihr habt recht. Ich übertreibe. Aber das passiert schnell, wenn man hier wohnt, ohne Strom und so.«

»Ohne Strom wohnen ist im Gegenteil sehr gesund«, sagte Tjoma. »Die ganzen elektromagnetischen Felder sorgen nur für negative Energie.«

Nachdenklich schauten sie aus dem Fenster. Witali dachte daran, wie er als Junge, mit neun Jahren, davon überzeugt gewesen war, daß in dem Trafohäuschen neben den Bahngleisen bei dem Ort Balachna ein alter Mann wohnte, denn er hatte einmal Tee mit ihm getrunken. Ein stinknormaler alter Mann mit einer Teekanne aus Emaille. Witali hatte ihm die Fahrkarten gezeigt, die er vom Bahnsteig aufgehoben hatte. Zu Hause versuchten seine Eltern, ihm den Irrsinn auszureden (dafür sei das Häuschen doch viel zu klein!), und als es ihnen nicht gelang, baten sie Onkel Wlad um Hilfe, der mit Witali zur Bahnstrecke fuhr. Onkel Wlad nahm einen Schraubendreher mit, um die Tür des Häuschens, das eher ein Schränkchen war, aufzubrechen. Während er sich abmühte, wußte Witali schon, daß es rappelvoll mit Sicherungen sein würde und daß ein alter Mann mit einer Teekanne niemals hineinpaßte. Onkel Wlad bekam das Schränkchen auf, murmelte »ach ja«, und sie fuhren wieder zurück zur Datscha. Seine Eltern aber hatten sich idiotisch aufgeführt und konnten sich gar nicht mehr einkriegen vor Lachen. Noch immer wurde der Vorfall auf Familienfesten zum besten gegeben. Vor allem seine Mutter walzte die Geschichte immer genüßlich aus: »Und als Wladik die Tür aufzog, stand Witalik wie ein begossener Pudel da. Seht mal, er schämt sich heute noch dafür!«

Stas seufzte fröstelnd. »Was macht ihr im Winter? Witja, du hast hier noch keinen Winter erlebt. Bleibst du hier? Gehst du zurück?«

»Laß ihn in Ruhe«, sagte Roman.

»Ich weiß noch nicht«, sagte Witali. »Es ist sowieso wurscht, ich bin ja schon illegal. Ich brauch mich nicht zu beeilen.«

»Nein, nein, das siehst du falsch. Du mußt dich sogar mächtig beeilen. Sonst verpaßt du den Zug und irrst wie ein Fliegender Holländer durch die Gegend.«

»Stas, jetzt reicht's«, sagte Roman.

»Welchen Zug? Ich hatte nur eine einfache Fahrkarte«, sagte Witali.

»Das war ein Fehler«, sagte Stas grimmig grinsend.

»Stas kriegt nichts mehr zu trinken«, sagte Tjoma. »Er versaut nur die Stimmung.«

Ein schriller Pfeifton jagte ihnen einen kalten Schauer über den Rücken. Über den Deich kam aus der anderen Richtung langsam ein leerer Zug gefahren.

»So wie ich das sehe«, sagte Tjoma, »wird dieser Zug von der Lokomotive von vorhin gezogen. Er wird auf ein Abstellgleis rangiert.«

Roman nickte. »Ja ja, wie du meinst.«

»Ich trau mich nicht mehr in die Ukraine zurück«, sagte Stas trübselig. »Mir graut schon, wenn ich nur an Kiew denke. Ich bin gescheitert. Hab nichts auf die Reihe gekriegt. Dort hat mein bester Freund eine eigene Galerie, und die läuft sogar gut.«

Tjoma sprang auf. »So, schreibt er dir das? Aber schreibt er auch, daß jeden Freitag die Breitköpfe vorbeikommen und Schutzgeld kassieren? Darüber spricht keiner. Du kriegst nur die Erfolgsgeschichten zu hören.«

»Meine Frau schreibt dafür echte Schauergeschichten«, sagte Roman. »Sie will, daß ich sie herkommen lasse.«

»Am Ende stimmt überhaupt nichts«, sagte Tjoma. »Wenn

man der Sache mal nachginge, würde man merken, daß in den Briefen nicht die Wahrheit steht.«

Stas tigerte im Zimmer auf und ab. Wenn er an der Schüssel mit dem Kartoffelsalat vorbeikam, nahm er jedesmal einen Happen. Den Appetit hat es ihm noch nicht verschlagen, dachte Witali. Er sieht besorgt aus, aber er mästet seinen riesigen Körper, weil er sich für den Winterschlaf rüstet.

»Tjoma, ich repariere Möbel. Zu Hause glauben sie, ich bin Künstler.«

»Ich schäme mich nicht dafür, daß ich als Möbelpacker arbeite. Ich lebe hier prima.«

»Ich lebe hier als der, den sie dort in mir sehen. Ich hab's geschafft, allein schon deshalb, weil ich jenseits der Grenze lebe. Oder auch nicht. Wenn sie dahinterkommen, daß ich ein Versager bin, dann bin ich einer.«

Tjoma zuckte mit den Schultern. »Warum denkst du dir dann nicht auch was aus? Wenn dir das so wichtig ist. Sie können's ja eh nicht kontrollieren.«

»Stimmt.« Stas hörte auf zu kauen. »Du hast recht. Sie versuchen mich zurückzuholen. Sie warten nur drauf, daß wir untergehen, so wie sie. Aber wir sind gerettet.« Er lächelte Witali zu.

»Warum bist du eigentlich in die Niederlande gekommen?«

»Stas, laß ihn in Ruhe«, sagte Roman gereizt.

»Er will's doch erzählen, also was soll das?«

»Ich suche jemanden.«

Alle drei starrten ihn an.

»Wie meinst du das?«

»Ich bin gekommen, weil ich jemanden finden will, den ich aus den Augen verloren habe.«

Stas rückte ein Stück von Witali weg, um ihm in die Augen sehen zu können, doch die Kerze war fast erloschen. Nur die Kugel aus Kartoffelsalat schien zu leuchten, wie ein Mond auf dem Tisch. Witali steckte sich eine Olive in den Mund. Er ordnete seine Gedanken. Das war der Plan, den er im Zug gefaßt hatte. Wenn er nun darüber sprach, würde er ihn auch ausführen müssen. Er mußte sich jetzt entscheiden. Er beschloß, die ganze Geschichte zu erzählen.

»Habt ihr Zeit? Schenkt ruhig nach.«

Niemand schenkte ein. Witali begann mit seiner Armeezeit, darüber hatte er öfter gesprochen, mit der forschen Lässigkeit, die jemand an den Tag legen kann, der den Militärdienst schon eine Weile hinter sich hat. »Da gab es einen Leutnant, Kosoresow. Ziegenschlachter. Lacht nicht, der hieß wirklich so. Ein Kotzbrocken.«

Dann schilderte er den Vorfall mit dem Soldaten. Er hatte es kaum jemandem erzählt, darum faßte er alles viel zu sehr zusammen. Er war kein guter Geschichtenerzähler. Zu Hause hatte er sich immer über seinen Vater geärgert, der wie ein Wasserfall redete, vor allem, wenn er einen sitzen hatte. »Und jetzt hört zu, jetzt kommt's.« Auch wenn er nichts zu erzählen hatte, gab er langatmige Witze ohne Pointe zum besten: »Läuft ein großer, großer, dicker, dicker Elefant durch den Wald, kommt aus der anderen Richtung eine kleine, kleine, magere, magere Maus. Fragt der Elefant, das Mitleid in den Augen: ›Warum bist du so klein, Maus?‹ Sagt die Maus«, und dann setzte sein Vater ein weinerliches Gesicht auf, um ein bedauernswertes Mäuschen darzustellen: »›Ich war krank.‹« Seine Geschichte war wenigstens tatsächlich passiert. Vielleicht lag es an der Dunkelheit, aber Witali hatte das Gefühl, daß er seine Sache gut machte. Seine neuen Freunde hörten ihm atemlos zu, Männer fern der Heimat, die sich über so etwas Unsinniges wie eine Lok mit oder ohne Lokführer aufregten.

»Ich bin mir sicher, daß ich ihn finde«, hörte er sich sagen. »Ich bin es ihm schuldig. Versteht ihr das?«

Sie antworteten nicht. Das Öfchen war aus, und es wurde ziemlich unbehaglich im Zimmer. Witali setzte sich anders hin und wartete auf eine Reaktion. Nach einer Weile sagte Roman mit der Stimme eines Toten: »Also du hast gar nicht vor hierzubleiben?«

»Wenn du diesen Soldaten gefunden hast, fährst du wieder zurück?«

Als wäre die Dunkelheit gewichen, nahm Witali plötzlich den Ausdruck in Stas' Augen wahr. Er schien wütend zu sein.

»Glaubst du eigentlich, daß er das überhaupt will? Briefe, Nachforschungen ... Warum laßt ihr uns nicht in Ruhe?«

Witali merkte, daß er abschlaffte. Er überlegte, ob er etwas Falsches gesagt hatte. Tastend griff er zur Flasche. Es waren noch genau vier Gläser drin.

»Ach ja«, sagte er mit gespielter Gelassenheit. »Hat Tjoma schon erzählt, daß wir praktisch Truppenkameraden sind?«

Es nützte nichts. Keiner trank. Stas saß noch immer kopfschüttelnd da.

»Warum bloß? Was willst du von diesem Soldaten?«

»Ja, nein, nichts! Man muß doch ein Ziel haben, ich finde ...«

Glaubten sie nun auch, daß er für den KGB arbeitete? Hatte dieser gruselige Serjoschka aus Rache etwas über Polina ausposaunt? Aber das wäre völlig verrückt!

»Roman, du hast es doch vorhin selbst gesagt, über den Salat. Man muß immer versuchen, was draus zu machen, das hast du gesagt. Man kann doch nicht einfach weggehen und ...« Er brach den Satz ab. So machte er es nur noch schlimmer. Er mußte ruhig bleiben.

»Na schön. Ich möchte es bloß verstehen«, schloß er. »Daß jemand einfach wegläuft, alles zurückläßt. Er hat nichts mitgenommen, nur seine Ausrüstung.«

»Und du? Hast du denn so viel mitgenommen?« fragte Roman.

Er dachte an die Pantoffeln und die Sprotten. »Nein, nur ich kann jederzeit zurück.«

Stas lachte verächtlich. »Zurück wohin? Ich habe in der *Moskowski Komsomolets* von zwei Brüdern gelesen, die ihren Nachbarn zu *pelmeni* verarbeitet haben. Daß sie ihn in Stükke hacken: okay. Aber dann noch die Geduld zu haben, ihn durch den Fleischwolf zu drehen, kleine Kugeln zu formen und Teigtaschen mit ihm zu füllen! Nach Amsterdam eigne ich mich nicht mehr für dieses Leben.«

»Es wird nie mehr dasselbe sein«, sagte Roman.

»Ich bin es ihm schuldig«, murmelte Witali. Am liebsten wäre er auf der Stelle eingeschlafen. »Ich will wissen, was aus ihm geworden ist.«

»Dasselbe wie aus uns. Nichts Besonderes«, sagte Roman.

»Laß den Soldaten in Ruhe«, sagte Stas. »Dem geht's prima. Laß dir das von mir gesagt sein.«

Tjoma griff endlich zu seinem Glas. Er nickte Witali zu. Witali nickte zurück, und sie tranken, jeder in seine Gedanken vertieft.

Nach einer Weile sagte Tjoma leise: »Was für eine Zukunft erwartet uns wohl in fünf Jahren?«

Roman zuckte mit den Schultern. »In Rußland wissen sie nicht mal, welche Vergangenheit sie in fünf Jahren haben werden.«

Eine halbe Stunde später standen Witali und Tjoma

draußen. Stas hatte beschlossen, nicht nach Hause mitzufahren. Er hatte die Decke genommen und sich schweigend in eine Ecke gesetzt. Tjoma bekam sein Fahrradschloß nicht auf. Er fummelte mit bewundernswerter Geduld daran herum. Witali hätte dem Schloß längst einen Tritt verpaßt. Er wandte den Blick ab. Auf die Bahngleise senkte sich der Morgennebel.

»Weißt du was?« fragte Tjoma. »Ich kann dir vielleicht helfen. Du hast doch gesagt, du weißt nicht mehr, wie der Soldat hieß.«

Witali schüttelte den Kopf. Er wollte nicht mehr drüber reden.

»Ich weiß genau, daß der Name noch in deinem Unterbewußtsein stecken muß.«

»Schon möglich.«

»Ich weiß, wie du drankommst. Hör zu. Wenn es jetzt ein paar Tage trocken bleibt, wachsen bestimmt sehr viele Pilze. Riech mal.«

Sie schnupperten. Richtig, die Pilzsaison hatte begonnen.

»Wir werden Pilze sammeln. Die leckeren, aber auch die schlauen.« Tjoma deutete auf seinen Kopf. »Ich kenn eine Stelle, wo beide Sorten wachsen. Steinpilze und Psilos. Wir kochen Tee daraus, wir halten eine Séance ab, und du hast ihn. Den Namen, mein ich. Vielleicht kommst du ja noch hinter was anderes.«

»Ist das nicht gefährlich?«

»Ach was, hier verkaufen sie die Drogenpilze ganz normal in den Läden.« Das Schloß öffnete sich plötzlich, und Tjoma taumelte nach hinten. Er hielt sich an Witalis Schulter fest.

»Dann lernst du auch gleich meine Freundin kennen.«

14

Tjomas Freundin war ein Birkenmädchen, so eine, die mit einem sentimentalen Gesichtsausdruck Birken umarmt, weil die in Rußland nun mal heilig sind. Wie eine Pfauenhenne stelzte sie im Spanderswoud durchs Laub, von einer weißen Rinde zur nächsten. Witali fragte sich, wie lange sie damit weitermachen wollte, denn Birken waren hier nicht gerade selten. Mascha wohnte bereits seit sie fünfzehn war in den Niederlanden. Ihr Heimweh war aus zweiter Hand, von ihrer Mutter übernommen, wie auch ihre tiefe Abneigung gegen Niederländer. Im Zug nach Bussum-Süd blickte sie voller Abscheu auf die Sitzplätze auf der anderen Seite des Gangs, die von drei Schwachsinnigen und ihrem Begleiter besetzt waren. Die Schwachsinnigen hatten bestürzte Gesichter, als ob sie sich auch fragten, wo ihr Verstand geblieben sei.

»Hast du das noch nicht gemerkt?« flüsterte Mascha. »Niederländer haben keine Seele.«

Roman rückte seinen Jägerhut zurecht und heuchelte Interesse.

»Letztens hab ich mich mit so 'ner Slawistin unterhalten«, fuhr sie fort, »die hatte drei Monate in Rußland gelebt. Bildete sich ein, den Durchblick zu haben. Mäkelte an einem Stück, alle würden soviel trinken. Ich hab gesagt: ›Mariette, wir haben die Seele von Puschkin und Dostojewski, wir können nicht anders!‹«

»Da nennst du gerade zwei notorische Alkoholiker«, brummelte Roman.

»Ich hab gesagt: ›Wir haben erst 1881 das Joch der Leibeigenschaft abgeschüttelt, Mariette. Das mußt du verstehen.‹«

»1861«, korrigierte Tjoma. Er band sich die Haare zum Pferdeschwanz und schnaubte verärgert in Richtung seiner Freundin. Die starrte mit ihrem geschwollenen rosa Gesicht, als habe sie zu lange im Dampfbad gesessen, aus dem Fenster. Der Zug fuhr durch das Naturschutzgebiet Naardermeer. Aus dem Schilf ragten die strubbeligen Altmännerköpfe von Fischreihern. Mascha brach in Empörung aus. »Das soll ein Wald sein? Roman, das ist kein Wald.«

»Und was soll ich dagegen tun?« sagte Roman. »Keine Seele, kein Wald, es ist wirklich ein Graus.«

Als sie in Bussum-Süd ausstiegen, preschte Tjoma sofort los. Vielleicht befürchtete er, andere Wanderer könnten ihm den Wald vor der Nase leer sammeln. Er stiefelte mit großen Schritten über die Heide und zeigte alle paar Meter neben sich auf den Boden: »Guckt mal, Ziegenlippen. Ein gutes Zeichen.« Um in den Wald zu kommen, mußten sie eine Autobahn überqueren. Dahinter lag ein Trimm-dich-Pfad mit morschen Pfosten und Recks, an denen Tafeln mit Anweisungen hingen, wie sich die Sportler dehnen und strecken sollten. Am Ende des Parcours stand ein Schild, das darum bat, nichts im Wald zu pflücken oder mitzunehmen. Die Russen konnten es nicht lesen. Mascha vielleicht, aber sie war mit ihren Birken vollauf beschäftigt.

»Das hier«, sagte Onkel Wlad, hockte sich neben einen umgestürzten Baum und schob die Hand ins Moos, »ist die stille Jagd.« Witali wollte nach dem Pilz greifen, der in dem klaffenden Loch zwischen den ausgerissenen Wurzeln und dem Boden aufragte, doch die Hand des Onkels hielt die seine fest: »Laß ihn noch einen Moment stehen.« Sie blickten gespannt auf den Pilz. Witali wußte damals schon, daß ein unachtsamer Augenblick darüber entschied, ob ein Pilz, der sich plötzlich vor dem rostbraunen Hintergrund von Blättern und Erde abhob, wieder verschwunden war, wenn man die Aufmerksamkeit auf den Wald, den Pfad und die anderen richtete. Das eine zu finden bedeutete meist, das andere aus den Augen zu verlieren; als Kind mußte Witali jedoch keine Angst haben, sich zu verirren, weil immer einer der Erwachsenen darauf verzichtete, Pilze zu sammeln, und auf ihn acht gab. Onkel Wlad hockte sich neben den riesigen *Boletus edulis*, den Witali entdeckt hatte. Das einzige, was ihren Enthusiasmus bremsen konnte, waren Maden, die den Pilz von innen ausgehöhlt hatten. Er zauberte aus seinem Ärmel ein Messer hervor, schnitt den Pilz dicht überm Boden ab und drehte ihn um. »Nicht wurmstichig«, stellte er fest. »Halt die Augen offen, Steinpilze sind nie allein. Hier müssen noch Geschwister von ihm rumstehen.«

»Seht mal, eine Versammlung.« Roman grub mit der Schuhspitze im Reisig und bückte sich, um ein Bündel Hallimasch zu pflücken. Er warf sie in seinen Hut, den er auf dem Ellbogen hielt. Witali hörte das Blut in den Ohren rauschen. Das liegt daran, daß zu viel Sauerstoff in der Luft ist, pflegte seine Mutter zu sagen; Städter kriegen Kopfschmerzen von sauberer Luft. Vor ihm war ein großer Steinpilz aufgetaucht, mit einem perlweißen Fuß und einem glatten, unbeschädigten Hut, trocken und mit einer matten, wie mit Kakao bestäubten Oberfläche. »Die stille Jagd«, sagte er leise.

»Jagd?« Roman dehnte seine Wadenmuskeln, wie auf den Tafeln des Trimm-dich-Pfades beschrieben. »Pilze suchen ist was enorm Materialistisches. Du wirst davon ganz fieberhaft und gierig, du sammelst mehr, als du essen kannst, und bist trotzdem neidisch auf deine besten Freunde, die mehr gefunden haben als du. Es würde mich nicht wundern, wenn Marx was dagegen gehabt hätte.«

Hoch über ihnen knarrte eine Tanne.

»Hast du schon welche gefunden?«

Roman zeigte ihm seinen Hut. »Jetzt gerade ein paar Hallimasch. Und schau mal, diese goldgelben Schätzchen, die sind prima für die Suppe. Und fast ein Dutzend Maronen. Ganz ordentliche Kerle.« Er pulte ein paar Grashalme von der klebrigen Ernte. Witali sah haargenau, wie ein kleiner Parasit blitzschnell Reißaus nahm; er hatte in einem Maronenröhrling gesteckt, der ohnehin gleich weggeworfen werden würde.

»Mist, die sind fast alle wurmstichig«, sagte Roman. Eine Handvoll Pilze plumpste ins Laub.

»Was haltet ihr von einer Stärkung? Ich hab Genever und Käse mitgenommen.«

Sie fanden eine gefällte Eiche neben dem Reitweg, wo die Sonne durch einen Nebelschleier auf ihre verwilderten Gesichter schien. Sie hatten keine Ahnung, wie spät es war. Es war Witali schon früher aufgefallen, daß es ihm in den Niederlanden nie gelang, die Tageszeit anhand des Lichts zu bestimmen. Nachmittage glichen oft russischen Herbstvormittagen, alles war feucht und ein wenig verschwommen.

»Hohoooo!«

Tjoma. Er ließ den Ruf erschallen wie in dem Siebziger-Jahre-Hit »Ich fahr mit dir raus in die Tundra«. Sie mußten lachen.

»Hohooooo!« Es kam aus der Richtung der Autobahn.

Roman schenkte rasch zwei Gläser ein, prostete ihnen zu und verstaute den Flachmann wieder, in den höchstens zweihundert Gramm paßten.

»Hohooooo!«

Mascha lief voraus. Wie schrecklich sie war. Rote Nase – Modell *Kartoffel.* Frühalt. Sie trug einen vollen Korb und gab Erklärungen ab, um die sie keiner gebeten hatte. »Die hier essen wir heute noch, und die da friere ich ein. Diese trockne ich, und für die Kleinen da brauche ich noch Gläser, ich will sie einmachen. Und ihr?« Sie warf einen Blick in Romans Hut. »Ach du meine Güte, warum hast du die denn gepflückt?«

»Die sind prima für die Suppe«, sagte Roman.

Tjoma schnaubte. »Ich bück mich doch nicht für Täublinge.«

Sie mußten umkehren, weil es anfing zu regnen. Tjoma schob den Korb in einen großen Rucksack und erzählte, daß in dem Bauernhaus mit dem reetgedeckten Walmdach ein bösartiger Förster auf der Lauer liege, der Geldbußen von mehreren hundert Gulden verhängen könne. Fünf Gulden für jeden Pilz. Als sie so unauffällig wie möglich an dem Häuschen vorbei zum Gutshof gingen, jagte ihnen jedoch etwas ganz anderes einen Schreck ein. *Sowjetskaja.* Sie hörten es sofort; messerscharf artikuliert, kam das Wort aus dem Wald. Es schlüpfte zischend zwischen den Bäumen hindurch, und Roman machte einen Sprung, als bisse ihn etwas in die Knöchel.

»Das darf doch nicht wahr sein!« rief er.

Es folgten immer mehr Wörter, und danach halbe Sätze: *balyk sowjetski* (geräucherte Sowjetkoteletts) und *bes vsjakich chimitscheskich dobavok* (ohne jegliche chemische Zusätze). Roman rannte ins Gebüsch, die anderen hinterher. »Verdammt«, sagte er. »So einer Dryade möchte ich gerade nicht begegnen.«

Witali blickte sich um und sah zwei Gestalten, die sich

auf dem Weg näherten. Die dicke voran, an jedem Arm ein Körbchen, die magere in eine Art wattierten Raumanzug gehüllt und schlurfend wie ein Verwundeter von der Front. Mutter und Sohn.

»Sowjetwurst konnte ich schon eine ganze Weile nicht mehr bestellen«, rief Sweta über ihre Schulter. »Angeblich heißt sie jetzt Jubiläumswurst. Aber ich finde, daß die viel milder geräuchert ist als die alte Sowjetskaja.«

»Warum laufen wir eigentlich weg?« piepste Mascha und versuchte, sich von Tjoma loszureißen.

»Das ist doch die Höhe«, flüsterte Roman. »Als ob es nur einen Wald gäbe in diesem Land. Wir leben hier verdammt noch mal in einer *kommunalka*.«

Mutter und Sohn spazierten mit ihren Körben seelenruhig am Försterhaus vorbei. Tjoma schob einen Ast beiseite. »Sie haben den ganzen Wald leer geräumt. Und der Förster unternimmt nichts. Sie haben ihn bestochen, jede Wette.«

»Du brauchst mich gar nicht so anzugucken«, sagte Roman. »Ich hab ihnen nicht erzählt, daß wir hier Pilze sammeln.«

Tjoma meinte, sie müßten mindestens eine Viertelstunde im Gebüsch hocken bleiben, um sicherzugehen, daß sie den beiden nicht über den Weg liefen. Danach schmollte er weiter, bis sie zu einer Weide kamen. Ein Stier graste dort, doch das kümmerte ihn nicht. Er nahm sein Messer und kroch unterm Zaun durch. Das mißmutige Rind hörte auf zu kauen, zog etwas in Erwägung, aber die Fliegen brachten es aus dem Konzept.

»Tjoma, das ist ein Stier«, rief Mascha. »Wir haben genug Pilze, laß uns weitergehen.«

Tjoma antwortete nicht. Er stolperte in der Hocke voran, schnitt immer wieder etwas aus dem Gras und packte es in eine Plastikdose. Als er zurückgekraxelt war, zeigte er es den anderen: erbärmliche Pilze, die unmißverständlich verkündeten, ungenießbar zu sein. Zähe, dünne Stiele mit schlaffen Hütchen.

»Fragt nicht, das geht nur Witali und mich was an.«

Zu Hause sortierten sie die Pilze auf Iljas Eßtisch. Sie breiteten eine alte Zeitung aus und schnitten die größten mittendurch. Wenn sie frei von Maden waren, kamen sie zu den kleineren. Ilja war gerade vom Markt zurück, wo er Dill, Sauerrahm und ein großes Stück gepökelten Bauchspeck besorgt hatte. Nun waren nur noch großzügiges Würzen und regelmäßiges Kosten nötig. Darin war Ilja schon immer gut gewesen. Mascha war schwer beeindruckt, als er eine Zwiebel in seinem Handteller würfelte und ein Brot in Stücke brach und dabei verkündete, in Usbekistan dürften nur die Männer Brot anfassen. Tjoma half nicht mit. Er lag auf der Matratze und studierte Plattenhüllen. Witali schaute ihn hin und wieder an, doch sein Spießgeselle hielt die unheimlichen Pilze unter Verschluß und schwieg vor sich hin. Ilja gingen ihre Pläne nichts an. Er war voll in seinem Element, weil nun ein Mädchen unter ihnen war, das es geradezu darauf anlegte, lächerlich gemacht zu werden. Während sie zu verhindern versuchte, daß Täublinge in die Suppe geworfen wurden, äffte Ilja ihr rundes, empörtes Gesicht nach.

»Kommt gar nicht in Frage«, sagte Mascha entschieden. »Ein bitterer dazwischen, und alles ist verdorben.«

»Was bist du nur ... *Tfu!*« rief Roman. »Ich habe zwanzig Jahre mehr Erfahrung mit Pilzesammeln als du!« Es gelang ihm, über ihre Schulter ein paar Pilze in den Topf zu werfen. »Sollten wir nicht Stas und Lena einladen?«

Ilja schnitt Dill. »Nein, laß mal. Die werfen oben Trips. Ich weiß nicht, was die schlucken, aber sie werden davon immer gruseliger.«

»Apropos gruselig, wir haben uns heute zu Tode erschrocken«, sagte Roman und berichtete von der unerwarteten Begegnung mit Sweta und Oleg im Wald. Er könne sich gut vorstellen, sagte er, daß Mutter und Sohn im Wald überwinterten, von Pilzen und Nüssen lebten, neue Kräfte für die nächste Saison sammelten und daß sie in Wirklichkeit zwei Trolle seien.

»Klingt plausibel«, sagte Ilja.

»Es klingt so, als ob du ihnen erzählt hättest, daß wir dort in die Pilze gehen«, sagte Tjoma. Er machte sich die Fingernägel mit seinem Messer sauber. Es war selbstgemacht, der grellfarbene Griff hatte die Form eines Stiefels. Tjoma behauptete, es stamme aus einem Straflager.

»Was, ich?« fragte Ilja.

»Ja, du«, sagte Roman. »Wenn du es ihnen erzählt hast, schneidet dir Tjoma die Kehle durch. Auf die Weitergabe von sensiblen Informationen an Sweta steht die Todesstrafe.«

Ilja schüttelte heftig den Kopf. »Wie kommt ihr auf so eine Idee! Ich rede nie mit diesem Weibstück.«

Der angenehme Duft der Suppe besänftigte die Gemüter. Sie löffelten schweigend, als hätten die Pilze jeden Gesprächsstoff aufgesogen.

»Heimwehsuppe«, sagte Ilja.

Über der Stadt schnappte die Sonne mehrmals nach Luft, ehe sie hinter den Dächern verschwand. Plötzlich wußte Witali, warum dieser Anblick immer so beruhigend auf ihn gewirkt hatte: Das Geflacker erinnerte ihn an den Holzofen aus Ziegelstein in der Familiendatscha. Als er klein war, wachte er immer in dem Moment auf, wenn die letzten Scheite aufglühten und an der Bretterwand Schatten erschienen. Es dauerte nicht länger als zehn Minuten, der zuckende Schein wurde immer schwächer. Das Feuer lebte auf, erlosch schließlich, und Witali schlief wieder ein. Er konnte sich nicht erklären, warum er immer bei den Feuerschatten aufwachte. Sie warnten ihn, daß es bald kalt werden würde und er sich in die gemütliche Kamelhaardecke wickeln mußte.

Ilja schaute ihn lächelnd an. »Seht ihn euch an. Krank vor Heimweh. Ich hätte nicht gedacht, daß es dich so schnell erwischen würde, Witja.«

Alle schwiegen. Tjoma schlürfte den letzten Rest vom Teller und nahm Mascha mit in den Flur. Als sie zurückkamen, hatte Mascha ihren Mantel an. Alle waren erleichtert, als sie ging, vor allem Tjoma. Nun war es Zeit für das Experiment.

Der Raum hinter der Kippluke kam Witali noch kleiner vor als beim letzten Mal. Einiges hatte sich verändert, aber gemütlicher war es nicht geworden. Statt des *Yellow-Submarine*-Posters hing jetzt ein alter Spiegel an der Wand, von dem schon ein Stück abgebrochen war. An einigen Stellen war die Silberschicht hinter dem Glas abgegangen. Witali entdeckte entsetzt, daß die schwarzen Flecken ein trauriges Gesicht mit länglichen, schmalen Augen formten.

»Siehst du es?« fragte Tjoma, der Kerzen anzündete. »Jemand hat sein Gesicht an das Spiegelbild verloren. Die meisten Leute machen sich mehr Sorgen um ihr Spiegelbild als um ihr wahres Gesicht, hier hast du den greifbaren Beweis. Nachdem ich ihn vom Sperrmüll geholt hatte, hatte ich ein paar schlaflose Nächte.«

Er stellte seinen Rucksack auf den Rattantisch in der Ecke und kramte die Psilocybinpilze hervor. »Jetzt werden wir deinen Soldaten finden.« Mit der Dose krabbelte er durch die Luke in den Flur. Witali setzte sich auf die Matratze und starrte in eine Kerzenflamme. Die traurigen Spiegelaugen brannten in seinem Rücken, Tjoma hatte auch noch schnell Räucherstäbchen angezündet. Eine gute Idee war das alles nicht. Abhauen, durch die Luke kriechen, Treppe runter, raus. Jetzt ging es noch. Doch ehe Witali die Kraft gefunden hatte, sich auf die Knie zu stemmen, war Tjoma schon wieder zurück, mit einem abscheulichen halluzinogenen Gebräu in einer von einer nostalgischen Seele geschmuggelten Teekanne der Emaillierfabrik »Der Rote Metallgießer«.

»So. Gleich wirst du prima schlafen. Trink von dem Tee, kleine Schlucke, und iß ein Stück Schokolade für den Geschmack.« Er packte eine Tafel aus und brach sie entzwei. »Dann kuschelst du dich ins Bett. Deck dich gut zu, du mußt warm bleiben. Du brauchst keine Angst zu haben, du wirst einfach träumen. So klar und deutlich, wie du noch nie im Leben geträumt hast. Ich würde es Reisen nennen. Die einzige Art, ohne Visum hin- und zurückzureisen.«

Er reichte ihm einen Becher Pilztee und seufzte tief. Etwas in diesem Seufzer brachte Witali dazu, den Tee hinunterzuschlucken und mit der Routine eines hoffnungslosen Wodkasäufers die Luft anzuhalten, bis er den bitteren Geschmack mit der Schokolade weggekaut hatte. Dann zog er das gemütliche Deckbett über sich.

Er ging über einen Pfad aus festgestampftem Schnee, nicht breiter als eineinhalb Soldatenstiefel. Er kam vom Weg ab und sank bis zu den Waden ein. Er beschloß, den Schnee nach vorn zu treten, er stellte sich vor, er wäre weich und warm wie Zupfwolle, wenn er sich hineinfallen ließe. Er schaute nicht auf seine voranpflügenden Beine – das hatte keinen Sinn –, sondern auf die weißen Wipfel der Fichten. Der Mond bedeckte das Land mit einem graublauen Schleier, als habe jemand einen Fernsehapparat angestellt, so breit wie der Himmel. Sein Atem kondensierte in seinem Wollkragen, die Feuchtigkeit sammelte sich in Tropfen am Kinn.

Er wußte genau, daß er hinter dem Hügel finden würde, was er suchte, doch er kam keinen Schritt näher. Lange Zeit blieb der Fichtenwald unerreichbar, aber genau in dem Moment, als er sich zu Boden sinken lassen wollte, gelangte er an den Rand. Mit einem dröhnenden Schlag war er im Wald, die Rinden der Bäume rückten immer näher, die rauhe Borke bohrte sich in sein Fleisch. Er gab auf. Erst in der Morgendämmerung konnte er sich losreißen, mit einem kraftlosen Schrei stolperte er ein Stück zurück. Am Ende einer Spur im Schnee sah er seine eigenen Skier und in der Ferne sich selbst, in dick wattierter Grenzsoldatenmontur, stocksteif, wie angewurzelt. Sein Arm hob sich. Er winkte sich selbst zu.

15

Im Winter konnte Witali bei der Umzugsfirma jobben, bei der Tjoma arbeitete. Der Betrieb hieß Spinoza, weil er seinen Sitz in der Spinozastraat hatte. Auf dem Möbelwagen stand in altmodischer Schnörkelschrift: »Spinoza – Umziehen mit Sinn und Verstand!« Der Inhaber war ein wohlgenährter Amsterdamer mit großen Gliedmaßen. Sich selbst nannte er auch Spinoza. Wenn er den Telefonhörer abnahm, sagte er: »Hier Spinoza.« Spinoza drehte sich ununterbrochen Zigaretten, außer wenn er aß. Witali und Tjoma bekamen auch etwas zu essen, mußten sich vorher aber von Spinoza die niederländischen Namen beibringen lassen, zum Beispiel »broodje bal« für ein Frikadellenbrötchen. Andere Wörter, die Witali lernte, waren »hochhieven«, »runterlassen« und »pralle Möpse«. Am Steuer des Möbelwagens saß ein Neffe von Spinoza, der auch so große Hände wie sein Onkel hatte. Sie hoben damit Hundehaufen von der Straße auf und bewarfen sich gegenseitig. Bei den Umzügen trugen Tjoma und Witali die Kartons, Spinoza und der Neffe schnappten sich jeder einen Stutzflügel oder eine Waschmaschine und schleppten die Last mit dunkelrot anlaufenden Gesichtern Stufe für Stufe die steilen Amsterdamer Treppen hoch. Spinoza hatte immer eine Tube Holzleim in der Brusttasche. Wenn der Neffe versehentlich den verschnörkelten Rand von einem Bett abgebrochen hatte, klebte Spinoza ihn wieder an. Bei der Arbeit unterhielten sie sich.

»Weißt du, was im Grunde das Problem ist? Es ist ganz einfach.«

»Sag schon.«

»Du kannst dir die weißen zwar kaufen, aber wie hältst du die sauber?«

»Waren die nicht aus Leder?«

»Na hör mal. Weißes Leder, da sind doch sofort schwarze Striche drauf. Du kommst mit einem Fuß an den andern, und sofort hast du einen schwarzen Strich. Ich seh dich schon wichsen und wienern. Ich würd sagen: Laß es. Ich würd sagen: Kauf die schwarzen. Oder notfalls die braunen. Die weißen: Laß die Finger davon.«

Da sich ihre Gespräche so wichtig anhörten, glaubte Witali, die Spinozas seien viel gebildeter als russische Möbelspediteure. Tjoma sprach jedoch ein wenig Niederländisch und übersetzte für Witali, worum es ging.

Dank Spinoza bekam Witali nun, ein halbes Jahr nach seiner Ankunft in den Niederlanden, sehr viele Häuser von innen zu sehen. Er staunte, was für ein Krempel sich darin angehäuft hatte. In Rußland sammelten nur alte Mütterchen mehr Schraubgläser, als sie jemals brauchen konnten. Hier bewahrten manche Leute sämtliche Jahrgänge einer Zeitung auf und verlangten auch noch, daß beim Umzug alles mitkam. Bei anderen waren es leere Plastikverpackungen und alte Konserven, Garagen voller Kartons mit kaputten Spielsachen, rostigen Töpfen ohne Deckel, zerbrochenem Geschirr. Ein Mann zog vom Ghetto Slotervaart in den Grachtengürtel – Spinoza erklärte, er habe in der Staatslotterie gewonnen. Eine halbe Million reicher, aber die durchgesessenen Ledersessel mußten mit und auch die Couch, von der schon Fetzen herabhingen. Manche Leute verschanzten sich in ihrem Plunder, als erwarteten sie eine Flutkatastrophe. Wenn sie sich nicht mehr allein herausbuddeln konnten, erledigte Spinoza das, zusammen mit der Polizei. Während solcher Aktionen flüsterte er immer: »Klappe halten.« Die Polizei durfte nicht wissen, daß zwei illegale Russen dabei halfen, insolvente Niederländer aus ihren Wohnungen auf die Straße zu setzen. Spinoza meinte, die Leute seien alles andere als bedauernswert. Ein Ehepaar in Purmerend hatte seit Jahren keine Steuern gezahlt, doch vor der Tür stand ein Mercedes.

»Kein Mitleid«, sagte Spinoza. Er hielt die Hand auf. »Kassieren, das ja, aber nix abgeben. Seht euch den Schlitten an. Habt ihr vielleicht so'n Schlitten? Nö. So'n Schlitten habt ihr nicht.«

Einen Arm aus dem offenen Fenster gehängt, trommelte er an die Seite des Möbelwagens. Sie mußten warten, bis die Polizei mit den Schuldnern gesprochen hatte. Die versteckten sich in der Garage und ließen die Tür nur einen Spaltbreit offen. Nach einer Weile ragte eine Hand mit einem Telefon aus dem Spalt. Ein Polizist nahm den Hörer und hörte zu. Spinoza seufzte.

»Alles Schmus«, sagte er. »Ich geb's euch schriftlich: Nächsten Monat können wir wiederkommen.«

In Alkmaar mußten sie einen lebenden Leichnam aus seinem Haus entfernen. Der Mann hatte drei Jahre lang seine Rechnungen nicht bezahlt, und man hatte ihm Strom, Gas und Wasser abgestellt. Zuerst bekamen sie die Tür nicht auf, weil sie mit Stapeln von Reklameblättchen und Schmuddelheften verbarrikadiert war. Von innen sah das Haus wie das Studioset für einen Gruselfilm aus der Vorkriegszeit aus. Witali hatte immer gedacht, Hollywood übertreibe mit den seildicken Spinnweben, mußte nun jedoch mit eigenen Augen sehen, daß es das gab. Staub, hatte er früher gelernt, ist nichts anderes als abgestorbene Hautzellen und entsteht durch die

Zersetzung der Fasern vorwiegend lebendiger Materialien; in einem Zimmer, das nie betreten wird, liegt weniger Staub als in einem Zimmer, in dem sich regelmäßig jemand aufhält. In diesem Haus hingen ganze Netze von Spinnweben unter der Decke, aus denen dicke Staubflocken rieselten, als sie die Tür eintraten. Es mußte also bewohnt sein. Witalis Gesicht begann zu jucken, er konnte gar nicht mehr aufhören zu kratzen. Die Polizisten gingen vor. Spinoza schwieg. Seinem Gesicht war die Art von Verständnislosigkeit abzulesen, die Menschen demütig macht; es war nicht die erste verwahrloste Wohnung, die er betrat. Aus Erfahrung wußte er, daß es nicht lange dauern würde, bis sich der Bewohner zeigte, lebendig oder tot. Dieser Begegnung sah er zweifellos mit Unbehagen entgegen. Die Polizeibeamten offenbar nicht, sie sprangen beherzt die Treppe hoch und riefen: »Hallo!«

»Los, wir warten draußen«, sagte Spinoza. Doch da kam der Bewohner auch schon zum Vorschein. Witali hatte so was noch nie gesehen. Der Mann stand plötzlich reglos mitten im Zimmer, als hätten sie ihn dort vorher einfach übersehen. Seine Haut war gelblich, ausgetrocknet wie ein Stück Holz. Er trug den Bart eines Propheten und hatte einen völlig leeren Blick. Witali war wie vom Schlag getroffen. Ein lebendiger Toter. Schweigend schob Spinoza seine Mitarbeiter aus dem Haus.

»Weißt du, was wir hier machen?« flüsterte Tjoma, als sie im Garten standen. »Exhumierung. Einen Friedhof räumen.«

Sie lugten ins Haus, wo die Polizisten mit dem Mann zu reden versuchten. Der Mann schwieg. Die Beamten sprachen ihn mit »Mijnheer« an, doch wenn es etwas gab, auf das diese Bezeichnung nicht im entferntesten zutraf, dann war es diese Kreatur. Der Mann strich sich ständig über die Brust, nicht aus Nervosität, sondern weil er vor wer weiß wie vielen Jahren vergessen hatte, damit aufzuhören. Nach einiger Zeit wurde er im Polizeiwagen abtransportiert. Als das erledigt war, nickte Spinoza und ging entschlossen wieder rein. Die Häuser von solchen armen Teufeln bargen immer ein Grauen, das noch schrecklicher war als sie selbst, besonders ekelhaft war das, womit sie sich die ganze Zeit beschäftigt hatten. Sachen, Gegenstände, stumme Zeugen großer Verwirrung. Diesmal stießen sie in der Waschküche darauf. Sie mußten erst durch die Küche, die mit Konservendosen und Mineralwasser in Tetrapaks vollstand.

»Davon hat er gelebt«, konstatierte Spinoza.

Als sie die Tür zur Waschküche aufmachten, konnten sie es schon riechen. Ordentlich gestapelt, mit Deckeln verschlossen: fünfzig Zehn-Liter-Eimer voller Scheiße. Früher einmal hatten sie Saté-Sauce enthalten, das stand auf den Etiketten. Spinoza trat einen Schritt zurück. »Stop«, sagte er. »Da müssen Spezialisten ran.«

Die rückten zwei Stunden später mit weißen Overalls und Atemschutzmasken an. Sie öffneten die Eimer und leerten sie nacheinander in die Senkgrube im Garten. Der Gestank war unerträglich. Die Nachbarn kamen aus ihren Häusern und protestierten laut auf der Straße. Sogar Spinoza wankte.

»Nicht hingucken«, schrie er Witali zu. »Wenn du hinguckst, ist alles zu spät. Ich sag dir: Du kotzt sofort los.«

Tjoma hatte keine Probleme damit, er schaffte es sogar noch, ein Lied zu pfeifen. Er packte Bücher in Kartons und legte einen Stapel beiseite.

»Darf ich die mitnehmen?« fragte er. »Eine zoologische Enzyklopädie.«

Am Heiligen Abend wurden Witali und Tjoma mit dem Möbelwagen nach Hause gebracht. Beide hatten sie ein

Weihnachtspaket, einen Kasten Bier und einen typisch holländischen Blätterteig-Buchstaben bekommen, nett verpackt von Erica, Spinozas Frau. Erica hatte platinblondes Haar und war so braungebrannt wie der serbische Indianer Gojko Mitic. Spinoza faßte ihr gern an die Brust, mit den großen, rissigen Händen, die kurz zuvor noch Hundehaufen aufgeklaubt hatten. Sie waren nicht arm. Vor ihrem Haus stand ein Hymer-Wohnmobil. Bei schönem Wetter fuhren sie damit los.

»Wir waren überall«, sagte er zu Witali. »Von Belgien rede ich gar nicht erst. Österreich, überall. Wir fahren und fahren, das macht uns Spaß. Zigeuner. Erica und ich, wir sind ein altes Zigeunerpärchen.«

»Wohnmobile«, sagte Ilja, als sie ihm von dem Hymer erzählten, »zeigen den Unterschied zwischen Niederländern und Russen. Wir reisen nicht, wir emigrieren nur.«

Ilja hörte sich die Geschichten über ihre Abenteuer mit Spinoza meist ungläubig und ungeduldig an. Witalis tiefe Einblicke in niederländische Haushalte interessierten ihn nicht.

»Erzähl mir lieber was Aufmunterndes«, sagte er. »Mir reicht der Wahnsinn hier im Haus.«

Ilja hatte sich schon seit zwei Monaten total zurückgezogen. Er ging nur nach draußen, um von dem Geld, das Witali ihm daließ, einzukaufen. Witali traf ihn meist im Bett an oder vor der Staffelei, wo er ein Bild mit dem nächsten übermalte. Für den Wahnsinn im Haus sorgten Stas und Lena, das einzige, was sie dazu brauchten, war der Sonnenuntergang. Jeden Abend kam es zwischen ihnen zum Streit, der nicht zu überhören war, mit Heulen und Stampfen, Gegenstände flogen durchs Haus und aus dem Fenster. Eines Tages lag ein Zettel im Briefkasten, auf dem stand: »Am

23. November d. J. befand ich mich gehenderweise auf dem Oudezijdsachterburgwal in Höhe des Olofssteeg. In diesem Augenblick haben Sie den Schädel von jemandem herunterfallen lassen. Nehmen Sie zur Kenntnis, daß Sie mir damit einen Mordsschreck eingejagt haben.« Der Absender hatte die Überbleibsel mitgenommen. Falls jemand das Bedürfnis verspüre, sich zu entschuldigen, könne er sie bei der untenstehenden Adresse abholen.

Mit dem Paar vom Dachboden hielt es außer Ilja niemand lange aus. Das Haus leerte sich zusehends. Im Herbst war die Spanierin ausgezogen; sie hatte sich auf den Rücksitz eines alten Morris gesetzt, und ein Mann, der wie Friedrich Engels aussah, hatte ihre ganzen Bücher in den Kofferraum gepackt. Der Pole war vielleicht schon seit längerem weg – Tjoma fiel plötzlich auf, daß sie ihn seit Monaten nicht mehr gesehen hatten. Er bat Stas, das Zimmer zu öffnen, und alle seufzten erleichtert, daß nur eine Matratze im Zimmer lag. Von diesem Moment an hatte Witali ein eigenes Zimmer, aber auch er floh abends aus dem Haus. Zusammen mit Tjoma schlenderte er durch die Stadt. Sie unternahmen Spaziergänge ohne Worte und ohne Geld, die öfter als beabsichtigt auf dem Rembrandtplein endeten, wo von den alten Bekannten nur der betrunkene Puppenspieler übrig war. Sogar das Teehaus auf dem Noordermarkt war wie ausgestorben.

An einem besonders ungemütlichen Dezemberabend – dichter Hagel prasselte herab – trafen sie beim Concertgebouw doch noch die Blechbläser. Die hatten ihre Kapuzen so fest um den Kopf geschnürt, daß die Gesichter nicht zu sehen waren, nur ihre Instrumente ragten aus den kleinen Öffnungen. Aus ihnen ertönte noch immer, unerschütterlich: Bach, Purcell, Mozart. Die fünf froren fast an den Mundstükken fest. Die Passanten sahen das durchnäßte Schild *»Greetings from Leningrad«* und folgerten daraus, daß Russen Kälte besser abkönnten als Niederländer und daß die Musiker es ihnen sicherlich verzeihen würden, wenn sie nicht stehenblieben und zuhörten. Die Bläser verziehen es ihnen, nicht weil sie der sonderbaren Theorie zustimmten, daß bestimmte Völker an Kälte gewöhnt seien (nach Tjomas Ansicht war das Gegenteil der Fall, kein Volk auf der ganzen Welt hänge so sehr an warmen Öfen wie die Russen), sondern weil die Passanten in ihrer Eile und vor lauter Hochachtung freigebiger denn je waren.

So ging das Jahr 1993 zu Ende, ein Jahr, das für Witali ruhig begonnen hatte, doch mittendrin aus dem Gleis gelaufen war, zu einem Wirrwarr aus Situationen und Personen wurde, die er zu Hause einfach gemieden hätte, die sich jedoch hier, auf zweihundert Quadratkilometern Stadt, ungeniert aufdrängten. Bis zum letzten Tag gab es kein Entrinnen. Ilja war zu einer Silvesterparty bei dem Regisseur Koschkin eingeladen, doch weil er sich vorgenommen hatte, noch mindestens einen Monat bettlägerig zu sein, bat er Witali, an seiner Stelle hinzugehen.

»Nimm Tjoma mit. Sag einfach, ich wär krank. Lungenentzündung. Trinkt einen auf mich.«

Tjoma war schon einmal bei dem Regisseur gewesen, der in der Tweede Nassaustraat wohnte. Daß Koschkin Regisseur war, mußten ihm die Leute einfach glauben. Keiner hatte jemals einen Film von ihm gesehen. Die Erklärung dafür war, daß sein gesamtes Werk ihm bei der Ankunft in den Niederlanden abhanden gekommen sei. Der arme Koschkin habe vor dem Amsterdamer Hauptbahnhof nur für eine Minute sein Gepäck abgestellt, da seien aus dem Nichts zwei Schwarze aufgetaucht und hätten sich die Kiste mit den Mastertapes geschnappt.

»Was mich aufrecht hält«, sagte er und schenkte Witali ein Glas Krimsekt ein, »ist der Gedanke, daß meine Filme jetzt im antillianischen Underground zirkulieren.«

Er erzählte, daß er sich in Meryl Streep verliebt und ihr eine Hauptrolle in seinem nächsten Spielfilm zugedacht habe. Die Briefe, die er an Warner Brothers schickte, unterzeichnete er mit »Mr. Pussy«, was in etwa die englische Übersetzung seines Nachnamens war.

»Ich habe noch keine Antwort bekommen«, sagte er. »Aber Hollywood ist ja auch ein Labyrinth. Bis dort ein Brief zugestellt wird, vergehen Jahre. Fast wie mit Brieftauben. Man muß Geduld haben.«

Er bewegte die Hände flatternd in Richtung Fenster. Über dem Restaurant auf der anderen Straßenseite hatten Chinesen Knallketten aufgehängt.

»Bald haben wir Krieg«, sagte Koschkin. »Neujahr entscheidet sich der Kampf um die Mandschurei.« Er öffnete das Fenster. »Dreckige Kommunisten!« schrie er über die Dächer. »Mao *kaputt!*«

Mit einem zufriedenen Grinsen betrachtete er seine kleine Party und zog eine Tasche mit Feuerwerkskörpern unter der Fensterbank hervor. »Ihr seht, ich habe mich gut vorbereitet. Nun wollen wir einschenken für das Moskauer Neue Jahr, denn das beginnt in fünf Minuten.«

Ein Pärchen auf dem Sofa rief etwas über das Irkutsker neue Jahr, das sie bereits vor Stunden gefeiert hätten. Witali sah diese Leute zum ersten Mal. Die Irkutsker ähnelten sich wie Bruder und Schwester, waren jedoch ein Liebespaar und ließen einander nicht für eine Sekunde los. Zu ihnen gehörte noch ein Mann mit einem Seemannsbart, der ihre Gläser nachfüllte und dafür sorgte, daß Teller mit Häppchen vor ihnen standen.

»Ist es einigermaßen genießbar?« rief der Gastgeber jedesmal, wenn sich jemand was in den Mund steckte.

»An den Hühnerflügeln sind Stoppelhaare«, beschwerte sich eine starke Raucherin.

»Als ob du keine Haare an den Beinen hättest«, sagte jemand anders.

Ein Mann mit einem Sombrero fühlte sich durch seinen Hut zu burlesken Aktionen genötigt. Er bog sich um die Taille der rauchenden Frau, griff zu einer Flasche Krimsekt und sang »Meine lieben Moskowiter«. Als Witali sich Salat auftun wollte, spürte er eine unangenehme, klauenartige Hand auf der Schulter.

»Mit dir habe ich noch eine Rechnung offen.«

Er drehte sich um und erschrak über das Fischgesicht, das ihn anstarrte.

»Serjoschka«, stieß er hervor.

Serjoschka zitterte am ganzen Körper. Witali brauchte einen Moment, bis er erkannte, daß er wütend war.

»Für dich nicht Serjoschka. Für dich habe ich überhaupt keinen Namen. Du glaubst wohl, ich hätte keine Ahnung, was du den Herren in der Veluwelaan gesteckt hast?«

Witali dachte an die russische Handelsvertretung und den *tworog* mit Rosinen, den Serjoschka dort gekauft hatte, und blickte sich im Zimmer um, ob Polina auch hier war. Doch da spürte er wieder die Klaue auf der Schulter.

»Laß dir von mir gesagt sein, daß ihr Brüder erledigt seid. Ihr seid Vergangenheit.«

Witali verlor für einen Moment das Gleichgewicht, ein Mißgeschick, das der Wüterich zum Anlaß nahm loszubrüllen. Andere Gespräche verstummten.

»Jetzt ist er aus dem Konzept geraten!« rief Serjoschka. »Leute, darf ich Ihnen diesen Mann vorstellen? Sie kennen ihn noch nicht, und dabei sollten Sie es auch belassen! Er ist einer von der Sorte – wir wissen alle, was ich meine –, der aus dem Weg zu gehen wir gelernt haben. Dieser Mann ist ein Denunziant.«

Der Mann mit dem Seemannsbart stand auf. Er klopfte ausgiebig seine Hose ab, als habe er im Heu gesessen.

»Sie dürfen nicht etwas prätendieren, solange es keine faktische Bestätigung Ihrer Vermutungen gibt«, sagte er. »So etwas nennt man empirische Determination. Sie müssen immer empirisch denken.«

Serjoschka drehte sich um und stampfte aus dem Zimmer. Der Mann mit dem Bart goß sein Glas voll, warf Witali einen vielsagenden Blick zu und folgte Serjoschka nach draußen.

»Ach, ich habe ja ganz vergessen, den Fernseher einzuschalten!« rief Koschkin erleichtert. Er nahm die Fernbedienung und schwenkte sie. »Seit kurzem bin ich an einen Sputnik angeschlossen!«

Auf dem Bildschirm erschien der Kopf von Boris Jelzin.

»Laß dich nicht verunsichern«, flüsterte Tjoma. »Keiner glaubt Serjoschka. Im Herbst hat er noch allen, die es hören wollten, verkündet, auf dem Haarlemmerdijk hätten Belka und Strelka ihn ans Kreuz genagelt.«

Witali wollte zur Toilette, doch die war besetzt. Er wartete im Flur neben den Schuhen, die die Besucher gegen Pantoffeln getauscht hatten. Sie waren ordentlich aufgereiht, fiel ihm auf, keiner der Gäste hatte sie von den Füßen geschleudert, die Paare standen alle mit der Spitze in einer Richtung. Ihre Besitzer hatten das ganz entspannt gemacht, während sie mit anderen, ebenso selbstverständlichen Dingen wie einer Plauderei offenbar überfordert waren. Er selbst trug Badelatschen, die Koschkin ihm gegeben hatte. Schuhwerk, um volltrunken herumzuschlurfen. Was war das nur für ein sonderbarer Brauch, Besucher nach dem Eintreten in die Knie zu zwingen und ihnen ein Paar abgetragene Latschen aufzudrängen? Witali blickte auf die Schuhe, die darauf warteten, daß ihre besoffenen Besitzer fluchend und stolpernd zu ihnen zurückkehrten, und dachte daran, daß er selten auf eigenen Sohlen in ein neues Jahr hineingegangen war.

»Gut, daß ich im Bett geblieben bin«, sagte Ilja am nächsten Tag. Sich zufrieden räkelnd, hatte er sich ihren Bericht von der Silvesterfete angehört. »Das ist erst der Anfang, die Leute werden immer gestörter. Wenn jetzt nicht bald die Sonne durchbricht und wir wieder Bilder verkaufen können, sehe ich schwarz. Ich komme bis zum Frühjahr nicht aus dem Bett. Ich muß euch bitten, vorläufig die Einkäufe zu erledigen.«

Seine Vorahnung bestätigte sich. So wie Kaninchen kaum sehen können, was sich in ihrer Nähe abspielt, aber um so schärfere Augen für das haben, was sich ihnen aus der Ferne nähert, wußte er, daß es das beste war, sich einzugraben. Das neue Jahr begann mit zwei Unglücksfällen.

Der erste schien anfangs schlimmer, als es tatsächlich war, doch Roman war das Opfer. Witali plagten Schuldgefühle, weil er ihn seit einer Weile nicht mehr besucht hatte. Roman war in der Reguliersbreestraat in die Tram 9 gerasselt. Zum Glück fuhr die Straßenbahn nicht schnell. Tjoma erfuhr die Nachricht als erster und berichtete den anderen davon.

»Er kam vom Rembrandtplein. Was er da zu suchen hatte, weiß niemand. Fest steht, daß er hackedicht war, er hat wohl nicht viel davon mitgekriegt.«

Tjoma schlug sich gegen die Nase, um den Unfall zu illustrieren. »Frontal. Die Nase voll ins Gesicht gedrückt, wie ein Papierhütchen.«

»Wir werden ihn nicht mehr wiedererkennen!« rief Ilja.

Tjoma lachte auf. »Du glaubst doch nicht, daß sie ihn so gelassen haben! Wir sind in den Niederlanden. Die besten Ärzte haben ihn wieder zurechtgeflickt. Und das für lau.«

»Hat es nur seine Nase erwischt?« fragte Witali.

»Die Tram fuhr im Schrittempo. Für eine Nase reicht das.«

»Und sein Fahrrad?« fragte Ilja.

»Keine Ahnung. Das Vorderrad wird einen Schlag abgekriegt haben. Erst das Rad, dann die Nase. Denke ich jedenfalls.«

Witali sah den armen Roman vor sich, über die Tramgleise schlingernd auf dem schwarzen Rad, mit dem er eigentlich nie mehr fahren wollte – das hatte er sich im Sommer fest vorgenommen. Wegen der Nase machte er sich keine Sorgen, die hatte Roman sich schon des öfteren gebrochen. Das letzte Mal hatte er in einem russischen Dorf Prügel bezogen und sich zwei Wattebäusche in die Nasenlöcher gesteckt, um »die Sache wieder zu begradigen«, was unübersehbar mißlungen war. Doch die Vorstellung von Roman auf den Schienen, auf dem Bauch liegend, das traurige Gesicht seitwärts auf den Gleisen, ließ ihn nicht los. Er wunderte sich selbst, aber er mußte sich immer wieder beherrschen, um nicht loszuschluchzen.

Zwei Tage später, als er seinen Mut zusammengenommen hatte und Roman besuchen wollte, erfuhr er von einem zweiten, viel schlimmeren Unglück. Am späten Vormittag wurden sie von Lena geweckt. Reglos wie eine Statue stand sie in der Tür. Witali glaubte kurz, sie gehöre zu einem Traum.

»Stas ist tot.«

Sie blickte abwechselnd Witali und Ilja an, als erwarte sie von ihnen eine Klärung. Aber keiner brachte ein Wort heraus, auch Tjoma nicht, der hinter ihr im Flur stand.

»Er liegt schon seit sechs Tagen im Leichenhaus«, sagte sie, blinzelte mit ihren Pferdeaugen und ging weiter nach oben.

Es hatte eine Weile gedauert, bis die Polizei Lena aufspürte, denn sie hatte keine Vermißtenanzeige aufgegeben. Das ukrainische Konsulat hatte nach einigen Tagen Stas' Mutter angerufen. Die kannte die Amsterdamer Adresse ihres Sohnes nur zu gut, so oft, wie sie ihm Briefe geschickt hatte, in denen das gleiche stand wie in den Briefen der Mütter von Witali und Ilja. Das Konsulat hatte sie dank des Passes gefunden, den Stas bei sich trug, als er sich an diesem frühen Montagmorgen auf die Bahngleise setzte. Hinter der Station Muiderpoort wurde er von einem langsam fahrenden Zug erfaßt. Er starb noch an Ort und Stelle. Witali hätte nie gedacht, daß dieses baumstarke Kreuz, von dem Lenas Wut abgeprallt war wie Peitschenhiebe von einem Ochsenfell, von etwas so Harmlosem wie einer niederländischen Eisenbahn zermalmt werden könnte.

Die Unglücksfälle paßten nur zusammen, weil sie beide auf Bahngleisen passiert waren. Roman war ins Krankenhaus gebracht worden, wo sie ihm wegen seines Vollrauschs eine leichte Narkose verpaßt hatten. Mitten in der Operation wachte er auf und wollte vom Tisch steigen, weil er noch »eine Menge zu erledigen« habe. Stas hatte nichts mehr zu erledigen. Er hatte sich hingesetzt und gewartet.

16

Im Frühjahr 1973 hatte Onkel Wlad ihm vom Hundehimmel erzählt. Nahe der Datscha radelten sie über den Pfad, der am Bahndamm entlangführte, und mußten anhalten, um sich den Rücken abzuklopfen. Weil sie keine Schutzbleche hatten, spritzte der Schlamm an den Hinterrädern hoch. In jenem Jahr war der Schnee schnell geschmolzen, und neben den Gleisen kamen die wolligen Kadaver totgefahrener Hunde an die Oberfläche. Am Bahnsteig streunten immer Hunde herum, sie warteten auf die Happen, die die Leute aus der Stadt mitgebracht hatten. Onkel Wlad hatte noch eine andere Erklärung. Auf ein Paar aus dem Schnee ragender Vorderpfoten mit schwarzen Ballen deutend, erzählte er seinem Neffen, diese Bahnlinie führe nicht nach Gorki oder Moskau, sondern in den Hundehimmel.

»Sie sehen aus wie tot, aber eigentlich sind sie unterwegs«, sagte er mit sanfter Stimme. »Sie reisen durch die ganze Welt, in ferne Länder. Im Hundehimmel geht das.«

Vielleicht hatte er Witali nur trösten wollen, doch zu Hause bekam er von seiner Schwester eins aufs Dach, nachdem der kleine Junge ihr die Geschichte erzählt hatte. Wenn Onkel Wlad weiterhin soviel saufe, würde er selber im Hundehimmel landen, rief sie. Witali fand diese Aussicht gar nicht so schlimm. Als er fragte, ob er mit dürfe, war seine Mutter in Tränen ausgebrochen und hatte Onkel Wlad eine Ohrfeige verpaßt.

Witali mußte daran denken, als er vor dem Altar der russisch-orthodoxen Kirche in der Utrechtsedwarsstraat stand. Für Stas wurde eine Messe gelesen, doch sein Leichnam blieb im Leichenhaus, bis die Überführung in die Ukraine geregelt war. Geld war das größte Problem. Die Repatriierung kostete siebentausend Gulden – in diesem Betrag waren außer dem Flugticket und der Beerdigung in Dnipropetrowsk ein Totenhemd, ein Innensarg aus Zink und ein Holzsarg enthalten – und wurde größtenteils von einer in Antwerpen lebenden Tante von Stas bezahlt. Die Mutter besaß bereits ein Visum, denn sie hatte schon vor Monaten geplant, ihren Sohn zu besuchen, das Geld für die Reise nur noch nicht zusammengehabt. Trotzdem tat sie so wie jemand, der genau zur rechten Zeit gekommen war. In Amsterdam kam sie sofort zur Sache. Sie zog in ein Hotel im Stadtzentrum und bat Mischa, einen Trauergottesdienst zu organisieren.

Mit Lena wollte sie nichts zu tun haben. Das traf sich gut, denn Lena hatte sich auf dem Dachboden eingeschlossen und wollte mit niemandem reden. Stas hatte sie endlich zum Schweigen gebracht. Die friedvolle Ruhe, die seit seinem Verschwinden im Haus herrschte, war seltsamerweise nicht zu einer beklemmenden Stille geworden; es war so, als säße er noch mit einem Buch auf dem Dachboden, wie in der Zeit vor den Drogen und dem Gezanke. Unten blätterten die Zurückgebliebenen in ihrem Gedächtnis, eifrig auf der Suche nach Erinnerungen an den Verstorbenen; eigentlich hatten sie kaum etwas mit ihm zu tun gehabt, doch das gab niemand zu. Vor dem Trauergottesdienst sahen sie, wie Lena mit ihren Schädeln das Haus verließ. Sie wollte sie in einer Apfelsinenkiste zu dem Grab zurücktragen, aus dem sie stammten, doch die archäologische Ausgrabungsstelle war wieder zugeschüttet worden. Kurzerhand stellte sie die Kiste auf die Vortreppe der Nachbarn, wie eine Lieferung des Gemüsehändlers.

In der Kirche standen sie vorn, mit Lena in der Mitte. Witali spürte, wie sie durch ihre halb geöffneten Lippen atmete, obwohl Tjomas Arm, den er um sie gelegt hatte, zwischen ihnen war. An seiner anderen Seite stand Ilja, grau wie Beton. Er hatte sich die ganze Nacht im Bett gewälzt, das er bis zum Frühjahr nicht hatte verlassen wollen. Innerhalb einer Viertelstunde füllte sich das Atrium hinter ihnen mit Trauernden. »Atrium« ist eigentlich zuviel gesagt. In jenen Jahren war die Pfarrgemeinde noch in der Taufkapelle einer ökumenischen Kirche untergebracht, was zwar gegenüber ihrem vorherigen Obdach auf dem Dachboden der St. Nicolaaskerk eine Verbesserung bedeutete, doch durch den Zuwachs von russischen und serbischen Emigranten wurde auch dieser Raum schon bald zu klein. Zu Ostern standen die Leute draußen Schlange, und die Nachbarn, ungläubige Muffelköpfe vom Grachtengürtel, beschwerten sich über das slawische Stimmengewirr und die Zecherei unter ihren Fenstern. Ein Jahr später würde die Gemeinde wieder umziehen, in die Kerkstraat gleich um die Ecke. Hier würde sie zehn Jahre bei einer evangelischen Brüdergemeinde unterkommen, bis sie genug Geld hatte, die Tichelkerk zu übernehmen.

Daß die Kirche nicht seßhaft war, schlug sich auf die Innenausstattung nieder. Sie sah aus, als könnte sie jederzeit in einem Koffer untergebracht werden. Das Diptychon war fachmännisch bemalt – die Muttergottes links, der Schutzheilige rechts vom Altar – doch die Ikonostase, an der es befestigt war, wackelte bei jeder Bewegung wie eine Kulisse im Laientheater. Witali blickte angespannt auf den Vorhang, aus dem der Priester hervortreten mußte. In der Nähe hörte er Sweta schnattern: »So ein schöner Mann. So ein schöner Sohn. Die Mutter, wo ist die Mutter? Ich hab gehört, die Mutter würde kommen.« Hinter ihm erzählte jemand einen Witz: »Gott ruft Breschnew an. ›Leonid Iljitsch, sag mir: Wann werden die Kirchen in der Sowjetunion endlich in Ruhe gelassen?‹ Breschnew lacht: ›Nicht, solange ich lebe! Aber wo ich dich gerade an der Strippe habe, wüßte ich gern: Wann wird der Kommunismus auf Erden herrschen?‹ Sagt Gott: ›Nicht, solange ich lebe.‹«

Der jüdische Odessit Gogi war auch da, samt Akkordeon. Sich bekreuzigend, ging er nach vorn, gefolgt von Koschkin und Polina, wie Schauspieler in einem italienischen Film ausstaffiert – sie trug ein schwarzes Cocktailkleid und einen Schleier, er einen schwarzen Anzug aus feinem Cordsamt. Die Stimme hinter Witali kicherte wieder: »Seit meiner Emigration bin ich ein Jude. Für die Behörden, meine ich. Wenn sie mich hier sehn, muß ich mich irgendwie rausreden.« Was der Mann danach sagte, war nicht mehr zu verstehen. Auf der Straße hatten die Blechbläser ein herzzerreißendes Ave Maria angestimmt. Die halbe Kapelle brach in Wehklagen aus. Vor dem Altar kniete ein Mann. Als er sein Gebet beendet hatte, nickte er mit feuchten Augen Lena zu. Es war Leopold. Hatte er Stas gekannt? Wahrscheinlich nicht, dachte Witali. Und war Stas überhaupt gläubig gewesen? Es war ihm nie aufgefallen. Doch wie begierig die Diaspora zur Trauerfeier erschienen war. Russisch-orthodoxes Melodram in einer Nußschale, gratis und täuschend echt!

»Jetzt seht euch diesen knienden Wiederkäuer an«, sagte der Witzeerzähler nun laut. »Haltet euch schon mal die Nase zu!«

Eine bekannte Stimme: »Immerhin ist er gekommen.«

»Einen Tritt in die Leber, das hätte er verdient.«

»Über die Toten soll man nur Gutes reden.«

»Ich meine den Wiederkäuer da vorm Altar.«

Die Musik war zu Ende, und die Tür des Baptisteriums wurde geschlossen. Witali fühlte sich immer benommener. Als er ein Taschentuch hervorholte, versuchte ihn jemand zu küssen. Er zog den Kopf weg und erkannte Mascha. Die Tränen strömten ihr übers Gesicht, doch sie wischte sie nicht weg.

»Witjok, ich trau mich nicht, Lena anzusehen«, flüsterte sie. »Ich weiß nicht, was ich zu ihr sagen soll. Meine russische Seele fließt über!«

Tjoma schleifte sie mit zur ersten Reihe, wo sie noch lauter schluchzte. Lena zeigte keine Regung. Die beiden Männer hinter Witali nahmen ihre Unterhaltung wieder auf.

»Es gibt zwei Sorten Hochzeiten und Beerdigungen«, sagte der eine. »Die ernsthaften, wo man keinen Tropfen trinken kann, ohne daß man auffällt, und die idiotischen, die sind ein Witz.«

»Alle Feiern, bei denen ich gewesen bin, waren ein Witz.«

Die Trauernden verstummten, als hinter den Kulissen ein Poltern zu hören war. Eine Gestalt bewegte die Vorhänge neben der Ikonostase, hüstelte und murmelte, ließ Papiere fallen und sammelte sie wieder auf. Witali hielt den Atem an, nicht vor Ehrfurcht (er wußte nicht mal, ob der Mann, der hinter der Chorwand hervortrat, ein Priester oder ein Diakon war), sondern aus Mitgefühl. Wußte der, daß er eine Messe für einen Selbstmörder lesen mußte, und war deshalb so nervös? Oder zählte diese Sünde nicht in einer emigrierten Kirche ohne eigenes Domizil, waren die Gottesdienste in dieser Zwischenstation ebensowenig ernst zu nehmen wie die stümperhaften Umgestaltungen, die aus der ökumenischen Kapelle eine orthodoxe machen sollten? Witali unterdrückte einen Hustenanfall, der Weihrauch schlug ihm auf die Bronchien. Eigentlich war das ganze russische Leben in Amsterdam eine Farce, dachte er, wütend vor Atemnot. Sie alle hatten hier aufgehört zu existieren. Stas hätte sich den Selbstmord sparen können.

Und was sollte der nutzlose Paß in seiner Tasche? Seinen Reisepaß, noch drei Jahre gültig, aber mit abgelaufenem Visum, hatte er zu Hause gelassen. Am Körper hatte er seinen Inlandspaß getragen, obwohl der jenseits der Grenze völlig nutzlos war: Er war nur zum Gebrauch im eigenen Land bestimmt. Der Inlandspaß lief nie ab. Bis weit ins nächste Jahrtausend blieben Hammer und Sichel auf dem Umschlag, und der Inhaber war nach wie vor ein begnadeter Bürger der Sowjetunion. Der Ausweis enthielt drei Fotos. Das erste zeigte meist einen stolzen Teenager, aus dem zweiten, neun Jahre später, sprach schon leichter Überdruß, und aus dem dritten, das im Alter von fünfundvierzig aufgenommen wurde, echter Verdruß. Älter wurden die Bürger in ihrem Ausweis nicht. Stas hatte darauf geachtet, auch in Wirklichkeit nicht älter zu werden.

Witali brauchte etwas zu trinken, wenigstens einen Schluck. Er stieß seinen Cousin an, doch der wurde sauer. »Sei nicht so hibbelig! Hör einfach zu, wie alle anderen auch.«

»Ich weiß nicht, was los ist, ich halt's nicht mehr aus.«

»Benimm dich ein bißchen, wir stehen direkt vor dem Priester.«

Der Geistliche strahlte das routinierte Mitgefühl aus, das auch Ärzte an den Tag legen. Er wartete auf irgend etwas, mit gefalteten Händen – Witali meinte zu erkennen, daß sie zitterten, auch er brauchte offenbar einen Schnaps! Schließlich nickte er sichtlich erleichtert in Richtung Tür. Alle drehten sich um und sahen, daß Mischa eine Frau mit einem Kopftuch hereinführte.

Durch die Kirche summte das russische Wort für Mutter, *matj*. Sosehr sich die Kommunisten auch bemüht hatten, die Zärtlichkeit aus diesem Wort zu vertreiben, indem sie es in kantigen Buchstaben auf Kampfplakaten abdruckten, es klang nach wie vor wie ein kleiner, herziger Schrei; einst ein echtes Wort, doch verformt durch eine Geschichte von Kindergebrabbel. Die Frau, die an Mischas Arm nach vorn schritt, wurde schon fünfunddreißig Jahre so genannt, der Tod ihres Sohnes änderte nichts daran – noch immer mußte sie für ihn sorgen, sie mußte das, was von ihm übrig war, für siebentausend Gulden nach Hause schaffen. Sie war klein, wie das oft der Fall ist bei Müttern kräftiger Söhne. Als einzige Frau in der Kirche war sie nicht in Schwarz. Sie zog ihr Umschlagtuch zurecht und machte eine Art Knicks zum Priester. Witali spürte Verachtung in ihrem Blick. Der Priester stand plötzlich zusammengesunken da, als schäme er sich vor der Frau, die mit ihrem ganzen Wesen auszudrücken schien, längst geahnt zu haben, daß dieses Kasperletheater für ihren Sohn tödlich enden würde. Hinter ihr ging ihre Schwester, eine robuste Frau mit weizenblondem Haar wie Stas. Lena drehte sich vorsichtig um, so daß sie die Familie sehen konnte, von der Stas nie gesprochen hatte. Im Vorbeigehen ließ die Tante ihre Augen, die auch denselben Blauton hatten wie die Augen von Stas, über die erste Reihe schweifen. Daraufhin zitterte Lena so heftig, daß es schien, als würde sie zerbrechen. Witali tastete nach ihrer Hand, fand aber nur ein kaltes, schmales Pfötchen, klatschnaß von Schweiß, das ihm panische Angst einjagte.

17

Roman lag in seiner schmalen Zelle auf dem Bett. Sein wehmütiger Nischel war mit Verbänden zugepflastert, als hätte der Arzt wenig Zuversicht gehabt, die Bruchstücke beisammenhalten zu können. Im Raum roch es sonderbar. Gogi hatte Makkaroni *po flotski* (nach Art der Flotte) zubereiten wollen, es jedoch versäumt, auch nur einen Tropfen Flüssigkeit zur Sauce zu geben, und so war das Hackfleisch im Fett und Mehl zu einem grauen Klumpen gestockt.

»Es ist mißlungen«, stammelte Roman. »Alles in diesem Haus mißlingt oder geht kaputt.«

Witali zog den Reißverschluß seiner Jacke auf. »Ich habe eine Flasche mitgebracht. Darfst du was trinken?«

»Jederzeit. Außerdem kommt der Verband morgen ab.«

»Tut mir leid, daß ich nicht eher vorbeigeschaut habe. Du hast es wahrscheinlich gehört, das mit Stas …«

Roman sank ins Kissen zurück. »Besser ein Ende mit Schrecken als ein Schrecken ohne Ende«, murmelte er durch die Nase.

Das Fenster stand einen Spalt offen. Zwischen den Zipfeln des wehenden Vorhangs tauchten die unheilvollen Bahnschienen auf, ein rostiges Gewirr, auf dem sich Ankunft und Abfahrt quietschend und knirschend vollzogen, mit dem Städte begannen und endeten und in Hoek van Holland sogar ein ganzes Land aufhörte. Witali wandte den Blick ab und fragte Roman rundheraus: »Wie lange bist du eigentlich schon illegal?«

Roman zog die Augenbrauen hoch, und sein ganzes Gesicht verzerrte sich zu einem Grinsen, nur die eingegipste Nase blieb unerschütterlich an ihrem Platz. Wattetampons steckten bis zur Nasenwurzel drin, darum mußte er zum Atmen den Mund offenstehen lassen. Das wirkte bei ihm so natürlich, daß es etwas Animalisches hatte.

»Wie lange? Ich schreib mir das nicht auf«, erwiderte er. »Ich weiß nicht mal, welchen Monat wir haben. Ist das wichtig?«

»Du weißt es genau, heute ist doch der Tag der Sowjetarmee.«

»Ach ja, der 23. Februar. Und was hab ich von dieser Information? Sieh dir lieber mal die Bilder an, die ich für dich gemalt habe! Mindestens hundert, und um viele werden sich die Leute reißen.«

»Nein, ich bin wegen dir gekommen.«

»Dann müssen wir jetzt wohl auf die Sowjetarmee anstoßen? Was bist du doch für ein Kommißkopp. Hast du ihn eigentlich schon gefunden, deinen Soldaten? Ich wette, du hast noch nicht mal angefangen zu suchen.«

Er stand vom Bett auf, um ein paar Schnapsgläser aufzustöbern. Er trug wieder den hellblauen Schlafoverall und schmuddelige Sportsocken. Mehr Mühe hatte er sich für seinen angefahrenen Körper nicht gemacht. »Du hast noch nicht mal angefangen zu suchen, oder? Dein Bruder hatte recht. Du vergehst vor Heimweh, viel zu schnell. Es ist unsere Schuld. Mach es nicht so wie wir, schau dich in den Niederlanden um. Bist du manchmal auch bei Einheimischen zu Besuch?«

Ich kümmere mich um ihre Sachen, dachte Witali. Das ist etwas mehr, als nur zu Besuch sein. Ich packe ihre Vergangenheit in Kartons, transportiere sie und packe sie wieder aus, damit die Leute weitermachen können mit ihrem Leben. Er schenkte ein. Aus Ehrfurcht vor Stas stießen sie nicht an. Sie nickten sich nur zu und kippten schweigend ihre Gläser. Roman studierte das Etikett und schenkte nach. »Ich brauche nichts dabei zu essen, meinen Geschmackssinn hat es auch erwischt. Aber nimm du dir ruhig was von dem Hackfleisch. Und im Kühlschrank muß noch Brot liegen.«

Witali zog den Topf zu sich. Jemand hatte sich ein Stück von der Masse abgeschnitten, was das Fiasko nur betonte: Makkaroni *po flotski* schnitt man nicht. Es erinnerte ihn an das Kaugummidebakel, vor etwa zwanzig Jahren, als in der ganzen Sowjetunion kein Kaugummi aufzutreiben war. Eine Lehrerin warnte sie davor, welches von Ausländern anzunehmen (als ob die überall herumspazierten), weil sie Gift hineinmischten; auf diese Weise hätten schon viele Sowjetkinder ihr Leben gelassen. Onkel Wlad konnte man natürlich vertrauen, auch wenn er es von einem Ägypter bekommen hatte. Witali ging sparsam mit seinem Kaugummi um. Wenn er es zu einer Kugel rollte und trocknen ließ, schmeckte es hinterher wieder genauso, hatte er entdeckt. Doch dann hatte seine Mutter den unappetitlichen Klumpen gefunden, weggeworfen und sich ein untröstliches Kind eingehandelt. Sie hatte versucht, aus Honigwaben und Kondensmilch einen Ersatz zusammenzukneten. Das Ergebnis war nicht übel, hatte aber mit Kaugummi nichts zu tun. Der Mißerfolg seiner Mutter machte den Verlust nur noch schmerzhafter.

»Mach es nicht so wie wir«, sagte Roman. »Es bringt dir nichts. Du läßt dich gerade zu einer Insel mit lauter vertrauten Dingen treiben, während hinter dir das Festland liegt, nicht dein Land, aber wenigstens findet da das normale Leben statt. Wir atmen, aber das ist es eigentlich auch schon. Sie haben uns zu Dorfbewohnern gemacht, die gemeinsam um den Holzofen hocken, weil draußen angeblich ein Schneesturm tobt, aber sobald das *awtomagasin* über den Hügel gefahren kommt, rennen sie wie die Besessenen raus, um sich mit Sprotten und Wurst einzudecken. Du bist noch jung. Entscheide dich für den Zweifel, und wenn er noch so nervt, der gehört nun mal zur Freiheit dazu.«

Es wurde kalt im Zimmer. Der Wind spielte mit dem Vorhang, der ihnen nach wie vor flatternd die makabre Aussicht bescherte, wie ein Vogel, der sein Nest immer wieder an dem Platz baut, von dem er verscheucht wird. Witali stand auf und ruckelte so lange am Schiebefenster, bis es nach unten fiel. Ruhe. Roman packte ihn am Arm.

»Du Idiot«, sagte er. »Du willst diesen Soldaten suchen, aber warum suchst du nach etwas, was du schon weißt?«

»Ich weiß nicht, was mit ihm passiert ist.«

»Natürlich weißt du es. Vergiß das Ganze.«

Das würde ich ja gern, aber es geht nicht, dachte Witali. Roman tat so, als wäre es seine Entscheidung, mit dem Geschmack von Schnee im Mund aufzuwachen und von Alpträumen geplagt zu werden wegen eines Vorfalls, der ihn in Wirklichkeit kaum beunruhigt hatte. Schlimm gewesen war es erst in der Spezialeinheit an der norwegischen Grenze. Dort waren sie tatsächlich wie die Besessenen wegen ihrer Sprotten und Würste rausgerannt. Machte sie das zu spießigen Dorfbewohnern? Taub und blind standen sie heulend im Wirbelsturm des Helikopters, bevor sie die Pakete zugeworfen bekamen, manchmal machten sich die Piloten nicht mal die Mühe auszusteigen, sondern wendeten die Maschine nach dem Entladen gleich wieder heimwärts. Die Soldaten schleiften die Pakete rein, jammernd, doch der Holzofen, den sie hatten, war nicht der Rede wert. Witali hatte dort ständig gefroren, sogar im Schlaf. Von diesen Schrecknissen träumte er nie. Abgesehen von dem Deserteur kam in seinen Träumen selten etwas Bemerkenswertes vor. Im Schlaf sortierte sein Gehirn nur einige gerade erlebte Eindrücke, denen er offenbar nicht genügend Beachtung geschenkt hatte. Hatte er eine Fernsehsendung über Burgen gesehen, träumte er von Burgen, so einfach war das. Lächerlich fand er die Psychologen, die solche Überbleibsel des Tages als Symbole auffaßten, ohne erklären zu können, warum er zwar von einer Fernsehsendung träumte, nicht aber von Stas' Tod.

»Ich weiß nicht, was mit ihm passiert ist«, wiederholte er.

»Ach was, dummes Zeug«, sagte Roman. »Denk doch mal logisch. Du weißt, wie mein Leben aussah, und ich kenne deins. Oder etwa nicht? Ich sehe dein Fotoalbum vor mir. Wir haben nämlich alle das gleiche. Laß mich raten. Auf einem der Bilder bist du vier Jahre alt und für die Aufführung des Schülertheaters als Häschen kostümiert. Stimmt's?«

Es stimmte. Als Knirpse waren sie Häschen oder kleine Wölfe, jedenfalls Tiere aus dem Wald. Sie bekamen Ohren und Schnauzen aufgesetzt. Was machte es schon, daß alle gleich aussahen? Ein Kind will gar nicht anders sein als die anderen.

»Dann ist da natürlich das Foto mit dem Lenin-Stern, da bist du ein Oktoberkind von acht Jahren. Wir sollten uns schneidig in Pose werfen, gar nicht so einfach, wenn man gerade die Milchzähne verliert. Als alle Zähne wieder an Ort und Stelle waren, hat man uns ein Pionierhalstuch umgebunden – die meisten Fotos sind nur deprimierend, findest du nicht? Zum Heulen. Weiter. Warst du beim Komsomol? Dann hast du noch Fotos von Jugendlichen in der Kolchose. Da könnte man sich vor Grausen glatt erhängen. Und schließlich, um einem den letzten Rest Spontaneität auszutreiben, der Militärdienst. Selbst entwickelte Schwarzweißfotos von todernsten, kahlgeschorenen Burschen, die sich auf der nächsten Seite in altgediente Klugscheißer mit ausgebeulten Hosen und klobigen Stiefeln verwandelt haben, die Mütze nach hinten geschoben und den Gürtel gelockert, lehnen sie lässig an einem Panzer oder halten sich in verspielter Pose gegenseitig die Pistole an die Schläfe. Ja, ja, trinken wir einen drauf, Witali. Ach Mann, warum auch nicht?« Er hob das Glas, stellte es aber genau so schnell wieder auf den Tisch. »Warte, du warst doch Korporal? Als du den Militärdienst hinter dir hattest, bist du noch schnell in ein Fotostudio gelaufen und hast dich in deiner Paradeuniform verewigen lassen! Wir haben das Spielchen allzu gern mitgespielt.«

Witali schüttelte den Kopf. Er erinnerte sich nur an ein unscharfes Foto von sich am Küchentisch. Sein Vater hatte es aufgenommen. Witali hatte seine Mütze neben sich gelegt und ein paar Kragenknöpfe geöffnet, doch diese lässige Pose wurde durch den angstneurotischen Gesichtsausdruck widerlegt, mit dem er noch mindestens ein halbes Jahr lang rumlaufen würde. Wie sehr sein Vater dieses Foto mochte! Er holte es häufig hervor, wenn er mit seinem Sohn angeben wollte. Roman sollte sich an die eigene Nase fassen. Ausgerechnet er als Lehrer für die Geschichte der KPdSU erwartete von Witali, daß er sich schon als Kind von allen anderen unterschied? »Nein, ich mach dir ja keine Vorwürfe!« sagte Roman. »Ich wollte damit nur sagen, daß sie ihren Willen bekommen haben. Die Sowjetunion mag ja zerfallen sein, gut, aber sieh uns doch mal an. Wenn sie gründliche Arbeit leisten wollten, müßten sie uns alle ausrotten.«

Vom Kissen aus starrte er zur Zimmerdecke. Ein breites Pflaster auf der Wange hatte sich gelöst. Roman war ein großer, liebenswürdiger Flop. »Eins haben sie auf jeden Fall erreicht: Wir sind uns alle immer so verdammt einig. Die ganze Welt glaubt, bei uns hätte es keine Meinungsfreiheit gegeben, dabei durften wir alles mögliche meinen – wenn alle anderen in dem Moment die gleiche Meinung hatten. Das ist doch Demokratie, oder? Zu unserer Zeit brauchte man gerade nicht aus dem Parteiprogramm zu zitieren, ja man hätte dafür sogar in der Klapse landen können. Unsere Generation mußte mutig sein, bei der bürgerlichen Rebellion mitmachen. Nichts Gefährliches, einfach nur bei den Dialogen in populären Filmen zwischen den Zeilen lesen, in den Texten von harmlosen Schlagern den doppelten Boden suchen. Es war eine läppische Renitenz, nicht strenger verboten, als sich am Hintereingang des *gastronom* ein leckeres Kotelett zu besorgen. Alle haben es getan, wer die Parole kannte, durfte mitmachen. Wir können alle fehlerfrei aus den Filmkomödien von Gajdaj zitieren. Augenzwinkernd, mit erhobenem Zeigefinger, bestätigen wir uns gegenseitig. Originell ist das nicht, aber dann weiß wenigstens jeder, du bist okay, gut Freund! Witze und Zitate, damit müssen wir uns begnügen. Ich weiß nicht, wann wir aufgehört haben, uns miteinander zu unterhalten.«

Er zog sich die Decke bis zum Kinn und blieb schweigend liegen, bis im Flur Schritte zu hören waren. Gogi war nach Hause gekommen. Roman lauschte auf seinen Gang: Sein Mitbewohner lief mit ruhigen Schritten, nicht so wie letzte Nacht, als er auf der Suche nach Licht fluchend durchs Haus gepoltert war. Alles war runtergebrannt oder leer gewesen, nicht mal ein Teelicht gab es. Gogi war zum nächsten Laternenpfahl gerannt, um eine Vene zu finden, danach hatte er sich ganz langsam, mit halb geschlossenen Augen, wieder ins Haus geschleppt.

»Ich bin dir eine Erklärung schuldig«, sagte Roman. »Ich war Lehrer für die Geschichte der KPdSU, das stimmt. Aber ich hatte auch tief gläubige Freunde, die aus dem Museum des Atheismus nicht wegzukriegen waren. Alles, was nötig war, um den Glauben zu studieren, war dort vorhanden, man brauchte nur die Behauptungen umzudrehen. Nein, ich bin keiner von denen, die hinterher sagen, sie hätten schon immer ganz anders gedacht. Ich bin wie du, schau nur in unsere Fotoalben. Ach, unsere Jugend! In hohen Auflagen gedruckt und abgewertet wie alte Rubel.«

Was sonst hätte Roman tun sollen, nachdem man ihm die verfluchte Freiheit aufs Auge gedrückt hatte, als in die Niederlande zu gehen, in ein Land, das ohne Lupe auf der Weltkarte nicht zu finden ist, dafür jedoch die Möglichkeit bietet, jede beliebige Gewohnheit beizubehalten, ob die nun aus Beten in Richtung Mekka oder dem Einwecken von Pilzen bestand? Witali war vielleicht noch zu jung, er wußte feste Gewohnheiten noch nicht zu schätzen.

»Wir Russen brauchen nicht viel Platz«, sagte Roman. »Ein Holzofen, ein kleiner Tisch, auf den zwei Gläser passen. Laß dir eins sagen: Sogar dieses Land ist für uns noch zu groß.«

Er deutete auf die schmutzigen Lumpen an einem Wandhaken. Witali erkannte das alte Zigeunerhemd mit dem scheußlichen Muster aus roten pfeildurchbohrten Herzen und reitenden Indianern, an dem Roman so gehangen hatte. Roman hielt sich den Stoff vor die Brust und strich mit der Hand über die Risse und Flecken. »Das ist mein Hemd, in dem ist es passiert. Die Ärzte haben es mir vom Körper gerissen. Warum, weiß ich auch nicht, mit meinem Körper war ja alles in Ordnung. Was steht da eigentlich auf deiner Brust? Amsterdamski?«

»Nein, da steht: Adamski. Das ist ein Popmusiker.«

»Amsterdamski, verflucht, das sind wir! Der Stamm der

Amsterdamski, viel zu klein und fest entschlossen auszusterben. Laß uns doch, Witja. Hab keine Angst. Das ganze Lavieren, die Kompromisse, das ist eben Freiheit. Und hör nicht auf, dich zu wundern, mach's nicht so wie wir.« Er warf das zerrissene Hemd in eine Ecke. »Geh ruhig den Soldaten suchen, warum eigentlich nicht? Wunder dich nur, frag dich nur weiter, warum er getan hat, was er tat.«

Er nahm die Flasche, schenkte sich die letzten dreißig Gramm ein und starrte ins Glas. »Aber mach dich auf eine Enttäuschung gefaßt. Wenn du ihn findest, wirst du sehen: Alles ist beim alten geblieben. Aber das macht nichts, du hast dich dann immerhin eine Weile vom Holzofen ferngehalten.« Roman war schon betrunken. Er schwankte zur Tür, um Gogi zu begrüßen. Obwohl es dunkel war, sah Witali, daß Gogi schuldbewußt auf Distanz blieb, wie ein alter Wolf, mit dem es abwärts ging. Er murmelte einen Gruß und schlich geduckt weiter.

Später lief Witali zum Hauptbahnhof zurück und stieg dort in den nächstbesten Bus. Er hatte keine Ahnung, wohin die Fahrt ging, ließ für alle Fälle drei Zonen abstempeln und setzte sich auf eine der neu bezogenen Bänke. So was hätte er viel eher tun sollen. Die anderen Fahrgäste stiegen an der Windmühle aus, er blieb als einziger übrig und ließ sich chauffieren. Der nagelneue Bus donnerte über die Zeeburgerkade aus der Stadt raus. Tjoma hatte recht gehabt, die Wiesen waren hier auch im Winter grün. Trotzdem zeigte die Aussicht aus dem Fenster alles andere als üppige Natur. Der Landschaft fehlte das Gleichmaß, auf dem Reisende versonnen den Blick ruhen lassen; mal war alles mit Lagerhallen und Gewächshäusern vollgebaut, dann wieder links und rechts kahle Äcker, und im Grunde war alles gleich häßlich. Der Fahrer redete, jedoch nicht mit ihm. Er gestikulierte ins

Nichts, nickte in Richtung Frontscheibe und bewegte lebhaft die Lippen ohne hörbares Geräusch. Er ließ sich auch nicht stören, als im Gewerbegebiet drei neue Fahrgäste zustiegen, er setzte die imaginäre Unterhaltung fort (mit einer schönen Frau, wie es schien), hin und wieder zog er die Augenbrauen hoch, grinste oder hörte mit ernster Miene zu. Peinlich berührt schaute Witali aus dem Fenster. Grasflächen sahen aus der Entfernung immer so aus, als wären sie samtweich, wenn man sich auf ihnen ausstreckte, von nahem aber waren sie voller Disteln und sumpfiger Stellen.

Er brauchte den Soldaten gar nicht zu finden. Erst auf dem Weg in die Niederlande hatte er seinen Träumen eine Bedeutung beigemessen. Ganz normales Heimweh. Wer daran leidet, versucht seine Vergangenheit zu einem logischen Ganzen zu formen, das sie nie war. Noch nie hatte er sich an so vieles erinnert wie jetzt. Reisen, um die Welt zu sehen, wie seine Großmutter ihm geraten hatte, war ihm nicht geglückt, doch je länger er fort war, desto öfter durchlebte er seine Vergangenheit.

18

»Ich wollte doch einen Juden, und was zum Teufel bringst du mir? Einen Tataren!« sagte der Besitzer der Bäckerei. Ilja drehte sich um und musterte Witali. »Er steht doch nur bei den Backöfen. Da sieht ihn niemand.«

Der Bäckereibesitzer rümpfte die Nase. Er selbst sah auch nicht wie ein Jude aus, geschweige denn wie einer, der koscheres Brot backte. Ruslan hatte das bis auf die Knochen angespannte Gesicht eines Mannes mit bewegter Vergangenheit; das prägnanteste Zeichen war eine Narbe, die Lagerhäftlinge als »Telefon« bezeichnen, weil sie vom Mund bis zum Ohr verläuft. Wahrscheinlich war er der reichste Russe von Amsterdam. Die Pita-Bäckerei war nur eine seiner kommerziellen Aktivitäten, er hatte den Laden vor nicht allzulanger Zeit übernommen – komplett mit Rabbinatsaufsicht. Die schrieb zwar nicht vor, daß das Brot unbedingt von Juden gebacken werden mußte, doch Ruslan fand, das habe mehr Stil. Den einzigen echten Juden in der Bäckerei, den Ukrainer Boris, hatte er mit dem Rest des Inventars von den Vorbesitzern übernommen. Ilja hatte er im Teehaus kennengelernt, er fand ihn sehr jüdisch und bot ihm gleich einen Zehner pro Stunde. Beim Anblick von Iljas Cousin war er natürlich enttäuscht. Er schlug sich mit der Hand aufs Herz und erklärte, Witali sei ihm nicht mehr als sieben Gulden wert.

»Und wenn wir ihm eine Kippa aufsetzen?« fragte Ilja.

»Sieben fünfzig. Mehr ist nicht drin.«

Sie mußten von vier Uhr nachts bis elf Uhr morgens arbeiten. Um halb neun öffnete der Laden für die ersten Kunden, Inhaber von Shoarma-Buden, die auf Rechnung große Kisten mit Pitas holten. Freitags kam der Rabbi, um den Teig für die Challas zu kneten, und die Spannung war zum Schneiden. Der Rabbi sah ebenfalls nicht wie ein Jude aus; er hätte ein Bruder von Robert Redford sein können.

Witali mußte ausgestanzte Teigscheiben in den Backofen werfen, eine ratternde Mühle, die die Pitas durch ein Hitzemeer transportierte und stapelweise ausspuckte. Die Kühlung des alten Geräts funktionierte nicht mehr. Ruslan meinte, für das Backen sei das nicht weiter wichtig. »Nur für euch ist es ein bißchen unangenehm. Zähne zusammenbeißen. Ich habe früher auch hart gearbeitet. Drecksarbeit, Schwerstarbeit. So habe ich auch angefangen.«

Ruslan war gesprächiger, als es seine Vergangenheit erlaubte, doch die Wahrheit blieb meist in sicherem Abstand. In rasendem Tempo zählte er seine Großtaten auf, so daß Witali bereits an seinem ersten Arbeitstag wußte, daß sich alles, was sein Chef anfaßte, in Gold verwandelte, obwohl das im Grunde nebensächlich war, denn er konnte außerdem Chopin spielen, war Ringkämpfer und schrieb Gedichte, die von Kennern sehr geschätzt wurden. Witali hatte bald raus, daß er am besten immer nur nickte, damit Ruslan wieder runterkam. Seine Erfahrungen mit Männern dieses Schlages hatten ihn gelehrt, daß es manchmal Tage dauern konnte, bis sie mit ihren Balzritualen fertig waren und sich in einem Eckchen der Fellpflege widmeten. Ilja hingegen ließ sich provozieren. In der ersten Pause, die Ruslan einlegte, gab er bekannt, daß er es mit seiner Kunst ein dutzendmal in die Zeitung geschafft habe. Darauf erwiderte Ruslan, die Öfen hätten jetzt die richtige Temperatur. Er gähnte, zog einen rasselnden Schlüsselbund aus seiner Herrenhandtasche und ging in die Nacht hinaus, zu seinem Mercedes 600 SEL.

»Los geht's«, sagte Boris. Mit demonstrativer Routine und abgewandtem Gesicht formte er aus dem Teig Kugeln, warf sie mit einer Hand in die Presse, betätigte den Hebel und schleuderte die Scheibe auf ein Blech, während er mit der anderen Hand bereits nach einem neuen Teigklumpen griff. Witali mußte an Iljas Mutter denken, die früher bei ihnen im Ofen Piroggen gebacken hatte. Unermüdlich hatte sie kleine Klumpen Eierteig aus einer Schüssel gezupft, sie mit Farce gefüllt und die Ränder mit einer Gabel festgedrückt. Alles ging blitzschnell: Teigbrocken, flachklopfen, Farce, zuklappen, bemehlte Gabel, die nächste. Die eine Hälfte wurde gebacken und die andere fritiert. Auf Hilfe legte sie keinen Wert, sie genoß ihre Geschicklichkeit. Wenn der Teig alle war, wieselte sie noch stundenlang herum. Die Piroggen mußten in Tüten verpackt und Gästen, Nachbarn und Passanten zugesteckt werden, damit sie wieder von vorn anfangen konnte. Daß Boris bei der Arbeit gar nicht mehr hinsah, hatte mit solchem Stolz nichts zu tun. Sie alle waren zu gut für diese Arbeit. Nur Ruslan war mit sich zufrieden, weil er die richtige Wahl getroffen hatte, als er auf höhere Bildung verzichtete, im Gegensatz zu den studierten Habenichtsen, die er angeheuert hatte. Die haßten die Pitas und die höllische Hitze, in der sie arbeiten mußten. Als der Morgen dämmerte, glühten ihre Köpfe, als wären sie durch die Wüste gezogen.

»Durchhalten«, sagte Ilja heiser. »Denk an die fünfzig Piepen, die du bald in der Tasche hast. Vielleicht ist es nicht so viel wie auf dem Rembrandtplein, aber hier labert dir wenigstens keiner die Ohren voll und du hast keinen Streß mit der Polizei. Es ist ein richtiger Job.«

Er band sich das Geschirrtuch straffer um den Kopf und

begann zu flüstern. »Stell dir vor, du würdest jetzt mit deinem Bilderhandel hopsgenommen. Dann wärst du echt geliefert. Einfache Fahrt Rußland.«

Als ob das so schlimm wäre, dachte Witali, er redet so, als ginge es um einen Transport an die Kolyma. Er hatte gehört, daß der niederländische Staat das Flugticket bezahlte, wenn er Leute abschob, das war dann wieder ein Vorteil.

Um acht klingelte die Ladenglocke. Es war Ruslans Frau. In ihrer quietschgelben Pelzjacke sah sie wie eine überdimensionierte Kohlmeise aus. Sie bewegte sich mit der Selbstironie einer gekauften Frau, bei jedem ihrer kleinen Schritte öffnete sie einen Knopf, als verberge sie unter dem Federkleid einen Schatz – und ob, alles an ihr war ein Schatz, von der parfümierten lila Frisur bis zum pedikürten kleinen Zeh, jede Woche waren drei Konservatoren nötig, um den Zustand zu erhalten! Die Farbe hieß übrigens nicht Lila, sondern Aubergine, sie hatte ihre Lippen im gleichen Ton angemalt. Keine Faser an diesem Körper war dem Zufall überlassen, selbst jetzt, um acht Uhr morgens. Sie klatschte in die Hände. »Jungs, ich bin so begeistert. Ihr sollt es alle sehen!« Dann geschah etwas Unglaubliches. Die Kohlmeise zog ihr T-Shirt hoch und zeigte ihnen ihre Brüste. Witali wäre fast in den Backofen gestolpert.

»Ein Ostergeschenk von Ruslan!« erklärte sie. »Ihr dürft ruhig mal anfassen. Dann seht ihr, daß sie von echten nicht zu unterscheiden sind.«

Sie stand so dicht beim Ofen, daß Witali befürchtete, das Silikon unter ihrer Haut könnte schmelzen.

»Pause!« rief Boris. Er warf sein Handtuch auf den Boden und ging, starr nach vorn blickend, in den Laden. »Die Dinger sind *treife*«, zischte er im Vorbeigehen. Ilja zuckte nicht mit der Wimper. Er stand vor der Chefin, ohne Schamgefühl, weil eigentlich nichts Unmoralisches passierte; sie war nicht nackt. Diese Frau würde nie mehr nackt sein, sie hatte ihre sekundären Geschlechtsmerkmale in einen Teil ihrer Garderobe verwandelt.

»Toll, oder? Die hier ist noch ziemlich geschwollen, aber das gibt sich.«

»Phantastisch«, sagte Ilja. »Und die Brustwarzen, das sind doch Ihre?«

Pikiert zog sie den Pullover wieder runter. »Was soll denn die seltsame Frage! Alles ist meins, alles hab ich mir selber zu verdanken!« Mit ihrem spitzen Fingernagel zog sie einen Zettel von der Pinnwand. »Borja! Ruslan bittet euch, dreihundert Stück mehr zu machen für *Shalom*. Sie kommen um halb zehn.«

Boris kritzelte etwas auf einen Zettel und nickte Witali zu. »Geh du mal was essen«, sagte er. »Im Kühlschrank liegt Wurst.«

Witali aß seine Pita im Laden. Er versuchte, die Chefin nicht anzusehen. Brüste zu Ostern, dachte er verwundert, Ruslans Geschenk für seine Frau war die Wiederauferstehung ihres Busens. Als sie ihn ansah, nahm er sich schnell eine *Moskowski Komsomolets* vom Stapel. Er überflog die Nachrichten auf der Titelseite. »KGB-Agent zu Geschlechtsumwandlung gezwungen«. Er warf das lumpige Blatt zurück und fühlte sich plötzlich todmüde.

»Schwere Arbeit, was?« sagte Ilja, der sich neben ihn setzte. »Ich hau demnächst in den Sack. Wenn du willst, kannst du meinen Job haben. Dann muß er dir dasselbe zahlen wie mir.«

»Du hast mir nie erzählt, daß du in einem Dutzend Zeitungen gestanden hast.«

»Ach, die Presse. Ich hab's sogar in niederländische Blätter geschafft, mit dieser Kunststaffel auf dem Spui. Na ja, nur ein Foto. Aber eben kam mir der Gedanke: Da liegt meine Zukunft. Ich sollte meine Zeit nicht mit solchen Sachen hier verplempern und nicht mit dem Gelaber von Ruslan.«

»Seit wann denkst du an deine Zukunft?«

Ilja schlug ihm aufs Knie. »Verflixt, fast hätte ich's vergessen! Wir haben wieder Post!«

Er ging zu seiner Jacke und zog einen Briefumschlag der russischen Luftpost heraus. Witali erkannte die Handschrift seiner Mutter, sie hatte nur seinen Vor- und Nachnamen aufs Kuvert geschrieben. Wahrscheinlich hatte sie den Brief jemandem mitgegeben.

»Ich trage ihn schon drei Tage mit mir rum, tut mir leid. In letzter Zeit bin ich ziemlich vergeßlich«, sagte Ilja und setzte sich erwartungsvoll wieder neben ihn.

»Ich lese ihn später«, sagte Witali.

»Natürlich. Ich weiß sowieso, was drinsteht. Sie sollten ihre Briefe besser faxen, dann bräuchten sie den Text nicht jedesmal neu zu schreiben. Nur das Datum ändern und ab durchs Gerät damit.«

Sie hatten noch drei Stunden vor sich. Draußen schien die Sonne auf die austreibenden Zweige eines Kastanienbaums. Nach der Arbeit würde Witali sich auf eine Parkbank setzen, um den Brief seiner Mutter zu lesen. Zu seiner eigenen Überraschung mochte er inzwischen die Mantras aus Gejammer und Ermahnungen. Nur auf Papier klang seine Mutter so:

> Papa verkauft das Auto. Er sagt, es wäre sonst zu spät, es werden immer mehr *inomarki* importiert, und in Zukunft gibt keiner mehr eine Kopeke für eine einheimische Marke aus. Ich bin dagegen. Wie kommen wir jetzt zur Datscha?

Die erste Frage in diesem Brief. Dahinter steckte Berechnung: Zuerst mal die Hilflosigkeit. Soll er doch Schuldgefühle kriegen. Aber das funktionierte nicht. Seit ein paar Monaten hatte sich ihre Datscha in seiner Erinnerung zu einem kleinen Bild auf einer alten Alphabettafel verdichtet: »tscha« wie in »Datscha«. Keine sentimentalen Einzelheiten. Er wußte nicht mal mehr, ob er sich das Gesicht seiner Mutter noch vorstellen konnte. Er versuchte es gar nicht erst, aus Angst, es könne zu dem »em« wie in »Mama« verschwimmen. Außerdem hatte sie nicht die geringste Vorstellung, wie sein Umfeld aussah, wenn er ihre Worte las. Noch ehe sie sich zu einem Satz fügen konnten, hatten sie sich in der gebieterischen Grundstimme eines Didgeridoo aufgelöst. Der Musiker saß im Gras auf der anderen Seite des Wegs. Neben ihm wiegte sich ein alter Mann in einem langen, weiten Batikhemd zu einem nicht existierenden Rhythmus. Ein Hund rannte vorbei und zerrte einen Stock aus dem Gebüsch. Witali versuchte es noch einmal.

> Ich bin dagegen. Wie kommen wir jetzt zur Datscha? Auf den Busfahrplan ist kein Verlaß mehr, Ganoven kaschen sich jetzt an der Haltestelle die Fahrgäste.

Ganoven! Faszinierend!

> … die Fahrgäste. Auf diese Weise ist man in einer Woche einen halben Monatslohn los! Aber du kennst deinen Vater.

Leerzeile. Der Kuli schwebte über dem Papier, seine Mutter straffte den Rücken und hatte eine Erleuchtung:

> Mein lieber Sohn. Warum hören wir so wenig von Dir? Wir sehen ja ein, daß das Leben dort einfacher ist, reicher. Aber weißt du, daß hier ein Mädchen auf Dich wartet, das bereit ist, Deine Frau zu werden, um Dir Kinder zu schenken? Und uns Enkelkinder? Das muß auch sein. Denk dran, *synok.*

Plötzlich hörte er ein schleifendes Geräusch, und ein Schatten fiel aufs Papier. Ein buntes Fabelwesen mit Inlineskates ließ sich neben ihm auf die Bank plumpsen. Solche Haare hatte Witali noch nie gesehen. Sie fielen bis zur Taille, glänzten wie das Gold der Skythen, und sie hatte davon mindestens dreimal soviel wie andere Leute. Kleine Blätter hingen darin. »Aua. Autsch.« Sie strich sich über die Wade, die fest im Schaft des knallgrünen Inliners steckte. Witali rückte ein Stück zur Seite, und sie richtete sich auf, zog eine Haarsträhne aus ihrem Mund und schaute ihn mit delftblauen Augen an. Sie hatte gebräunte Haut mit Sommersprossen um eine scharfe, gebogene Nase. Es entging ihr nicht, daß er beeindruckt war.

»Sorry!« Sie zog den russischen Briefumschlag unter ihrem Po hervor und sah sich die aufgedruckte Briefmarke genau an. »Rußki! Rußki Briefkuvert! Du – Rußki?«

Er nickte. Sie streckte den Hals und buchstabierte. »Wi-ta-li. Ki-ril-lof. *Ty?*«

»Ja, ich«, erwiderte Witali. »Witali Kirillow.«

»Autsch«, sagte sie noch einmal. Sie krempelte ein Bein ihrer albernen geblümten Hose hoch und musterte ihr Knie. Es war nichts zu sehen.

»Bumm-klatsch, dort, *tam*. Jetzt, *teper*, au. *Boljno.*«

Sie streckte die Hand aus. »Ich heiße Jessie. Ich spreche Russisch.« Darüber mußte sie sehr laut lachen. »Früher, in der Schule. Zwei Jahre. *Dwa ljet.*«

»Dwa goda«, verbesserte Witali. Er nahm ihr das Kuvert ab und schob den Brief hinein.

»Liebe?« fragte Jessie, auf den Brief deutend. Sie sprach es ohne Betonung aus, das sinnlichste Wort für Liebe auf der ganzen Welt: *ljubow*, der Auftakt zu einem Kuß. Witali schüttelte den Kopf. »Mama.«

Das Gespräch verlief wie ein altes Brettspiel, mit dem man sich in warmen Ländern die Zeit vertreibt, nach langem Nachdenken tauschten sie Wörter in den verfügbaren Sprachen aus und nickten jedesmal, wenn die Botschaft angekommen war. Sie war dabei geschickter als er. Versessen auf Onomatopöien, machte sie sich mit Geräuschen und Gebärden verständlich, sprang auf, um einen dicken Mann darzustellen, bellte, ließ ein Auto beschleunigen und verzog ihr Gesicht so, wie sie mit achtzig aussehen würde. Mittendrin holte sie einen Notizblock aus der Innentasche ihrer Militärjacke hervor. Zwischen den Revers sah er die Wölbung der hellen Brüste, auf denen ein Kettchen mit einem kleinen Stoffvogel ruhte, doch sie schob ihm den Notizblock vors Gesicht. Mit Hilfe von Skizzen hatte sie einen Satz dargestellt. Hier wohne sie, erklärte sie ihm, in so einem Haus, das nicht ihr gehöre, sondern einem reichen Mann (Typ mit Zigarre in der oberen Ecke des Blattes), aber er sei nie da, darum müsse sie auf das Haus aufpassen, sonst würden lauter dreckige Hausbesetzer (böse Männchen mit Matratzen auf der Straße) einfallen, und das dürfe nicht sein (Strich durch). Es koste nur zweihundert Gulden im Monat, ein kleiner Garten sei dabei, und darin stünde ein Schuppen, den sie herrichten würde, damit er, Witali, darin wohnen könne.

»Ich?«

»Du oder ein anderer netter Rußki.« Und sie lachte wieder

ausgelassen, sie grunzte dabei sogar ein bißchen – Witali kam aus dem Staunen nicht raus.

Eine Stunde später war sie müde. Sie zeigte auf ihre Inlineskates. »Ich will schlafen.« Sie stand auf und beugte sich etwas vor. »Ich rolle, *krrrrrrr*, du schiebst.«

Er faßte sie um die Taille und schob sie durch den Park. Manchmal stützte sie die Hände auf die Knie, dann schob er ihren Po, das schien völlig normal zu sein. Niemand sah sich nach ihnen um. Jogger keuchten vorbei, auf dem Rasen war eine Gruppe in ihr Tai-Chi vertieft, ein Obdachloser unterhielt sich mit einem Mülleimer und dem Rest seines Lebens. Beim Ausgang an der Van Baerlestraat sagte Jessie »stop« und holte wieder den Notizblock hervor. Sie gab ihm ihre Telefonnummer. Nur so, damit das Gartenhaus nicht länger leer stehe.

19

»Findest du mich zu dick?« fragte sie eine Woche später, als sie sich unter einem armseligen Amsterdamer Duschstrahl aneinanderschmiegten.

»Nein, vielleicht ein bißchen *puchlaja* (mollig). Das ist schön.«

»Puch? Was ist puch?«

»Tja, *puch. Winni Puch i Pjatatschok*. Pu der Bär und Ferkel.«

»Ein Ferkel? Oh!«

»Du bist wunderbar. *Krow s molokom* nennen wir das. Blut mit Milch.«

»Schwachsinn!«

Jessie war Witali ein Rätsel, doch nicht mehr als russische Mädchen, die irgendwann in sein Leben getreten waren, empörte Geschöpfe mit resolut frisierten Hinterköpfen im Klammergriff von zwei Schleifen und einem Spitzenkragen. Immer hatten sie einen Grund gefunden, auf seinen Kopf einzutrommeln und ihm mit ihren Sandalen schluchzend vors Schienbein zu treten; später wurden es dann Pumps, sie trugen die Haare offen, und die Wimperntusche lief ihnen über die Wangen, während sie ihm zum Vorwurf machten, daß sie fremdgegangen waren. Ewig verschanzten sie sich hinter ihrer Empörung. Für seine Eltern hatte die Beziehung zu so einer Frau den Sinn und Zweck, ihnen Enkelkinder zu schenken. Die Niederländerin hatte nichts an sich, was einen auf diese Idee hätte bringen können. Jessie sah in ihren bunten Strampelanzügen selber wie ein Kleinkind aus, und wie sie sich verhielt, wäre für eine Russin absolut unvereinbar mit der Würde einer Frau gewesen. So konnte sie eine Tüte Pflaumen in sich hineinstopfen wie ein Rudeltier und sich danach in eine Ecke stellen, um ihre Blähungen loszuwerden. »Komm mir nicht zu nahe!« rief sie dann. »Sonst liebst du mich nicht mehr.«

Sie brachte ihn aus dem Konzept, weil sie seine höflichen Gesten ablehnte. Wenn er ihr beim Aussteigen aus der Straßenbahn helfen wollte, schlug sie ungehalten seine Hand weg: »Ich bin doch nicht behindert!«, und er durfte ihre Taschen nicht tragen: »Ich bin stark genug!« Einmal bekamen sie auf der Straße Streit, als sie von ihm verlangte, daß er sich auf den Gepäckträger setzte, weil sie meinte, sie fahre besser Fahrrad als er. Wie die meisten Kinder war sie auf Süßigkeiten versessen. Witali konnte ihr keine größere Freude machen, als ihr eine randvolle Tüte aus dem Jamin-Laden zu schenken. Sie stopfte sich ein schreckliches Gummitier nach dem anderen in den Mund; besonders eklig waren die schwarzen, die nach *mikstura* schmeckten, einem Hustensaft, den man ihm als Kind eingeflößt hatte. Wenn sie die gegessen hatte, weigerte er sich, sie zu küssen. Manchmal wachte er vom Geschepper der Backbleche in der kleinen Küche auf, weil sie unbedingt sofort einen Kuchen backen mußte.

Sie hatte keine hohen Ansprüche. Was sie von ihm erwartete, drückte sie mit drei Wörtern aus, die alle ungefähr das gleiche bedeuteten. Das erste Wort lautete: *»gezellig«*. Er mußte es akzentfrei aussprechen. Es gefiel ihr, daß die Russen auch ein Wort dafür besaßen, denn bei Völkern, die kein Wort dafür hatten, konnte man ihrer Ansicht nach nie in angenehmer Gesellschaft sein: »Geh bloß mal in eine französische Kneipe.« Schlechtes Wetter war eine der Voraussetzungen dafür, das hatten die Niederländer und die Russen gemeinsam. Neben dem Verzehr von Süßkram schien *»gezelligheid«* mehr oder weniger ihr größtes Lebensbedürfnis zu sein; fehlte sie ihr, war sie gereizt. Witali begriff zunächst nicht, wann das so war. So fiel Fernsehen nur am Abend darunter. Der Apparat durfte nicht den ganzen Tag laufen, wie es in Rußland üblich war, und keinesfalls beim Essen oder wenn sie sich liebten, denn das war dann alles andere als *»gezellig«*. *»Lekker«* war das zweite Wort. Mit dem Begriff *»gezellig«* wußte Witali schon bald umzugehen, mitsamt der Geste des wohligen Händereibens, doch das Wort *»lekker«* wollte sich ihm nicht erschließen. Die richtige Übersetzung war sicher nicht das russische *vkusny*, das sich vor allem auf Eßbares bezog, denn in den Niederlanden konnte auch das Wetter oder ein Pantoffel *»lekker«* sein. Ebenso unbegreiflich war das Wort *»leuk«*, der zentrale Begriff in Jessies Regel *»Leuke Dingen Doen«*. Das bedeutete, etwas Tolles zu unternehmen und Spaß zu haben. Für *»gezellig«* und *»lekker«* mußten halbe Tage eingeplant werden, man mußte sich beeilen, sonst konnte die gute Stimmung unvermittelt kippen. Jessie schaute auf die Armbanduhr und sagte resolut: »Und jetzt machen wir was Tolles.« Wiederum fiel Fernsehen nicht darunter, zu Witalis Enttäuschung. Es hatte etwas damit zu tun, daß man sich in Schale warf, pünktlich das Haus verließ, sich Sorgen um das holländische Wetter machte, das umschlagen konnte, so daß es mit dem Tollen vorbei war.

Solange Witali noch in der Bäckerei arbeitete, mußten die tollen Unternehmungen an den Abenden und Wochenenden geplant werden. An den Werktagen schlief er von mittags zwölf bis abends sieben, und Jessie hockte derweil über ihren Büchern. Sie hatte gerade angefangen, Kunstgeschichte zu studieren. Wenn er aufgestanden war, ging er auf leisen Sohlen ins Gartenzimmer, wo sie an einem großen Arbeitstisch Sätze im Gombrich, ihrer Pflichtlektüre, unterstrich. (Während er ihren Nacken küßte, sah er, daß sie nirgends den Rand frei gelassen hatte; um die Meisterwerke wanden sich Trauerränder aus geschweiften Klammern und Ausrufezeichen, aus dem Text ragten Pfeile und vollgekritzelte Sprechblasen hervor.) Sie konnte dabei auf das Gartenhäuschen sehen, das sie ihm versprochen hatte. Die Fensterrahmen und die Tür hatte sie mit rührendem Eifer sauber geschrubbt, dann aber mit dem Putzen aufgehört, denn vom ersten Tag an, an dem er vor ihrer Tür gestanden hatte, war klar gewesen, daß er zusammen mit den Plüschtieren in ihrem Bett schlafen würde.

Wenn sie zu Bett ging, blieb er eine Stunde bei ihr liegen, er lauschte auf das Geschnatter der Enten an der Amstelkade, er deckte Jessie zu und steckte sich seine Zigarette erst an, wenn er die Haustür hinter sich zugezogen hatte. Wenn er schlafen ging, schloß sie die Vorhänge mit Wäscheklammern, um das Sonnenlicht auszusperren, gab ihm durch das Moskitonetz hindurch einen feierlichen Kuß und huschte zu ihren Büchern. Manchmal war das Gartenzimmer abends leer. Dann fand Witali einen Zettel in ihrem phonetischen Kauderwelsch – nur seinen Namen kritzelte sie in kyrillischen Buchstaben. Da stand etwa:

> Witali!
> Komm sofort ins türkische Restaurant!!! Das mit der Pinn-Nadel auf der Karte!!! Nachher machen wir was Tolles!!!

Sie verdiente sich ihr Geld mit Wandmalereien. Ihre Kunden waren launische Kinder, die mittendrin losheulten, weil sie statt eines Clowns doch lieber einen Rennwagen oder, nein, die hundertundeinen Dalmatiner gehabt hätten, und apodiktische italienische Pizzabäcker, die sich um nichts in der Welt vom schiefen Turm von Pisa und von Meeresstränden abbringen ließen. Von dem türkischen Restaurant war Jessie begeistert. Sie zeigte Witali ein Polaroidfoto von den Kohlestiftkonturen eines orientalistischen Gemäldes mit einer Odaliske, das sie an die Wand projiziert und nachgezeichnet hatte. Die Haremsfrau lag auf einem Diwan, den Jessie in weniger als einer Stunde karminrot ausgemalt hatte. Als Witali kam, begann sie gerade mit den Details der Frau. Die Armbänder bestrich sie mit dem stumpfen Messinggelb, mit dem sie auch das Teeservice betupfte und die Muster in dem Turban, der genauso geschlungen war wie der Putzlappen, den sie selbst um den Kopf trug. Sie biß sich auf die Unterlippe und sagte die ganze Zeit kein Wort. Hände und Füße bekamen eine blasse Ölfarbe. Für das Gesicht nahm sie einen feinen Pinsel zwischen Daumen und Zeigefinger. Witali setzte sich hinter sie und versuchte, mit dem Tabak, den Ilja ihm gegeben hatte, eine Zigarette zu drehen. Während er das dritte Blättchen zerknitterte und das Röllchen Tabak für einen letzten Versuch auf den Tisch legte, dachte er darüber nach, wie er Jessie seinem Cousin vorstellen sollte. Am liebsten würde er es vermeiden, daß die beiden sich begegneten. Ilja würde es ihm nicht gönnen, er würde ein Schauspiel aufführen und auch ihr eine Rolle darin zuteilen. In dem Augenblick, in dem Jessie zu ahnen begann, daß sie sich lächerlich machte, würde Ilja mit einer kleinen freundlichen Geste zuschlagen, und sie würde ihm dafür auch noch dankbar sein, die Arme! Er klebte die Zigarette zu, die er mehr gefaltet als gedreht hatte. Jessie hatte sich in die Draperien vertieft, hellrosa, von der gleichen Farbe, mit der sie auch den Ellbogen der Sklavin akzentuierte, ein bißchen Sonnenlicht. Dann rieb sie sich mit den Fingerknöcheln die Augen und rutschte seufzend von ihrem Hocker. Sie zeigte ihm eine zerknitterte Reproduktion. »Ein amerikanischer Viktorianer. Mit dem verschnörkelten Gitter fange ich erst gar nicht an. Ein paar von den Palmen, das muß reichen. Pech gehabt.«

»Was kriegst du dafür?«

Völlig geschafft sah sie ihn an. »Das ist meine Sache. Wieso, gefällt es dir etwa nicht?«

Draußen vor dem Fenster war der Besitzer erschienen, ein junger Türke in einer Lederhose. Er trat umständlich ein, als sei die Tür zu schmal für seinen Brustkasten.

»Wird super, was?« sagte er. Er kramte eine Schachtel Zigaretten aus der Hosentasche. »Jessica, du bist eine sehr gute Malerin, was? Phantastisch.« Witali bekam erst eine Zigarette entgegengestreckt, dann eine Hand.

»Du bist Russe, hat mir Jessica erzählt. *Spasibo, poschalysta.* Russen sind meine Brüder. Ich komme aus Trabzon, da sind viele Russen. Und noch mehr Russinnen!« Er grinste vielsagend. »Kennst du Trabzon? Schwarzes Meer.«

»Nein, aber ich war als Kind in Sochumi.«

»Abchasien«, stellte der Türke sparsam fest. Er faßte ihn bei den Schultern. »Hör zu, wir essen was. Komm mit in die Küche. Jessica, ich mach was für deinen Mann.«

In der Küche begann er zu singen. Er hackte Tomaten, Zwiebeln und Petersilie, vermischte alles mit Sonnenblumenöl und streute Pulver aus den Früchten des Essigbaums darüber. Er sang lauter, als er ein *lavasch* durchschnitt und unter den Grill schob, danach nahm er aus dem Kühlschrank ein paar übriggebliebene Hackfleischbällchen. *»Köfte«*, sagte er und unterbrach sein Lied. Dann, aus dem Nichts: »Warum hast du dir eine holländische Kuh ausgesucht?«

»Kuh?«

Er deutete mit dem Kopf auf Jessie in ihrem unförmigen Maler-Overall und zeichnete mit beiden Händen ihre Konturen in die Luft. »Warum keine Natascha? Russische Frauen sind schön, das sind richtige Frauen. Holländische Kuh – nein.«

Jessie versuchte den Putzlappen wieder um ihren wüsten Haarturm zu wickeln. Er fiel völlig auseinander, sie sah aus wie ein böser Engel. »Verflixt noch mal, so haut das nicht hin. Witali, gibst du mir mal meine Mütze?«

»Niederländische Frau ist der Boß«, sagte der Türke. »Jetzt mußt du ihr die Mütze geben. Morgen die Füße waschen. Übermorgen bist du kein Mann mehr.«

Witali nahm Jessies Baumwollmütze vom Garderobenständer und zog sie ihr über den Kopf. Sie küßte ihn auf die Schläfe. »Das Gesicht arbeite ich morgen aus, jetzt habe ich nicht die Nerven dazu.« Sie nahm einen breiten Pinsel und färbte das Kopfkissen mit großzügigen Strichen grün ein. »So und so … und gleich machen wir was ganz Tolles.«

Den Overall zog sie aus, als der Türke dabeistand, doch darunter trug sie noch zwei Schichten, und darüber zog sie wieder eine Jacke an. »Russisches Souvenir«, sagte der Türke. »Puppe in der Puppe.«

Jessie tauschte ihre Turnschuhe gegen Pumps mit Wolkenkratzerabsätzen, so daß ihr die Männer nur noch bis an die Schulter reichten. »Tschüs, Mehmet, wir unternehmen jetzt was Tolles. Wir sehn uns morgen wieder.«

Sie radelten an der Amstel entlang, Jessie freihändig, weil sie gerade ihren Haarknoten löste. An der Straßenecke blieben sie stehen, und sie rannte nach Hause und kam mit Gummistiefeletten zurück. Sie fuhr schnell. Witali folgte der

Windfahne ihrer blonden Haare. Aus den Sträuchern entlang des Fahrradwegs ertönte das Gezänk der Nahrungskette: vielbeiniges Gewimmel auf Stengeln und Stempeln, greiffüßiges Geraschel von Heckenbraunellen. Still verhielt sich nur das nahende Ende, die Hauskatze. Als die Sonne unterging, bog Jessie nach rechts in einen Pfad ein. Sie warf das Rad ins Gebüsch und kletterte über ein Gatter. »Paß auf, Brennesseln!«

Hinter dem Zaun liefen sie, wild mit den Armen fuchtelnd, durch einen Mückenschwarm. Ein toplastiges Huhn rannte vor ihnen weg, als sie über den von Linden gesäumten Weg gingen.

»Schön, daß sie den Park jetzt schon geschlossen haben. Offiziell müssen sie warten, bis es dunkel ist.« Sie schmiegte sich an ihn. »Um so besser, mir ist nicht nach Menschen. Siehst du? Niemand weit und breit, und das mitten in Amsterdam.«

Durch den Park schlängelte sich ein Schienenweg. Die schmale Spurweite ließ erkennen, daß es sich um eine Freizeitattraktion handeln mußte, doch die Gleise waren rostig und überwuchert. Endstation war ein »Pfannkuchenhäuschen«, das jetzt geschlossen war. Auf der Wiese, die das Haus umgab, standen zwei Nubier-Ziegenböcke und rupften Heu aus einer Raufe. Von ihren Köteln stieg ein höllischer Gestank auf. Witali konnte sich nicht vorstellen, daß jemand Lust hatte, hier einen »Amstelpfannkuchen« zu essen, auch nicht, wenn es dazu gratis ein Glas Fanta oder Cola gab, wie die Tafel versprach. Er wäre lieber in dem türkischen Restaurant geblieben.

»Hugo!« rief Jessie begeistert. Mitten durch die Kötel rannte sie auf die Wiese zu einem Esel, der sich hinter dem Häuschen versteckt hatte. Ihren Klaps aufs Hinterteil verstand er als Aufforderung, in bedrohlichem Trab auf Witali zuzusteuern, mit einer Ponystute im Schlepptau.

»Hugo«, stellte ihm Jessie den Esel vor. Witali wollte ihn streicheln, zog aber die Hand sofort wieder weg. Hugos Fell fühlte sich an, als habe er sein halbes Leben in einer Ecke auf dem Dachboden gelegen.

»Du magst doch Tiere, oder?« Von der Antwort hing alles ab. Widerwillig streichelte Witali den Esel wieder.

»Armer Hugo«, sagte Jessie traurig. »Armer, armer Hugo.«

Witali leuchtete nicht ganz ein, wieso das Tier so arm dran sein sollte; Hugo war zweifellos der dickste Esel, den er jemals gesehen hatte.

»Er ist ein Wallach. Ein ›Knilch‹, wie manche Züchter das nennen. Als ob er was dafür könnte, daß sie ihn kastriert haben!«

Hugo schnappte nach ihrer Hosentasche. Sie zog ein Butterbrot hervor, für das sich auch der Rest des Viehbestandes interessierte. »Toll, was?« sagte sie.

Bedächtig kaute Hugo an dem Butterbrot, dann machte er mit dem Gatter weiter. Ein trächtiges Schaf näherte sich. Sein langer Hals endete in einem riesigen, gelockten Schädel, der Körper ruhte auf vier winzigen Hufen. Alles an dem Tier war unproportioniert, und beim Grasen pinkelte es. Witali schaute sich um. Unter den Zedern stand eine Bank. Das hatte sich jemand sehr gut überlegt, hier eine Bank aufzustellen. Der sakrale Duft der Nadelbäume wirkte wohltuend aufs Gemüt. Erst hatte Witali den Park lächerlich gefunden, ihn als eine Art riesigen Baukasten gesehen mit Bauernhoftieren, sauber gekehrten Pfaden, einer Kindereisenbahn und Wegweiserspielen; nun ging ihm auf, daß er sinnvoll angelegt worden war. Jung *und* alt konnten ihn toll finden, es war nichts dagegen zu sagen. Auch nicht gegen Hugo. Witali mußte sich eingestehen, daß das Tier tatsächlich etwas sehr Bedauernswertes hatte. Die Tränen ließen nicht lange auf sich warten, die überkamen ihn in letzter Zeit öfter. Nach Romans Unfall hatte er sich fürchterlich erschrocken, als er, vor lauter Mitleid, die ersten Tränen seit seiner Kinderzeit schmeckte, jetzt aber ließ er sie einfach kullern. Er war dahintergekommen, daß sie genausoviel Erleichterung brachten wie ein Deziliter Wodka. Jessie merkte nichts. Sie war wieder von irgend etwas begeistert. Sie war über einen anderen Zaun geklettert und rannte über eine kleine Anlage. »Kennst du das?« rief sie. »Minigolf! Das machen wir demnächst auch mal!«

»Und was hältst du davon?« rief Witali, und seine Stimme überschlug sich. »Machen wir das auch?« Direkt vor ihm nahm sich der »arme, arme« Hugo mit nervösem Flankenzucken das Pony vor. Das Pony stieß ein schrilles Wiehern aus und schnappte nach dem Esel. Hugo fand sein Gleichgewicht wieder, bestieg das Pony erneut, schob sich zweitaktmäßig voran, innerlich zu seinem Schöpfer iahend, der ihn verflixt noch mal mit vier Hufen ausgestattet hatte. Jessie jubelte. »Er kann's noch!« rief sie. »Gut gemacht, Hugo!«

Sie selbst lag an diesem Abend keuchend in den zerwühlten Laken, ihre Mähne wie Flügel über die Schulterblätter gebreitet. Am liebsten hob er sie am Bauch hoch und hielt ihren Körper wie ein Fäßchen in den Händen, doch dagegen wehrte sie sich. Außer ihrem Bauch durfte Witali alles an ihr besitzen. Er war hingerissen von dem Ernst, mit dem sie Liebe machte. Sie sprach nicht mit empörtem Kopfstimmchen, kicherte nicht hinter einem manikürten Händchen, aß nicht mit Mausehäppchen und würde nie La-Le-Lu-Liedchen über einer Wiege singen, aber das Paarungswerkzeug dieses weiblichen Greifes (aus welchen Tieren sie bestand, konnte er noch nicht sagen, von einer holländischen Kuh jedenfalls nicht die Spur) war zweifellos gründlich durchdacht. Mehr brauchte er davon nicht zu verstehen.

20

Jeden Samstagmorgen ging er zu Mevrouw Riemers. Er durfte sie nicht mit Mevrouw anreden, sondern sollte Hetteke zu ihr sagen. Das fiel ihm nicht leicht – wegen der Aussprache (der Name passierte sein Gaumenzäpfchen wie Gnomengekicher), doch vor allem, weil sie nun mal seine Lehrerin war. Jessie hatte ihn für einen Niederländisch-Kurs an der Joke-Smit-Schule angemeldet. Der Unterricht kostete nichts. Wie das möglich war, wußte Witali nicht. Er brauchte sich nur ein Ringbuch für das Unterrichtsmaterial zu kaufen und durfte gleich mitmachen. Die anderen Schüler hatten im Januar angefangen, waren aber noch nicht viel weiter als er. Vor ihm saß ein alter Marokkaner, der nur das Wort »ja« kannte. Sonst schüttelte er den Kopf. Mevrouw Riemers bat die Klasse, die Mappe beim Kapitel 5, »Ali feiert ein Fest«, aufzuschlagen.

»Wollen wir alle einen Satz vorlesen?« fragte sie. »Ich fange mit der Einleitung an. Dann kommt der Dialog. Jeder übernimmt eine Rolle. Witali ist Ali. Witali-Ali, das reimt sich!«

Niemand lachte. In der ersten Reihe aß ein Sudanese, dessen Hinterkopf wie ein Stück Baumrinde aussah, seinen Radiergummi auf. Der alte Marokkaner neben ihm konnte wieder mal die Füße nicht stillhalten. Unaufhörlich schob er sie in den hinten runtergetretenen Schuhen vor und zurück. Ab und an schoß so ein Latschen in Witalis Richtung, der ihn zurückkickte, worauf der Mann nur einfältig kicherte. Ganz hinten saßen zwei Frauen. Die eine trug ein Kopftuch und kam aus der Türkei, die andere war eine Philippinin. Sie brachten immer etwas zum Kaffee mit, jedesmal etwas mehr. Sie backten gegeneinander an. Am besten verstand sich Witali mit dem Ghanaer Bernard. Bernard sprach ein bedächtiges Englisch und benutzte in jedem Satz das Wort *truly: »I do my best, but I truly don't think I will learn this language, Miss.«*

Die Lehrerin sah ihn, wie eine Lazarettschwester lächelnd, an. Statt eines Kreuzes trug sie einen Schnürsenkel mit einem aus Holz geschnitzten, schnörkeligen Anhänger um den Hals, irgend etwas Orientalisches. Sie kleidete sich in Wollstoffe, die so fusselig aussahen wie ihre Haare.

»Versuch's doch mal, Bernard. Du darfst die Rolle von Opa Achmed spielen. Oder willst du lieber die Mutter sein?«

Nun lachte die ganze Klasse, außer dem alten Marokkaner. Als er an der Reihe war, brauchte er nur die Wörter »Ich auch« auszusprechen, doch er schwieg.

»Abdullah, du bist dran«, wiederholte die Lehrerin aufmunternd.

Abdullah blickte auf den Text, blieb jedoch stumm.

»Abdullah?«

»Hä?« brachte er hervor. Mevrouw Riemers lächelte wieder und übernahm seinen Part. »›Ich auch.‹ Witali, jetzt du.«

»›Danke, ich möchte keine Torte‹«, las Witali vor.

»›Darf ich dein Stück haben?‹« buchstabierte Bernard. Dann flüsterte er auf englisch: »Wie dumm sie sind, diese Araber. Wirklich eine ganz dumme Rasse. Weil sie weder schwarz noch weiß sind. Nicht Erde, nicht Himmel. Von beidem die Hälfte, das ist nichts. Er kann nicht lesen. Sie, die Frau, weiß das. Guck mal, wie groß die ist. *Schenschtschina.*« Bernard konnte ein paar Brocken Russisch, weil sein Vater und sein älterer Bruder in Moskau studiert hatten.

Der älteste Sohn war vom marxistischen Glauben des Vaters abgefallen, als er den Jahreswechsel mit einer Komsomolzin verbrachte. Am Neujahrsmorgen bat ihn das Mädchen, eine Zitrone über ihrer Scheide auszudrücken. Unter dem flackernden Licht einer Glühbirne (sämtliche Elektrogeräte, die der Bruder angeschafft hatte, hingen an einer einzigen Steckdose, erklärte Bernard) stützte sie sich kopfüber mit den Fersen an die Wand, den Schoß geöffnet – ein Viertelliter Wodka mußte auch noch dazu, sonst wirkte es nicht. In dieser Haltung verharrte sie eine Weile. Routiniert bat sie ihn dann noch, ihr eine Zigarette anzuzünden, die sie schweigend rauchte. Sie hatte diese Methode schon öfter angewendet.

»Keine Scham, kein Stolz!« sagte Bernard. »Mein Bruder wußte nicht, was er davon halten sollte. Sie hatte die Frucht in Alkohol eingelegt. Danach zog sie sich an und ging in einem kurzen Pelzjäckchen und im Minirock auf die Straße. Bei zwanzig Grad unter Null! Natürlich, ihr Bauch war vom Wodka betrunken.«

Wie viele andere afrikanische Elitesöhnchen, die unter der Flagge der Komintern in Moskau studierten, konnte Bernards Bruder den Schock des russischen Winters nicht verkraften. Als der Vater unerwartet starb, verschiffte er seine Elektrogeräte und kehrte Hals über Kopf, ohne Diplom, nach Ghana zurück. Bernard hatte seinem Bruder unbesehen geglaubt, daß Schnee etwas Fürchterliches sein müsse. Als er einmal mit Witali im Sarphatipark einen Hering aß, setzte er sich in den Schatten eines Baums, schob Witali jedoch in die Sonne: »Du mußt dir den Schnee aus der Haut schmelzen lassen.«

Ende Mai war der erste Kurs vorbei. Mevrouw Riemers lud alle auf eine Limonade in die Schulcafeteria ein. Bernard hatte Bier mitgebracht, doch außer Witali und ihm trank niemand Alkohol. Die Türkin und die Philippinin holten Häppchen hervor. Die Türkin hatte kaum ausgepackt, da machte sie sich schon selbst über ihre Sonnenblumenkerne her. Sie knackte sie im Mund, und im Nu wuchs an ihrem Kinn ein Bart von ausgespuckten Spelzen. Der alte Marokkaner trug auch sein Scherflein bei. Er hatte Musik aufgelegt, die ihm gefiel, und begann auf Socken zu tanzen.

»Ich hasse solche Musik«, sagte Bernard. Er starrte auf die Füße des Marokkaners, die sich nicht einen Moment vom Boden lösten, sondern kleine Kreise auf dem Linoleum beschrieben. Darüber wackelte sein Hintern in der Bundfaltenhose, angetrieben von zwei kleinen Fäusten. Zur Verlegenheit aller tanzte Mevrouw Riemers eine Nummer mit, hin und her schwingend wie das Pendel einer friesischen Wanduhr. Dann drehte sie die Musik leiser.

»Ich habe eine Überraschung für euch«, rief sie. »Den Rest des Nachmittags haben wir keinen Unterricht, wir machen einen Ausflug. Ich lade euch in den Zoo ein!«

Mijnheer Riemers holte sie ab. Übermütig drückte er auf die Hupe einer übertünchten Klapperkiste. Die halbe Van Ostadestraat hing am Fenster.

»Wenn das mal gutgeht«, sagte Bernard, als sie hinten im Kleinbus saßen. »Eigentlich setze ich mich nie in so alte Autos.«

»Keine Sorge, er tut's noch prima«, sagte Mevrouw Riemers. »Wir sind damit schon durch ganz Europa gefahren. Wenn was kaputtgeht, legt sich Arne drunter und hat es in Null Komma nix repariert.«

Mijnheer Riemers stieß Geräusche aus, die sich wie Trommelschläge anhörten, das war seine Art zu lachen. Hinter dem Bart verbarg sich das schlechteste Gebiß der ganzen

Niederlande. Witali hatte solche Zähne seit seiner Abreise aus Rußland nicht mehr gesehen.

»Erst wenn man sich bewußt macht, wie unterschiedlich alle Tiere sind, begreift man, wie sehr wir Menschen uns ähneln«, rief Mevrouw Riemers, als sie in Artis, dem Amsterdamer Zoo, angelangt waren. »Weiß oder schwarz, im Grunde ist es egal. Wir sind alle dasselbe Tier.«

»Von wegen«, knurrte Bernard.

Die Lehrerin las den Text einer Informationstafel vor, auf der erklärt wurde, daß die Rangordnung der japanischen Makaken hauptsächlich von den Weibchen bestimmt werde. Sie zwinkerte der Türkin zu, doch die knabberte noch immer Kern um Kern. Bernard trat einen Schritt zurück. »Riechst du, wie die Frau stinkt?« fragte er. »Wir sollten sie hier stehenlassen.«

Der Sudanese kam vom Lamagehege zurück. »Die Tiere müssen geschossen werden«, sagte er. »Jetzt lassen sie das Fleisch alt werden. Die haben keine Ahnung.«

Sie blickten auf das fusselige Ehepaar Riemers, das Hand in Hand um das Außengehege der Gorillas schlenderte. Die beiden gaben aufmunternde Laute von sich, aber die Tiere reagierten nicht darauf. Witali fragte sich, woher Tierfreunde die Geduld nahmen, denn in den meisten Fällen warteten die Viecher nicht gerade auf ein Freundschaftsangebot. Zwei Husarenaffen, die einzigen Primaten, die sich draußen zeigten und laut der Informationstafel für ihre »spektakuläre Schnelligkeit« berühmt waren, sträubten sich, ihre Künste vorzuführen. Mit arroganter Abwesenheit bewegten sie die Hände im Wasser. Sie wußten verdammt gut, daß ihr Verhalten unsympathisch war, doch Witali gab ihnen recht. Unverdienter Freundlichkeit sollte man grundsätzlich mit Mißtrauen begegnen. Zu Hause konnte man sich eine Backpfeife einhandeln für so ein pomadiges Grinsen. Nur zur *profilaktika*, denn ein Lächeln kommt selten allein. »Naivität ist schlimmer als Diebstahl«, lautete die russische Lieblingsredensart einer Freundin von Babulja. Sie war eine steinalte Frau aus der Generation, die aufrichtige Freundlichkeit hatte verschwinden sehen und gelernt hatte, daß man eher einem einfachen Dieb vertrauen konnte, der es auf den Besitz abgesehen hatte, als liebenswürdigen Menschen, die einem das Herz stahlen. Witali erinnerte sich daran, wie die Alte bei ihnen am Küchentisch gesessen hatte. Auf ihren zahnlosen Kiefern mümmelnd, den Kopf mit den wabbelnden Wangen schüttelnd, die bereits vor einem halben Jahrhundert vor Schreck eingefallen waren, warnte sie ihn davor, bei Leuten schwach zu werden, die vor einem auf den Knien lagen, denn dann krochen sie einem in die Seele.

Ob er diesen Rat nun befolgte oder nicht, Witali war bei Mevrouw Riemers auf der Hut. Daß der Unterricht nichts kostete, kam ihm schon verdächtig vor. Er erwartete jeden Moment, daß sie mit einer Predigt über das Jüngste Gericht loslegte, denn in Rußland gaben nur amerikanische Evangelisten kostenlose Sprachkurse. Mit der Limonade und der Einladung in den Zoo wurde die Sache noch brisanter. Er mußte sich aus dem Staub machen, ehe alles zu spät war. Am Eingang hatte er eine Telefonzelle gesehen; er entschuldigte sich und rief Jessie an. Verdutzt versprach sie ihm, ihn abzuholen. Zu Mevrouw Riemers sagte er, er müsse zum Zahnarzt, und sie glaubte ihm. »Kommst du denn nach dem Sommer auch wieder?« fragte sie ihn am Tor. »Im September fängt der nächste Kurs an.« Er nickte. Sie steckte ihm ein in Plastik verpacktes Klammeräffchen aus Plüsch zu. »Als Andenken«, sagte sie. »Zeig es nicht den anderen, sonst ist es keine Überraschung mehr. Sie kriegen später auch eins.« Die anderen standen bedeppert herum, sie hätten sich auch lieber verdrückt. Bernard schrieb etwas auf einen Zettel. »Hier hast du meine Telefonnummer«, sagte er. »Ruf mich an, wenn du mich mal brauchst. Ich mein's ernst.«

Jessie hatte einen Korb vorn auf dem Fahrrad. »Für ein Picknick. Ich hab ein paar Brötchen geschmiert und Wein gekauft. War es wirklich so furchtbar?«

Witali zuckte mit den Schultern. Sie nickte verständnisvoll. »Ich finde Zoos auch schrecklich. Ich kann das einfach nicht sehen. Raubtiere hinter Gittern, so was von trostlos.«

»Jessie. Ich setz mich nicht auf den Gepäckträger.«

Widerwillig überließ sie ihm das Rad.

»Ich hatte mich eigentlich mit Sander und Olivier im Park verabredet. Wenn du mitkommst, lernst du sie endlich kennen.«

Jessie hatte einen Narren gefressen an ihren alten Schulfreunden, zwei blassen Jungs, die Witali bisher nur von Fotos kannte. Ein ganzes Album hatte sie mit ihren Faxen vollgeklebt. In Teppiche gewickelt, standen sie barfuß in einer Einkaufsstraße, mit theatralischen Gesten. Der kleine Lockenkopf mit der großen Brille und der lange Dünne mit dem glatten, schulterlangen Haar stellten Sokrates und Aristoteles dar, so Jessie. Auf einem anderen Foto hielt jeder von ihnen einen Cognacschwenker gegen das Licht, und Jessie erklärte, sie seien respektgebietende Säufer. Auf sehr vielen Schwarzweißfotos trug der Große einen Strohhut und der Kleine einen seidenen Hausmantel. Sie posierten so im Botanischen Garten. Jessie hatte sie durch eine lange Belichtungszeit mit einem samtenen Kontrast versehen. Sie selbst war nur auf wenigen Fotos zu sehen, mit verlegenem Lächeln, wie immer grotesk ausstaffiert, sich an die routinierten Wichtigtuer anschmiegend, als habe sie Angst, daß sie, die riesige Landschildkröte, nicht zu ihnen paßte. Natürlich hatte sie den Selbstauslöser benutzt, weil die beiden sie dazu gedrängt hatten.

In der Realität sahen sie anders aus als auf den Fotos. Beide hatten ihre Haare abgeschnitten und trugen Sommersachen aus Leinen. Der Kleine hatte seine daumendicken Gläser gegen eine insektenbeinige Brille getauscht, die er abnahm und zusammenlegte, als er Witali vorgestellt wurde.

»Das ist Witali«, sagte Jessie. »Er spricht nicht gut Niederländisch, aber das macht nichts, er ist sowieso ziemlich schweigsam. So was wie ein Hund. Ein knuddeliger Schlittenhund. Findet ihr nicht auch, daß er so aussieht?«

Langsam reicht's, dachte Witali. Die beiden Jungs waren sicher auch große Tierfreunde, denn sie wirkten so, als wollten sie ihm gleich um den Hals fallen. Jessie stellte den Korb auf die Picknickdecke und nahm Brote und Süßigkeiten heraus. Olivier stopfte summend eine Pfeife. »Wir waren gerade bei Hajenius, dem Zigarrenhaus auf dem Rokin, es war kaum zu glauben«, sagte er. Er sprach auffallend langsam, jedes Wort mit einer Geste abwägend. »Dort kam gerade eine Busladung amerikanischer Touristen an. Kurze Hosen, Plastikschuhe, wie heißen die noch mal – Sneakers. Findest du nicht auch, Witali, daß die Masse zu Unrecht auf dem Vormarsch ist?« Er reichte ihm die Pfeife und eine Schachtel Streichhölzer.

Jessie machte ein besorgtes Gesicht. »Laber ihn nicht voll. Du weißt genau, daß er dich nicht versteht.«

»Ach Gott«, sagte Sander und lächelte Witali mitleidig an, »will sie jetzt auch über dich bestimmen? Paß auf, wir kennen das schon. Laß dir nichts vormachen.« Er holte einen Joint aus seiner Innentasche und schob ihn in ein Mundstück aus Bernstein. »Wir sind für den gepflegten Genuß«, sagte er. »Besseres Hasch hast du noch nie geraucht.«

Beim Blättern im Fotoalbum hatte Jessie ihn beruhigt: Sie habe nie etwas mit den beiden gehabt. Sander und Olivier hätten beschlossen, Sex sei etwas für Jugendliche, Senioren und andere schwachsinnige Plebejer, »eine unbeholfene wechselseitige Plackerei«. Nun ging Witali auf, daß das Humbug war. Die feinnervigen Jungs Olivier und Sander waren ein Paar.

Etwas entfernt schrillte die Klingel eines Eiskarrens.

»Ich lade euch ein«, sagte Jessie und suchte nach ihrem Portemonnaie. »Hilfst du mir tragen, Witali?«

In der Schlange vor dem Eiskarren gab Witali Jessie das Klammeräffchen.

»Gefällt dir so was?«

»Wo hast du das denn her?«

»Ein Geschenk von der Lehrerin.«

»Wie lieb von ihr!«

»Na, ich weiß nicht. Umsonst ist nur der Tod. Da stimmt was nicht.«

Sie verdrehte die Augen. »Fängst du schon wieder mit dem Schwachsinn an? Du bist ja paranoid! Du hast dich doch hoffentlich bei ihr bedankt?«

Sie waren an der Reihe. Der Eisverkäufer füllte die Waffelhörnchen bereits, bevor sie etwas bestellt hatten, und stellte sie nacheinander in den Halter.

»Sie hat mich gefragt, ob ich nach dem Sommer wiederkomme.«

»Und?«

»Na ja, ich weiß nicht. Mir kommt das alles sehr verdächtig vor.«

Jessie stemmte eine Hand in die Seite, auf die bloße Haut zwischen Top und Röckchen. Mit der anderen Hand hielt sie das Klammeräffchen hoch. »Dann geh wieder in den Zoo, gib's ihr zurück und frag sie geradeheraus, was sie von dir will! Meine Güte, Witali, ich find dich gar nicht nett.« Sie drückte ihm das Äffchen in die Hand, steckte das Portemonnaie unter die Achsel und ging weg, die Waffelhörnchen balancierend.

Ich bin auch nicht nett, dachte Witali. Ich bin undankbar und mißtrauisch. Der Unterricht bei Mevrouw Riemers, das Äffchen, das schöne Wetter, das Picknick, deine snobistischen Freunde, deine unbekümmerte Schönheit – glaubst du etwa an so etwas wie bedingungslose Freundlichkeit? Ich hoffe nur, daß du recht hast. Er wunderte sich nicht, als er gerade in diesem Augenblick seinen Namen hörte, zum ersten Mal seit Wochen wieder die russische Koseform: »Witjok!«

Genervt durch das scheinbar zufällige Zusammentreffen von Ereignissen, wandte er sich um. Es war Lena oder das, was von ihr übrig war. Die Trauer hatte verheerend gewütet. Ein apathischer Zynismus lag wie eine feuchtkalte Hand auf ihrem Gesicht, die großen flaschengrünen Augen waren verhangen, die Lippen zusammengekniffen, der üppige Haarschopf vom letzten Jahr war nun ein stumpfer kleiner Knoten.

»Na, wie läuft's so?« Sie zauberte ein giftiges Lächeln auf ihr Gesicht und deutete mit dem Kopf auf Jessies tanzenden Pferdeschwanz in der Ferne. »Regelst du jetzt deine Papiere? Mit ihr?«

»Noch nicht drüber nachgedacht.« Er sagte die Wahrheit.

»Nicht lange fackeln, Witjok. Nutz die Chance. Sie wollen's nicht anders, die Niederländer. Sie ist doch Niederländerin, oder?«

Das Haschisch begann zu wirken. Die großen Poren um ihre Stupsnase, wie bei einer Katzenschnauze, waren ihm früher nie aufgefallen. Sie waren alle verstopft. Sie zog die Nase hoch. Auch verstopft. »Wo ich dich gerade treffe – ich stecke tief in der Scheiße.« Ihre Lippen pausierten kurz, dann sagte sie: »Ich hätte dich nie gefragt, aber sonst hab ich im Moment niemand.«

»Wieviel brauchst du?«

»Was du über hast. Ich geb's dir nächste Woche wieder. Dann kann ich in einem Frisiersalon jobben.« Plötzlich wirkte sie abwesend. Reglos blickte sie durch Witali hindurch, ihr Blick verschwamm, doch sie schloß die Augen nicht. Offenbar versank sie gerade in einem angenehmen Gedanken.

»Lena?« fragte Witali zögernd. Sie reagierte nicht. Der Schweiß auf ihrer glasigen Haut reflektierte das Sonnenlicht. »Du hängst an der Nadel, hmm?« Erst als er einen Fünfundzwanzig-Gulden-Schein aus seiner Tasche friemelte, kam Leben in die Totenmaske.

»Ist das alles? Du hältst mich wohl für 'ne Pennerin!« Sie zog ihm den Schein aus den Fingern. »Einem geschenkten Gaul sieht man nicht ins Maul.«

»Ist nichts mit geschenkt. Ich will's nächste Woche wiederhaben.«

Sie ging weg, mit mürrischem Gesicht.

Jessie und die Jungs waren mit ihrem Eis beschäftigt und achteten nicht auf Lena, die an ihnen vorbeistiefelte. Als sie außer Sichtweite war, holte Witali tief Luft und trabte zu den anderen zurück. Mit einem Sprung war er bei Jessie, sie erschrak ein wenig, als er sie auf die Wange küßte, lachte aber, als er herunterspulte, was er sich ausgedacht und einstudiert hatte: »Tut mir leid, du hast recht. Du hast völlig recht. Bin ich immer noch ein knuddeliger Hund?« Er setzte einen treuherzigen Blick auf und wackelte mit dem Hintern. Alle drei nickten. Armer Kerl!

21

Nekrose. Wenn er noch länger in der Eiseskälte stehenblieb, würde sich seine Haut schwarz verfärben. Man hatte ihn hier zurückgelassen wie einen Hund, der an der Leine zerrte. Armer Kerl! Dein Herrchen macht sich im Schnee davon, jetzt ist er schon fast beim Wald, schau, so einfach geht ein Mensch der Freiheit entgegen. Kläff nur, er hört sowieso nicht hin.

Jemand strich ihm übers Gesicht. Glühend strömte ihm das Blut durch die Adern. Er schreckte hoch.

»Du hattest Alpdrücken.«

Vielleicht war die erste Hälfte des Satzes Russisch gewesen, das letzte Wort aber war ihm eindeutig fremd. Es gehörte zu der Sprache des Wesens, das sich um ihn kümmerte und neben ihm auf dem Bett saß.

»Was hat dich im Traum so bedrückt?«

»Ich hab nicht geträumt«, stieß er hervor. Sie wirkte plötzlich beunruhigt, legte die Hände in ihren Baumwollschoß, weil sie nicht wußte, was sie sagen sollte. Er war ihr ebenso ein Rätsel wie sie ihm. Witali drehte sich auf die Seite. Er hatte gehofft, sie würde ihn dann in Ruhe lassen, doch sie hatte sich etwas überlegt.

»Hattest du ein schweres Leben?«

Er unterdrückte einen Rülpser mit 37,5 Prozent. Bravo, Sander und Olivier. Warum hatte er sich von ihnen zu dem Spiel »Sauf den Russen untern Tisch« verleiten lassen? »Der Russe«, das war für diese Leute eine amüsante Erscheinung.

»Lieber 'nen Russen im Bette als 'ne Atomrakete«, hatte Jessie einmal gesagt, eine Sekunde nach seinem Orgasmus. Frechheit! Nein, komm mir nicht näher. Schenk was ein.

»Bier.«

»Du solltest lieber Milch trinken. Milch reinigt.«

»Bier.«

Sie trabte in die Küche. Die Kühlschranktür schlug knallend gegen die Wand. Danach blieb es still, eine Ewigkeit, und er war kurz davor zu weinen, doch dann hörte er das vielversprechende Klirren von Flaschen, großen und kleinen. Sie sammelte die Reste! Sie brachte sie auf einem Tablett: »Kein Bier, aber Jägermeister, Sherry, Crème de Cassis und ... Wodka.« Noch immer sprach sie es mit einem F aus, mit kleinem Überbiß. Mit einem Auge unter der Bettdecke hervorblinzelnd, schätzte er, daß höchstens 100 Gramm in der Flasche waren. Gleich würde sie bestimmt Nachschub besorgen. Sie goß die Hälfte des Wodkas in ein Whiskyglas und wollte Eiswürfel dazugeben.

»Laß das.«

»Na komm, jetzt sei lieb.«

Der Alkohol rann wie Leitungswasser durch seine Kehle, aber in den Füßen spürte er ein freudiges Kribbeln.

»So, dann erzähl mal«, sagte sie. »Wovor hast du Angst?«

Da er nun seinen Körper am Alkohol wärmte, fiel es ihm leicht, mit einem mitleiderregenden Bericht über sein schweres russisches Leben loszulegen – ihm kamen schon wieder die Tränen –, um so schneller würde sie dann für ihn zum Spirituosenshop rennen. Er lehnte sich zurück und räusperte sich. »Da ist nichts Besonderes.«

»Doch, da ist was. Ich hab öfter gesehen, wie du im Schlaf so gezuckt hast.«

Er bemerkte einen gewissen Triumph in den Augen, die

gerade noch »Jetzt sei lieb« geschmollt, in Wirklichkeit aber ihn, den Russen in ihrem Bett, kühl beobachtet hatten. Wie lange ging das schon so? Wie oft hatte sie ihn leiden sehen, ohne daß er es merkte? Er erinnerte sich nicht daran, daß er früher in ihrer Gegenwart von dem Soldaten geträumt hatte.

»Wann hast du das gesehen?«

»Ganz oft. Du schläfst total unruhig. Du zitterst und schnappst nach Luft. Das geht ein paar Minuten so, dann pennst du weiter.«

»Ich dachte, du lernst für die Uni, wenn ich schlafe.«

Sie zuckte mit den Schultern. »Jetzt erzähl's mir schon.«

Er gab sich alle Mühe, die Geschichte gehörig auszumalen, denn das durchtriebene holländische Fabeltier wußte nicht mal, wie eine Polarnacht aussah oder wie Gerstengrütze schmeckte, wenn man sie zum tausendsten Mal aß, geschweige denn, daß sie wußte, was für ein Privileg es war, bei den Grenztruppen zu dienen. Als er damals erfuhr, daß er zu diesen Spezialeinheiten eingeteilt worden war, spannten sich seine Muskeln vor Stolz. Der Grenzpfahl auf seinem Arm erweckte nun zum ersten Mal Jessies Interesse, sie gab ihm einen Kuß auf die Stelle.

»Ich dachte, das wär ein russisches Phallussymbol.«

Er mußte lachen. Warum auch nicht? Die Sowjetsymbolik enthielt massenhaft Phallen, auf jedem städtischen Platz stand ein steifer Pimmel des Sieges.

»Krieg ich auch noch den Rest?«

Mit großen Augen leerte sie die Flasche in sein Glas. »Ich will wissen, wie es weiterging.«

»Das war's schon. Ich weiß auch nicht, was weiter mit ihm passiert ist. Vielleicht wohnt er jetzt in einem gemütlichen finnischen Blockhaus mit einer netten Familie und spricht fließend Finnisch. Keine Ahnung. Er ist verschwunden, mich haben sie bestraft.«

Ihr Mund öffnete sich zu einem fröstelnden kleinen Lachen. »Sibirien!«

»Das nicht. Aber der Nordpol.«

Jetzt nur nicht übertreiben, sie war auch so von der Geschichte fasziniert. »Noch näher am Nordpol, als ich damals schon war. Von der finnischen Grenze mußte ich weg, zu einer Einheit bei Norwegen. Wir waren dort ganz allein, das nächste Dorf lag dreihundert Kilometer entfernt. Wir hatten sogar unsere eigenen Schweine, für die Küche. Die Hälfte der Jungs war psychotisch. Ein Grünschnabel hatte auf Patrouille seine Zehen in den Schnee gesteckt, er wußte nicht, daß man nur entlassen wurde, wenn man einen großen Zeh verlor. Nach einem Monat brachten sie ihn wieder zurück. Es war nicht gerade angenehm da. Es war …« Er blätterte in seinem Kauderwelsch, um Wörter zu finden, die das Grauen wiedergeben konnten, fand sie jedoch nicht. Eine Sprache in den Kinderschuhen eignet sich nur dazu, Nettigkeiten auszutauschen, schreckliche Erlebnisse erfordern einen größeren Wortschatz.

Jessie machte das nichts aus, mit ihren Gedanken war sie noch bei dem Deserteur. Sie schlug auf die Bettdecke und rief: »Ich weiß, wie wir das hinkriegen!« Sie goß sich ein Glas Crème de Cassis ein, stellte es aber auf den Nachttisch. »Weißt du was? Wir machen es so wie im Fernsehen. Hier gibt es eine Sendung, die heißt *Spurlos verschwunden.* Leute verlieren sich aus den Augen, und die Sendung bringt sie wieder zusammen. Zum Beispiel: Ein Mädchen wurde als Baby aus Indonesien geholt und wuchs in Eindhoven auf. Nun ist sie erwachsen und will ihre richtige Mutter kennenlernen. Der Moderator fährt mit einem Jeep in den Dschungel, zeigt den Leuten dort Fotos, und am Ende der Sendung findet er sie, ein verschrumpeltes Wesen, blind, mit lauter Geschwüren, ein Häufchen Knochen in einer Hängematte.« Sie ließ sich auf den Boden fallen, um die Frau nachzumachen. Witali richtete sich nicht auf, um ihr zuzuschauen, er hörte nur, wie sie mit krächzender Stimme fortfuhr: »Und das arme, arme Hutzelweiblein kriegt dann ein Paar Sportschuhe, eine Zahnprothese und einen Regenmantel, damit es mit dem Flugzeug in das Studio in den Niederlanden düsen kann. Gibt's bei euch auch solche Sendungen? Alle müssen dabei heulen.«

Witali erinnerte sich nur an die schweigenden Gesichter von Vermißten, die im Anschluß an Nachrichtensendungen eine Sekunde bekamen, um in die Wohnzimmer zu starren. Die meisten strahlten aus, daß sie bereits seit geraumer Zeit unter der Erde lagen. Sie hatten keinen Namen mehr, nur eine Nummer – das Datum ihres Verschwindens. Nach solchen totenstillen Begegnungen kam eine geduldige Frau dran mit dem Wetterbericht für elf Zeitzonen. Die gigantische Landmasse, für die sie die Temperaturen ansagte, zerstörte jede Hoffnung, daß die Vermißten jemals gefunden würden.

»Na, was meinst du dazu?« unterbrach Jessie seine düsteren Gedanken.

Er ächzte. »Jessie, holst du mir noch eine Flasche Smirnoff? So eine kleine. Nur für heute. Mir geht's so mies. Oder willst du, daß ich das andere Zeug austrinke? Das haut erst richtig rein.«

Sie lächelte mit blendend weißen Zähnen, sie war braun geworden. »Nur wenn du mir versprichst, daß wir zusammen nach Rußland fahren. Nur wenn wir deinen Soldaten suchen.«

Er nickte geistesabwesend.

»Warum bist du jetzt nicht begeistert? Ist das nicht eine tolle Idee? Sag: ›Jippie!‹«

»Jippie.«

»Na also. Bin gleich wieder da.«

Als sie weg war, überkam ihn eine seltsame Unruhe. Vielleicht hatte sie recht. Es wurde allmählich Zeit, daß er etwas unternahm. An Ort und Stelle würde sich die Antwort finden, so einfach war das inzwischen. Er würde ihnen fünfzig Dollar in seinem Dienstbuch zuschieben, und sie würden ihm den Namen nennen. Auf den Spuren des Soldaten würde er die Grenze überschreiten, und dabei hatte er den Vorteil, daß es diesmal nicht schneite. Im nächstgelegenen finnischen Dorf würden sie mehr wissen, überhaupt kein Problem.

In aufgeräumter Stimmung drehte er das Kopfkissen um und wartete auf den dringend nötigen Schlaf. Wenn Jessie gleich zurückkam, würde er auf den Wodka verzichten, vielleicht vertrug er ja sogar ein kleines Frühstück – genau, ein Glas Milch, um den *organism* zu reinigen. Er zog sich die Bettdecke bis zu den Ohren. Mußte er nicht erst zur Toilette? Er konnte noch kurz warten. Unterdessen ließ die Wanduhr die Zeit verstreichen. Das nachdrückliche Ticken kam von dem pinkfarbenen Pendel, das den Schwanz des rosaroten Panthers auf dem Zifferblatt darstellen sollte. Witali lüftete das Deckbett und drehte sich auf die andere Seite. Das Kissen war schon wieder feucht. Beeindruckend, wie stark man allein am Kopf schwitzen konnte. Wo blieb sie nur? So weit war es nicht bis zum Spirituosenshop. Sie hatte bestimmt wieder irgendwelche Einkäufe damit verbunden, vermutlich besorgte sie Vorräte. Man konnte nie genug Dosen mit geschälten Tomaten und Spaghettipackungen im Haus haben, »für den Fall, daß«. Aber eine anständige Hausbar einrichten,

Fehlanzeige! Vom Nachtschränkchen purzelte ihm wie so oft ein Teddybär aufs Gesicht, er pfefferte das Ding durchs Zimmer und wälzte sich aus dem Bett. Auf der Toilette rutschte er auf der Badematte aus und pinkelte über die Plexiglasbrille mit eingeschlossenen Rosenblättern. Vergebens griff er nach der Kordel der Weihnachts-Lichterkette. Im Vorbeigehen sah er sein gequältes Gesicht in dem Mickymaus-Spiegel, eine Null mit zwei schwarz glänzenden Mauseohren, das sollte bestimmt witzig sein. Er hätte schreien mögen. Restlos bedient schlurfte er wieder zum Bett, um erst eine halbe Stunde später zu hören, wie sich der Schlüssel im Schloß drehte. Hundert Gramm, bitte ganz schnell. Das Glas mußte hier noch irgendwo stehen. Doch was sie auf das Bett warf, war viel schwerer als eine 0,33-Flasche.

»Au.« Knurrig schob er das braune Paket von sich weg. »Was ist das? Wo ist der Wodka?«

Sie hielt die Flasche hoch, dieser Quälgeist. »Du betrinkst dich doch nicht schon wieder?«

Daß er das überhaupt noch erklären mußte! »Ich brauch nur was, um meinen Rausch auszuschlafen.« Er trank einen Schluck, mußte jedoch würgen.

»Mein Gott, Witali.« Sie verschwand in die Küche und kam mit einem Glas Milch und einem Rosinenbrötchen zurück. Er futterte es schnaufend. Jessie wickelte unterdessen das Päckchen aus – es war ein Buch. Auf dem Umschlag waren die beschneiten Zwiebeltürme des Klosters in Sagorsk abgebildet.

»*Lonely Planet* UdSSR«, sagte sie. »Teuer, aber der beste.«

»Die UdSSR gibt's nicht mehr«, sagte er düster, als er den Reiseführer aufschlug. Auf den Mittelseiten prangten Farbfotos von breit grinsenden Matrosen, aus vollem Hals lachenden Kaukasiern auf Eseln, zwei lächelnden Runzelgesichtern aus Zentralasien und einem Veteranen, der freudestrahlend hinter einem kleinen Straßenhändlerstand winkte. Toller Verein, diese Sowjetunion. Mittlerweile ist ihnen das Lachen wohl vergangen, mit Sicherheit den kaukasischen Typen, die hier noch posieren, als säßen sie zum ersten Mal im Leben auf einem Esel. *»People«,* lautete die Bildunterschrift unten auf der Seite – wie aufmerksam, daß es kurz erläutert wurde.

»Es ist ja auch eine Ausgabe von 1991«, sagte Jessie.

Verdammt, Dezember 1991. Die leutseligen Bartträger auf der Umschlagklappe hatten einen Reiseführer für ein Land geschrieben, das es nicht mehr gab.

»Na, was sagst du dazu?« Sie nahm ihm das Buch aus der Hand und blätterte begeistert. »Hier, Murmansk.« Sie sprach es mit einem Hüsteln am Ende aus: Murmanskch. »Ich freu mich jetzt schon. Hör zu: *Festival of the North!* Mit Rentier-Rennen! Murmansk, der Heimathafen der atomar betriebenen Eisbrecher. Beim Büffet im Hotel Arktika kann man für drei bis vier Rubel essen, so viel man will.« Sie setzte sich ans Fußende und las weiter vor: »*Getting There & Away*. Aeroflot oder Finnair ab Helsinki. Schnellzug ab Leningrad: Siebenundzwanzig Stunden, ojemine! *Sea Terminal*, zweimal pro Woche im Sommer Küstenfahrt an der Barentssee. Wow, wie toll!«

Das Rosinenbrötchen hatte eine positive Wirkung. Er brauchte erst mal keinen Wodka mehr. »Gut«, sagte er und nickte bedächtig. »Aber mein Visum ist abgelaufen. Ich muß die Jungs fragen, was ich am besten mache.«

»Wie meinst du das?«

»Es gibt eine Schwarze Liste.«

Sie sah ihn verstimmt an. Schwarz, diese Farbe paßte nun wirklich nicht zu Rentieren und arktischen Büffets.

22

Es war so warm, daß Roman sein Hemd ausgezogen hatte. So sah Witali ihn am offenen Fenster stehen, wie einen Samowar; der Rumpf glänzend und kupferrot, die Arme in die Seite gestemmt. Als er näher kam, merkte er, daß sein Freund durch ihn hindurchschaute, auf die Bahngleise.

Roman hing inzwischen richtig an diesen Strichen in seinem Leben. Er erinnerte sich an einen alten Dieb in Sankt Petersburg, der seine Gitterstäbe mehr liebte als die Freiheit. Der Mann lebte in einer *kommunalka* mit Romans Cousin, war jedoch nie zu Hause. Der Cousin fand es schade um das Zimmer und hätte es gern für sich in Beschlag genommen. Hin und wieder knackte er das Türschloß und zeigte Roman die Requisiten eines biederen Lebens: ein Gitterbett mit steif gestärkten und resolut straffgezogenen Laken wie im Krankenhaus, vier gleichgültige Wände, einen Holzfußboden, der mit dem Reisigbesen in der Ecke sauber gekehrt war, einen Tisch, auf dem sich ein Einpersonen-Teeservice zusammenscharte (»Schau mal in die Kanne, aus der hat noch nie jemand getrunken«, sagte der Cousin in einem Ton, als sei er ungerecht behandelt worden). Dann setzten sie sich auf das Bett, betrachteten durchs Fenster die Aussicht, die ebenfalls umsonst wartete, und schwiegen, während die Zeit verging. Eines Abends, sie hatten die Zimmertür gerade wieder geschlossen, kam er nach Hause, der Dieb auf freiem Fuß. Ein kleiner, stämmiger Mann, so proper wie sein Mobiliar – bis auf die ausgestreckte, mit Tätowierungen vollgekrakelte rechte Hand. Die Einladung zu einem Wodka schlug er nicht aus. Nach dem zweiten Glas bekannte er, daß er die neue Freiheit, oder was immer man darunter verstand, unerträglich finde. Er bereite sich auf ein neues Verbrechen vor und werde dafür sorgen, daß er gefaßt würde. In der *zona* sei das Leben besser, meinte er, dort herrsche »die kleine Ordnung«.

»So hat er es genannt«, sagte Roman zu Witali, »›die kleine Ordnung‹.« Er nickte Jessie gutmütig zu, er konnte sich schon denken, wer sie war. Sie stapfte mit ihren Espadrilles durch den lockeren Sand und wirkte überhitzt. »Kommt ihr ums Haus rum? Auf der Veranda ist Schatten.« Sie verschwanden wieder aus seinem Blickfeld. Der Ruf eines Ausflugsdampfers tönte tragisch durch die Geräusche der Stadt hindurch.

Der Cousin hatte dem Nachbarn einen Vorschlag gemacht: »Du darfst mich verprügeln und Roman dazu. Voilà, zwei Körperverletzungen auf einen Streich. Du wirst eingesperrt, wir kriegen dein Zimmer.« Das Männchen hatte unergründlich den Kopf geschüttelt und war am nächsten Tag schon wieder verschwunden gewesen. Damals, ein Jahr vor Romans Abreise in die Niederlande, waren sie daraus absolut nicht schlau geworden.

Hinter dem Haus fand Witali, was Roman die Veranda genannt hatte: einen schmalen, gepflasterten Streifen mit einem dreibeinigen Tischchen und dem verdorrten Leichnam eines umgestürzten Baums, der als Bank diente. Der Gastgeber, der sich schnell ein zerknittertes Hemd übergeworfen hatte, erschien mit einem Tablett mit Wodka. Er hielt Witali die kalte Flasche an die Wange. »Fühl mal. Alles funktioniert wieder. Auch der Kühlschrank.«

»Und deine Nase?«

Roman strich sich über sein Riechorgan, das aussah, als

sei es mit Hilfe einer Schablone gegossen worden. »Noch ein bißchen empfindlich. Aber sieht prima aus, oder? So ein feines Näschen hatte ich noch nie, nicht mal, als ich aus dem Mutterschoß gezogen wurde!« Er lächelte Jessie zu, die sich etwas abseits von ihnen den Hals nach nichts Bestimmtem ausrenkte, gelangweilt oder weil sie sich unsicher fühlte. »Ich hol ihr einen Stuhl. Versteht sie eigentlich Russisch?«

»Ein bißchen«, antwortete Jessie.

Witali setzte sich auf den Baumstamm und betrachtete das Unkraut, das sich zwischen den Ritzen der sandigen Steinplatten emporarbeitete. Jessie stellte sich auf die Platte vor ihm. An der Art, wie sie die kleinen, mit Leinenstoff und Bändern umwickelten Hufe nebeneinander setzte, merkte er, daß sie etwas von ihm wollte. Er schloß die Augen. Sie begann zu pfeifen. Niederländer konnten Stille nicht ertragen. Ihre Stimmen waren hell wie Fahrradklingeln, nichts hinderte sie daran, sie zu benutzen. Mitten in der Nacht fuhren Männer laut singend auf dem Fahrrad durch die Straßen, am nächsten Morgen redeten sie schon wieder, wenn sie, kaum ausgeschlafen, zusammen in der Straßenbahn standen. Oder sie trommelten mit den Fingern, knisterten mit der Verpackung von etwas, das sie gerade aßen. Auch wenn sie sich gegenseitig satt hatten, schwiegen die Fahrgäste hier nicht in Massen so wie in Rußland.

Roman trat wieder aus dem Haus, in einer Hand Wurst, Käse und ein Messer, in der anderen einen Gartenstuhl. Er klappte ihn für Jessie auf, als sei es ein Thron. Witali wunderte sich darüber, daß sie diese freundliche Geste mit einer eleganten Handbewegung erwiderte. Er mußte ihn jetzt gleich fragen, ehe Roman zu viel trinken und das Gespräch in charmantem und sophistischem Geplänkel versanden lassen würde.

»Roman, was weißt du von der Schwarzen Liste?«

»Wovon redest du?«

»Die Schwarze Liste, die sie hier an der Grenze haben. Ich hab gehört, daß sie es im Computer erfassen, wenn sie in deinem Paß dein abgelaufenes Visum sehen. Und daß man dann fünf Jahre lang nicht mehr nach Europa reinkommt.«

»Fünf Jahre, klingt logisch«, sagte Roman. »Unser Leben folgt Fünfjahresplänen. Irgendwo habe ich gelesen, daß die durchschnittliche Lebenserwartung für Männer unserer Generation fünfundfünfzig Jahre beträgt. Ich bin dem Tod geweiht, wie du siehst, gibt es kein Entrinnen. Lach nicht, du hast doch den Beweis: Sogar hier stehen wir auf einer Liste, noch dazu einer schwarzen, die haben sie uns wie einen Trauerflor um den Hals gehängt. Auch hier brummen sie uns eine Fünfjahresfrist auf.« Geschickt schnitt er ein Stück Wurst ab und reichte es Witali auf der Messerklinge. Kein Windhauch ging. Der Wodka war schön kalt.

»Wo ist die Toilette?« Ohne die Antwort abzuwarten, ging Jessie ins Haus.

»Roman, ich mach mich auf den Weg«, sagte Witali gehetzt. »Ich suche den Soldaten, und sie hilft mir dabei.«

Roman griff an der Flasche vorbei. Er ließ die Hand in der Luft hängen und setzte mit abgezirkelten Bewegungen, als koloriere er eine seiner Stadtansichten, zu einem Kommentar an.

»Deine Freundin ist nicht wie unsere Mädchen. Sie wirkt fast so, als wäre sie gerade erst auf die Welt gekommen, wie meine Nase. Vielleicht bringt sie Veränderung ins Schema F. Schon möglich. Ob das gut ist, ist eine andere Frage.«

In dem Moment ertönte aus dem Flur ein Schrei, Jessie kam mit zugehaltener Nase zurückgerannt, als führte sie eine

Zirkusnummer für Kleinkinder auf. »Igitt, so was von ekelhaft, da hat einer nicht gespült!«

Sie folgten ihr ins Katastrophengebiet. Roman füllte am Waschbecken einen Eimer mit kaltem Wasser und vertrieb den Haufen. »Wir sind unter Breschnew aufgewachsen«, sagte er zu Jessie. »Schon mal von Breschnew gehört? Die Jahre der Stagnation. Wir sind Kinder der Stagnation. Alles, was stillsteht, fängt an zu stinken.«

In seinem Zimmer roch es auch nicht gerade frisch. Die Luft setzte sich aus den Ausdünstungen von modrigem Bettzeug, einem versifften Kühlschrank und Gläsern mit brackigem Malwasser zusammen. Roman griff zu dem Tischkalender von der Olympiade und drehte an dem kleinen Knopf, damit die Ziffern weitersprangen. »Weißt du übrigens, warum diese Stagnation dazwischengeschaltet wurde? Warum sich plötzlich alles um die Olympiade, um Filmkomödien und Urlaub auf der Krim zu drehen schien? Weil wir in die Zukunft eingetreten sind, ohne unsere Vergangenheit zu kennen. Neue Spiele, neue Helden. Damit wir mit unseren Köpfen im Kosmos waren und nicht merkten, daß auf der Erde noch das Blut heruntertropfte. Wer redet heute noch von Stalin? Nicht mehr lange, und wir grinsen milde über ihn wie über Iwan den Schrecklichen.«

Witali fragte sich, ob Roman irgend etwas bereute. Die Attribute, mit denen er sich früher umgeben hatte, bewahrte er bis heute auf. Gegenstände können die Menschen nicht über Jahrhunderte in die Irre führen, so wie Ideen. Der Kalender von der Olympiade erfüllte noch immer seinen Zweck, mit einem kleinen Knopf ließ sich das Datum bis zum Jahr 99 verstellen – egal, für welches Jahrhundert. Hatte Roman früher vielleicht ganz andere Ideen gehabt als heute? Wie mochte er geredet haben, wie hatte er dabei ausgesehen?

Bestimmt nicht so: kopfschüttelnd und sich auf die Lippe beißend, Bilder sortierend.

»So ist das eben«, sagte er. »Man kann es nicht ändern.« Und dann, fast barsch: »Wann gehst du weg?«

»So bald wie möglich. Das Wetter ist gerade günstig. Außerdem kann Jessie jetzt Ferien machen. Aber ich gehe eigentlich gar nicht ›weg‹, ich komme ja wieder.«

»Das glaubst du doch selber nicht!«

»Ach, hör auf! Das einzige, was mich davon abhält, hin- und zurückzureisen, ist diese verfluchte Schwarze Liste. Aber wenn du mir nicht helfen kannst, frag ich eben jemand anders!«

Witali wollte verärgert gehen, mit seiner Klassefrau am Arm das Stinkhaus verlassen, doch Roman schob einen Stapel Bilder in ein Kuvert und warf es ihm zu. »Sei so gut und gib das Aleksej. Aleksej, dem Afrorussen. Kennst du den? So schwarz, als käme er aus Tschunga-Tschanga, aber in Wirklichkeit ist er ein Moskowit. Um diese Zeit steht er beim Wester-Turm. Frag ihn mal nach deinem Hin-und-zurück-Reisen, er ist der einzige von uns, der das geschafft hat.« Plötzlich prustete er los, vor dem Fenster zeichnete sich seine Silhouette wie die eines großen Känguruhs mit rotbraunem Beutel ab, sein Bauch zitterte vor Lachen, vielleicht war es aber auch eine nervöse Muskelzuckung. »Nun geh schon«, knurrte er schließlich. »Himmelherrgott noch mal, zieh endlich Leine. Komm erst wieder, wenn du wirklich ganz wieder da bist.«

Auf dem Weg zum Westermarkt wurde Witali den nervigen Ohrwurm nicht los, als wäre sein Kopf eine Drehorgel, durch die immer dieselbe Musikrolle gejagt wurde:

Kau Kokosnüsse, iß Bananen, Tschunga-Tschanga!

Erstaunlich, daß dieser Zeichentrickfilm der Sowjetzensur standgehalten hatte. Es ging um einen blinden Passagier aus Afrika, der mit einer Schiffsladung Bananen durch Zufall in Rußland landete. Der kleine kohlrabenschwarze Junge sang voller Heimweh von Tschunga-Tschanga, dem tropischen Paradies, wo man keinen Finger zu rühren brauchte:

Wunderinsel, Wunderinsel,
Dort ist das Leben leicht und einfach,

hörten die russischen Kinder an einsamen Winternachmittagen vor der Glotze, im dreizehnten Stock.

Unser Glück ist beständig ... wir kennen kein Pech.

Witali war sicher nicht der einzige, der von seinen Eltern darüber aufgeklärt wurde, daß es Tschunga-Tschanga nicht gab und daß Schluß sein müsse mit den subversiven Sehnsüchten. Aleksej den Afrorussen aber gab es, doch Roman hatte unrecht, seine Hautfarbe war zu hell, er konnte nicht von den Tschunga-Tschangas abstammen. Seine Mutter war Russin, mit Sicherheit alleinerziehend, denn Aleksej sprach den Moskauer Straßenslang, blähte dabei die Nasenflügel auf, als hätte er ein paar Jahre im Knast verbracht, trug ein Matrosenshirt und hatte an beiden sehnigen Schultern eine verschwommene schieferfarbene Tätowierung. Trotzdem war unübersehbar, daß er kein Weißer war, und so konnte er sowohl die niederländischen als auch die russischen Grenzbeamten austricksen – zumindest wenn es stimmte, was er allen Leuten erzählte.

Aleksej hatte ein Jahr lang mit einem abgelaufenen Touristenvisum in Amsterdam gelebt, ehe er festgenommen wurde. Er hatte ein Zimmer im Stadtteil Bijlmermeer gemietet, obwohl er sich mühelos etwas Besseres hätte leisten können. Er verdiente gut, die Touristen kauften gern bei ihm. Sie durchschauten seine gewieften Moskauer Finten nicht, vielleicht interpretierten sie die Kontinentaldrift in seinem Blut als künstlerisches Talent. Aleksej verglich sich selbst gern mit Puschkin. Er nannte sich »der Mohr Peters des Großen« nach dem Roman, den der Dichter über seinen abessinischen Urgroßvater geschrieben hatte. Doch an Aleksejs kenianischen Wangen wollte kein Backenbart wachsen, sein Kraushaar bildete keine Locken der Leidenschaft. Darum beließen es die Amsterdamer Russen gnadenlos bei Tschunga-Tschanga. Witali verkniff es sich, das Lied zu summen, während er Aleksej zuhörte, denn er war sich sicher, daß der die Melodie sofort erkennen würde.

Alle beneideten Aleksej um seinen Erfolg, doch es war schließlich Willem, der die Polizei rief. Der mißgünstige Holländer kaufte seine Ware bei denselben Malern wie die russischen Händler, hielt sich jedoch für etwas Besseres, weil er einen richtigen Stand hatte und nicht wie sie auf der Straße hocken mußte. Er hatte sich schon mehr als einmal vor Aleksej aufgebaut und mit der Schuhspitze auf die Exemplare gezeigt, die Aleksej aus seinem Angebot entfernen solle, weil er die gleichen Motive verkaufte, allerdings exklusiv als Original. Aleksej dachte gar nicht dran. »Dann müssen Sie eben den Maler darum bitten, andere Farben zu nehmen.«

Die Beamten, die irgendwann auftauchten, waren von der Ausländerpolizei. Sie erledigten ihren Job, wie es für jene Zeit angemessen war. Schweigend warteten sie im Flur von Aleksejs Wohnung, während er seine Sporttasche packte, sie schwiegen auch, als sie das Polizeiauto auf den Innenhof des

Präsidiums fuhren, und sagten nur »Gute Reise«, als sie ihn am nächsten Tag den Grenzschutzbeamten auf dem Flughafen Schiphol übergaben. Es geht die Rede, daß er der einzige Passagier an Bord der KLM-Maschine nach Moskau gewesen sei, daß er von vier Stewardessen verwöhnt wurde, daß er es sich schmecken ließ und sich einen Schwips antrank. Doch auf dem Flughafen Scheremetjewo beschloß er, kein Russisch mehr zu können. Die russischen Grenzschutzbeamten beobachteten, wie er in Panik über den Flughafen stiefelte; mit der Sporttasche stieg er aus dem Bus, lief in die Ankunftshalle, ging an den Schlangen vor den Holzschaltern entlang, wieder zurück, sprach hilflos einen Gepäckträger an. Sie griffen ein und zogen einen Aushilfsdolmetscher hinzu, der seine amateurhaften Kenntnisse dadurch verriet, daß er die verzweifelte Intonation des Umherirrenden in seiner Übersetzung nachahmte: »Wo bin ich? Was hat das zu bedeuten? Soll das ein Witz sein?« Und schließlich: »Eine Riesensauerei ist das!«

Sierra Leone, von dort sei er geflohen, seinen Paß hätten ihm die Holländer abgenommen, weil er Asyl beantragt habe. Was solle er denn ausgerechnet in Rußland! Major Bogdanow, der fürchtete, das Mittagessen zu verpassen, traute so etwas seinen westlichen Kollegen durchaus zu. Alles Heuchler und Schufte. So einfach ging das also, dem rückständigen Rußland mal schnell einen Flüchtling unterzujubeln – Platz in Hülle und Fülle, hatten sie wohl gedacht, sie entsorgten ja auch ihre ausgemusterten Lebensmittel auf dem russischen Markt. Aber diesmal waren sie an den Falschen geraten! Hier, du armer Schlucker, da hast du eine Schachtel Zigaretten – Marlboro, wir Russen lassen uns nicht lumpen. Heute nachmittag fliegst du mit unserer Aeroflot nach Amsterdam zurück. Das wird denen eine Lehre sein. Und schon war der

Afrorusse erneut unterwegs, jetzt wieder zwei Stunden zurück in der Zeit.

Aleksej drehte sich auf seinem Hocker, so daß Witali mal in sein lebhaftes Gesicht blickte, dann wieder auf den Hinterkopf, der rostbraun und staubig war wie ein ausgetrockneter Acker. »Das Chaos war komplett«, sagte er, »also ließen sie mich laufen. Wer blickte da noch durch? Sie sagten mir, ich solle warten, aber es kam niemand. Schließlich bin ich einfach über ein Absperrband gestiegen und war wieder im Land.«

Witali schüttelte ungläubig den Kopf.

»Niemand wollte mich, weil sie mich nicht einordnen konnten. Ein Russe konnte ich nicht sein, das war für sie unvorstellbar, aber wer war ich dann? Ich bin durch ein schwarzes Loch in der Bürokratie entwischt. Bei dir klappt das natürlich nicht. Du landest todsicher im Computer.«

Ein Tourist beugte sich über die Bilder, und Aleksej hüllte sich augenblicklich in eine Wolke heiterer Liebenswürdigkeit. Vergebens, denn der Tourist sprang nicht darauf an und ging weiter.

»Es gibt zwei Möglichkeiten. Du kannst dir ein Frachtschiff im Rotterdamer Hafen suchen. Da liegen genug Russen, für zweihundert Dollar nehmen sie dich mit.«

»Als blinden Passagier.«

»Du brauchst nicht so skeptisch zu gucken, sie lassen dich bestimmt nicht bei den Ratten schlafen. Du kriegst eine ganz normale Kabine, du ißt mit der Besatzung. In einer Woche, vielleicht zwei, wenn sie mehrere Häfen anlaufen, bist du in Sankt Petersburg. Oder in Archangelsk, kann auch sein.«

»Und die andere Möglichkeit?«

»Das Laissez-passer. Du behauptest, du hättest deinen Paß verloren, oder du läßt ihn dir klauen. Du erstattest Anzeige bei der Polizei, und mit einer Kopie des Aufnahmeprotokolls gehst du dann sofort zum russischen Konsulat, die geben dir ein Laissez-passer. Das ist ein befristetes Reisedokument. Darin stehen keine Daten – nichts darüber, wann du angekommen bist oder wann dein Visum abgelaufen ist. Wenn du damit an die Grenze kommst, können sie auch nichts erfassen. Zu Hause beantragst du einen neuen Paß und buchst die Rückreise nach Amsterdam.«

Pässe, hatte Witali irgendwo gelesen, existierten noch gar nicht so lange. Vor nicht mal einem Jahrhundert mußten einem die Leute einfach glauben, wer man war, am wichtigsten war, daß man den Weg gefunden hatte. Kurs halten, darum drehte sich das Reisen damals noch. Heute bedeutete der ganze Erdball nichts mehr. Man konnte wer weiß wie viele Kilometer zurücklegen, es imponierte niemandem. Wie in der Straßenbahn mußte man seine Zonen abstempeln.

Seine Grübeleien wurden vom Glockenspiel im Wester-Turm unterbrochen, das eine düstere synkopische Melodie hämmerte. Aleksej wiegte sich auf dem Hocker mit, er hatte es schon hunderte Male gehört. »Ich erzähl dir mal was über diesen Turm«, sagte er, als die Melodie langsam verhallte. »Willst du eine alte Weisheit hören?«

Dann leg mal los, dachte Witali, mit deinen beeindruckenden Geschichten, Aleksej »bei-dir-klappt-das-nicht« Tschunga-Tschanga, für dich ist das Leben leicht und einfach, dein Glück ist beständig, du kennst kein Pech, sag du mir, wo's langgeht.

»Dieser Turm wird ›Langer Jan‹ genannt. Niederländer meinen, daß Türme männlich sind – natürlich haben sie recht. Er steht mitten in Amsterdam, irgendwo zwischen dem vierten und fünften Grad östlicher Länge. Heutzutage meinen wir, daß der Nullmeridian durch Greenwich verläuft, aber das ist eine willkürliche Festlegung. Für die niederländischen Seefahrer verlief er hier, unter dem Turm. Nach dem Langen Jan richteten sie ihren Kurs aus, und ich denke, sie fuhren damit nicht schlecht. Also mach du's auch so. Nimm den Wester-Turm als Nullmeridian, dann wird alles gut.«

23

Lassen Sie diesen Menschen passieren. Er ist nur auf der Durchreise, Herkunft und Ziel tun nichts zur Sache. Stellen Sie keine Fragen, Sie haben nichts gesehen. Laissez-passer, es klang wie eine Schrittfolge aus einem alten höfischen Tanz, bei dem sich zwei Fremde im Vorübergehen nur mit den Fingern berühren, um wieder in die Arme ihres Partners zurückzukehren. Es war ein Nichts, kaum als Dokument zu bezeichnen, federleicht und rosa wie ein koketter Fächer. Witali hatte es so problemlos erhalten, daß er mißtrauisch war. Eineinhalb Stunden hatte er in einer Schlange von ungehaltenen Niederländern vor dem russischen Konsulat in Den Haag gewartet, den Blick seit einer Weile auf den verwitterten Anstrich der Fensterrahmen gerichtet, als sich die Tür öffnete und ein amüsierter Diplomat mit einer hochgezogenen Braue erschien, der die wogende Menge auf Distanz zu halten wußte. »Kirillow«, winkte er mit der großen Hand, in die Witali eine Viertelstunde später fünfhundert Gulden blätterte, »das müssen Sie sein!«

Wie hatte ihn der Mann erkannt? In dem kleinen Amtszimmer zog er eine ebenso säuerliche Miene wie der Hüne mit der Knollennase auf dem offiziellen Porträtfoto an der Wand über ihm. Dann blätterte er ausgiebig, ohne irgend etwas zu lesen, in dem kleinen Stapel mit Dokumenten. Ein imitiertes, einstudiertes Verhalten, und immer das gleiche: Bürokraten schlugen betont langsam einen Paß auf und blickten lange auf das Foto, auf das Original und wieder aufs

Foto. Wenn Witali lächelte, weil er vor zwölf Jahren in die Linse geschaut hatte, als stehe er vor einem Hinrichtungskommando, wurde dieses Lächeln nie erwidert, im Gegenteil – und trotzdem beging er den Fehler immer wieder.

»Wie kommt es, daß nur Ihr Reisepaß, nicht aber Ihr Inlandspaß gestohlen wurde?«

Mitten in Witalis Erklärung begann der Diplomat zu grinsen. Und schon war das Klima geschaffen, in dem fünfhundert Gulden den Besitzer wechseln konnten. Der Mann schob das Schmiergeld an den Rand der Tischplatte und beugte sich erneut gewollt konzentriert über die Papiere. Dann zauberte er den rosa Zettel hervor, zog mit den Zähnen die Kappe eines Kugelschreibers ab und übertrug, mit der Zunge rhythmisch schnalzend, die Daten. »Voilà«, sagte er und klatschte das Laissez-passer, das völlig in seiner Pranke verschwand, vor Witali auf den Tisch. »Gute Reise.«

Das »Dokument für die Rückkehr in die Russische Föderation« war ein Wisch, hauchdünn und unbeschichtet, als sei es dazu gemacht, zerknüllt zu werden.

»Das ist alles?«

»Gefällt es Ihnen nicht?« fragte der Diplomat betreten. »Schauen Sie, da ist der zweiköpfige Adler. Die neue Version.«

Witali schob einen Fingernagel unter das Paßfoto, das in der Ecke klebte. »Das löst sich ja jetzt schon.«

Der Diplomat gab ihm einen Klaps auf die Hand. »Finger weg! Der Stempel ist noch frisch!«

War er vielleicht der Konsul persönlich? Nur die Ranghöchsten machten sich gern selber über ihre Autorität lustig. An der Tür legte er Witali eine Hand auf die Schulter – wieder diese schwere, große Hand: »Sollten Sie zufällig den Reisepaß wiederfinden, dann legen Sie ihn an der russischen Grenze vor. Ich hoffe, wir haben uns verstanden.«

Ja, sie verstanden sich. Viel zu gut. Darum beschloß Witali, vorsichtshalber auch den anderen Rat von Aleksej zu beherzigen: Er würde per Schiff reisen.

Das Schiff diente sich noch am selben Tag an. Vielleicht passieren solche Zufälle wirklich, Witali beschlich jedoch das Gefühl, die Diplomatenhand jage ihn mit einer Tracht Prügel ins Vaterland zurück. Offenbar wurde alles darangesetzt, seine Rückreise so problemlos wie möglich zu gestalten. Als er nach Amsterdam zurückkam, begann es zu regnen. Auf dem Museumplein konnte er sich nur im Durchgang unterstellen, aus dem Klänge der *Zauberflöte* ertönten: »*Nun muß er fort! Nun muß ich fort! So mußt du fort!*« Das Blechbläserquintett, das sich normalerweise aus allem raushielt, bot ihm en passant eine maßgeschneiderte Kreuzfahrt Amsterdam-Sankt Petersburg an, Abreise in zwei Wochen.

»Du mußt dich aber schnell entscheiden«, sagte Bus und packte eine Hähnchenkeule aus einer naß gewordenen Tüte, die er sich am FEBO-Automaten gezogen hatte. »Fünfhundert Gulden, wir haben das Doppelte bezahlt. An Bord kannst du mit der Besatzung essen. Hackfleischbällchen, Rübensuppe, Pilaw.«

Über ein befreundetes Streichquartett, das hin und wieder an Bord des Kreuzfahrtschiffs spielte, hatten die Bläser die Kabine eigentlich für sich organisiert, doch da man ihnen unverhofft gutbezahlte Studioaufnahmen in Deutschland angeboten hatte, verzichteten sie auf die Reise. Das war die Erklärung. Witali hörte geduldig zu. Der Tubist gab sich übertrieben locker, unterbrach seine Ausführungen, um ein Stück von der Hähnchenkeule zu essen, verschwand dann kurz hinter seiner Mähne, und wenn er wieder zum Vorschein kam, glänzten die Löwenwangen vom Fett. Alles Ablenkungsmanöver, dachte Witali, Theater, ein abgekartetes

Spiel, doch er hörte zu, bis Bus fertig war, schüttelte ihm die Hand und versprach, das Geld in einer Woche vorbeizubringen.

Als er nach Hause ging, kamen ihm Zweifel. Vor mehr als einem Jahr war er in das alte Zentrum dieser Stadt gestolpert, in den schimmligen Kern, wo man über die Häuser hinweg die Dächer in den Straßen dahinter sehen konnte, mit den mageren Einheimischen, die zwischen hochgezogenen Schultern mit ihren Kümmernissen beschäftigt waren. Inzwischen hatte er es in einen Außenbezirk geschafft, wohnte mit einer kessen Niederländerin in einer geraden Straße, in einem Haus mit großen Fenstern und einem eigenen Garten; er lebte verflixt noch mal richtig nobel, und nun mußte er fort. Wer bestimmte das eigentlich? Als seine Eltern so alt waren wie er, hatten sie ihr Leben bereits geregelt: Heirat, Kind, Arbeitsbuch, Wohnung, Datscha. Alles lief wie am Schnürchen. Sein Leben wollte unbedingt immer Reißaus nehmen, einen Dreisprung machen und eine kuriose Landung hinlegen, doch jedesmal, wenn er die Bruchstücke zu einem logischen Ganzen zusammengefügt hatte, wurde er wieder beim Kragen gepackt und mit der Nase auf die nutzlosen Lektionen gestoßen, die nun mal für ihn vorgesehen waren, jedoch nicht mehr stimmten. Hatten sie jemals gestimmt?

Er ging durch den Regen über die Stadhouderskade. Links, links, eins, zwei, drei, auf in die Rivierenbuurt, auf zu den Tollen Sachen. Jessie hatte keine Ahnung von den Tollen Sachen in Rußland. Die hatten mit viel Wodka zu tun, schmeckten nach Blut auf dem Asphalt, man mußte auf der Hut sein, denn wenn Mütterchen Rußland zu ausgelassen lachte, sah man, daß ihr das halbe Gebiß fehlte. Ja, laß uns dort Ferien machen, links, links, eins, zwei, drei – Ihr seid auf dem richtigen Weg, Genossen! Die Unverfrorenheit, mit der die russische Realität sich immer dagegen gewehrt hatte, auch nur ansatzweise ihrer offiziellen Version zu ähneln, konnte einen in den Wahnsinn treiben. »Schleichend fortschreitende Schizophrenie« hieß die Diagnose, die sich die Behörden für unabhängige Geister ausgedacht hatten. Zu ihrer eigenen Sicherheit wurden sie in eine Anstalt gesteckt, denn wenn es etwas gibt, was der Mensch braucht, dann ist das Geborgenheit. Ein wie am Schnürchen funktionierender Haushalt, darauf kommt es an. Ein schleichend fortschreitendes Bewußtsein von Inkongruenz ist kein Vergnügen, dann helfen nur noch Rituale wie die Ehe, das Arbeitsbuch, die gerade Straße, ein Gärtchen hinter der Amstel, jedes Jahr das nationale Großreinemachen an Lenins Geburtstag. Links, links, eins, zwei, drei.

Jessie ließ sich die Reise jedoch nicht ausreden, schon gar nicht, als sie hörte, daß sie mit einem Kreuzfahrtschiff reisen konnten. »Ein Love Boat!« rief sie begeistert.

Witali schüttelte den Kopf. »Nix da mit romantisch. Du kannst dir eine richtige Kabine reservieren, aber ich bin blinder Passagier. Du darfst im Ballsaal tanzen, ich muß auf Tauchstation gehen. Wir dürfen nicht zusammen gesehen werden.«

»Das ist doch erst recht romantisch! Stell dir vor: Du sitzt ölverschmiert im Vorschiff und dir knurrt der Magen, und ich besuche dich im Abendkleid und bringe dir Häppchen auf einem Porzellanteller.«

Am Ende war sie davon überzeugt, daß das Schiff aussah wie der Panzerkreuzer Potemkin, in ihrer Vorstellung war es auch sofort ein Eisbrecher, der die zugefrorene Barentssee durchpflügte. Sie strahlte und jubelte bei dieser schauderhaften Idee, bis Witali es aufgab.

»Okay, aber dann mußt du mein Kompaß sein«, sagte er und malte Kreise auf ihren verschwitzten Rücken. »Ich laß mich nicht mehr von dir abbringen.«

»Aber ab und zu doch mal, oder? Du bist ziemlich schwer.« Sie versuchte sich aufzurichten.

»Nein, du mußt mich tragen. Ich bin lange genug durch die Gegend gezogen.«

Eine Woche später brachte er sein letztes Bäckergehalt ins Teehaus. Bus saß auf der Terrasse, vor ihm auf dem Tisch stand in einer Regenwasserpfütze ein Bier. Er schob das Geld mit einem Seufzer in seine Innentasche und zauberte aus dem Nichts einen vollgestopften Plastikbeutel hervor. »Aufs Schiff darfst du so viel Gepäck mitnehmen, wie du willst. Das hier ist für meine Mutter, wenn's nicht zuviel Mühe macht.«

»Nein, natürlich nicht.«

Der Beutel war bleischwer und stank. Bus hatte mit Filzstift eine Telefonnummer draufgeschrieben. »Nur altes Zeugs, aber sie kann es noch gut gebrauchen. Ruf sie an, wenn du angekommen bist, dann könnt ihr euch verabreden.«

Aus dem Teehaus ertönte ein Schrei. Polina hatte sich von Mischa und Wolodja in die Höhe stemmen lassen und bewegte die Arme wie beim Butterfly-Schwimmen. Witali winkte nervös zurück. Mit einem Blick sah er, daß auch Sweta da war, und Tjoma, der sich mit einer Tasse Tee über eine Zeitung beugte.

»Also du fährst am achtzehnten, um fünf Uhr nachmittags«, sagte Bus. »Ich bringe dich zum Schiff und stelle dich der Cellistin vor. Sie heißt Irina, sie hilft dir weiter. Soviel ich weiß, fährt das Schiff durch den Nord-Ostsee-Kanal nach Kiel, ansonsten läuft es nur noch Helsinki an. Deine Freundin hat doch ein Visum bekommen?«

Witali nickte zerstreut. Über dem Noordermarkt hing ein vergilbter Wolkenhimmel, wie mit Firnis überzogen. Es war schon verrückt: Nur ein einziges Mal war er im Rijksmuseum gewesen, und auch das erst eine Stunde, bevor sie schlossen. Die Vermeers in Den Haag hatte er überhaupt nicht gesehen. Er hatte immer gedacht, das könne er sich für irgendwann später aufheben, er hatte seine Zeit mit Besäufnissen – als ob er die noch nicht gekannt hätte! – und Ausflügen in die niederländische Natur – als ob die etwas hermachte! – vergeudet. Keinen Augenblick war er Tourist gewesen.

»Witja, bestellst du mir einen Genever?« Bus legte Kleingeld auf den Tisch.

»Laß nur, ich geb einen aus.«

»Einen doppelten.«

Drinnen plärrte der Fernseher in voller Lautstärke auf russisch. Jemand hatte die Silvestersendungen aufgenommen. Mitten im Sommer sahen sich die Emigranten Showmaster und die Gala *Das blaue Feuerchen* an. Stille trat ein, als eine Liste von im Jahr 1993 verstorbenen bekannten Persönlichkeiten erschien. Sweta blickte kopfschüttelnd auf die Namen, die in Schwarz und Rot über den Bildschirm liefen, und die Daten, zwischen denen das erfolgreiche Sowjetleben stattgefunden hatte. »Echte Größen«, seufzte sie. »Große, große Talente. Was für ein Verlust.«

Mischa stellte sich dazu und schlürfte sein Bier, als wäre es heißer Tee. »Kennst du die Leute vielleicht?«

Sweta ließ sich nicht beirren, schüttelte immer noch den Kopf. Es war ein Gebet. »Große, große Namen. Für immer verloren. Sie nehmen ihr Talent mit ins Grab, und was tritt an ihre Stelle? Westlicher Dreck.«

»›Aleksander Popenko, 1932-1993‹«, las Mischa laut. »Wer ist das? ›Boris Schleifman, 1908-1993‹. Na, der hatte doch keinen Grund, sich zu beklagen. Aber wer ist der gute Mann? Nie von ihm gehört.«

Sweta erwiderte nichts. Sie trank demonstrativ ihr Glas leer und blickte danach noch trauriger drein, mit trockenen Augen.

»Seltsame Namen«, fuhr Mischa fort. »Man könnte glatt meinen, der Redakteur hätte sie sich grade ausgedacht, um die Sendezeit zu füllen. Hier: ›Bublikow‹ (Herr Weißbrotkringel), und gleich danach: ›Sosiskina‹ (Frau Würstchen) – das gibt's doch gar nicht!«

Sweta verschränkte die Arme. »Talent, was weißt du schon davon? Du guckst dir doch nur Actionfilme an. Du ißt Hamburger und hörst kleinbürgerliche Popmusik!«

Germanowitsch griff zur Fernbedienung und spulte den Trauermarsch vor, so daß die Namen – in dem Jahr waren es ziemlich viele – rasch in die Vergessenheit flimmerten. Er stoppte das Video erst wieder, als Alla Pugatschowa, seit zwanzig Jahren unverändert voluminös, toupiert und in wenig mehr als eine hüftlange Bluse gekleidet, über das Podium ihrer eigenen Show paradierte. Ein Lied erklang: »Eine Million, eine Million, eine Million purpurrote Rosen.« Ein alter Schlager, das Teehaus war außer Rand und Band. Nur Tjoma und Wolodja tanzten nicht mit. Sie hatten sich in einer Diskussion festgebissen und versuchten die Musik zu ignorieren. Tjoma tippte auf das Foto einer Kalaschnikow in der Zeitung vor ihm. »M 16? Spielzeugflinten! Ein Sandkorn, und du kannst sie vergessen. Unsere AK-74 verträgt alles, sogar wenn du reinscheißt.« Als er Witali bemerkte, schob er Wolodjas erhobenen Finger beiseite. »Truppenkamerad, was sagst du dazu?«

Wolodja kaute an seiner Unterlippe, ließ sich jedoch nicht aus dem Feld schlagen. »Ich meine das letzte Modell der

M 16. Wenn die so schlecht ist, warum benutzt der Westen sie dann? Aus Geldmangel?«

»Pardon«, sagte Tjoma, »eine Sekunde: Woher weißt du das so genau? Ich habe Fotos von UNO-Truppen im Libanon gesehen, die hatten Kalaschnikows. Wie du hier feindliche Waffen verteidigst, einfach zum Kotzen!« Er schob den Tisch weg und kam auf Witali zu, der in den blutunterlaufenen Augen den Blick des betrunkenen Patrioten erkannte. Manche Leute werden im Suff liebesbedürftig, andere patriotisch. Tjoma war einer der jungen Russen, die New-Age-Spiritualismus mit Nationalismus vereinten, die an Castaneda glaubten, aber auch an die göttliche Auserwähltheit der Slawen, und spielte sich wie ein halber Ilja Muromets auf, um Abtrünnige auf ihren Mangel an Vaterlandsliebe hinzuweisen, ein Zen-Militarist, dem beim Anblick eines T-34 die Tränen kamen. Witali fragte sich, warum er sich noch nicht der orthodoxen Kirche zugewandt hatte, denn das war der einzige Ort in Rußland, wo man lange Haare und einen Bart tragen konnte, ohne Prügel zu beziehen. Tjoma hätte einen guten Popen abgegeben, mit seiner eitlen Feierlichkeit und der getragenen Redeweise, wenn er nicht ganz nüchtern war: »Witali kommt Abschied nehmen. Laßt uns auf seine glückliche Reise anstoßen. Wolodja, laß uns auf meinen Truppenkameraden trinken. Wir haben zusammen im hohen Norden gedient.«

»Da lagen aber ein paar Jahre dazwischen«, sagte Witali.

»Du willst ihn also doch suchen? Warum? Erinnerst du dich denn nicht mehr daran, was dir die Pilze erzählt haben?«

»Pilze?« Wolodja hatte auch schon einen sitzen.

»Das kapierst du nicht. Ihr Ukrainer seid ein Volk von Verrätern.«

»Ich schmeiß eine Runde«, sagte Witali. »Hat jemand was dagegen, daß ich Bus auch an diesen Tisch einlade?«

»Ach, fast hätt ich's vergessen!« rief Tjoma. Er bückte sich und stellte dann einen zugeklebten Schuhkarton auf den Tisch.

»Bus hat gesagt, du fährst mit dem Schiff. Könntest du das hier für einen Freund von mir mitnehmen? Wenn's zu schwer ist, sag's ruhig.«

Witali schaute nach draußen, wo Bus mit dem anderen Paket auf ihn wartete. Rings um ihn hatte die Dämmerung eingesetzt, der Himmel färbte sich moosgrün, doch das Unwetter brach noch nicht los. Drinnen tanzten die Silhouetten von Polina und Sweta wie zwei betrunkene Hexen im Gegenlicht. Die Tür ging auf, und ein Mann trat ein, der sie um die Taille faßte. Er wandte sich zum Bildschirm, sein Gesicht färbte sich blau, seine Locken glänzten violett. Es war Ilja.

»Verdammt, da ist dieser Jid wieder«, flüsterte Wolodja.

»Dieser Jid ist Witjas Cousin, du mit deiner ukrainischen Bauerngosche«, sagte Tjoma.

»Er hat uns schon gesehen. Er kommt her.« Wolodja schob seinen Stuhl dichter an den Tisch. Sein ganzer Körper spannte sich, als Ilja hinter ihm stand und über seine Schulter hinweg die Zeitung vom Tisch nahm.

»Sie lesen die *Argumenty i Fakty!*« Er drehte sich auf dem Absatz um und sah Witali an. »Weißt du noch, Brüderchen? Wir hatten uns immer viel zu erzählen. Wir brauchten keine Argumente und Fakten, wir haben uns Geschichten erzählt. Ganze Abende lang.« Er nahm sich einen Stuhl und blätterte in der Zeitung. »Zum Beispiel dieser Fakt. Oder ist es eher ein Argument? ›Pro Monat werden in den Müllwagen von Sankt Petersburg durchschnittlich drei Stadtstreicher zerstückelt. Diese Zahl beruht auf einer Schätzung, denn auf der

Mülldeponie ist von den Opfern meist nicht viel wiederzufinden.‹ Warte mal, worauf gründen sie denn ihre Schätzung? ›Stadtstreicher schlafen gern in den Müllcontainern und wachen aus ihrem Rausch erst auf, wenn sie in die Wagen gekippt wurden und mit dem Müll unter die Schreddermesser rutschen.‹ Hat das jemand wissenschaftlich erforscht? Gibt es Augenzeugenberichte? Argumente und Fakten, daß ich nicht lache! Ich kenne noch so eine Zeitung, die hat auch immer behauptet, die Wahrheit zu schreiben!«

»Gerade eben hast du gesagt, daß du auf Geschichten stehst«, meinte Tjoma, »aber jetzt paßt es dir auch wieder nicht.«

Witali blickte in die Runde und fand, daß sein Cousin recht hatte. Wann hatten sie damit aufgehört, sich etwas zu erzählen? Müde und schlecht gelaunt saßen sie auf ihren Stühlen, als habe sie jemand gegen ihren Willen an den Tisch gesetzt. Eines Tages waren ihre Geschichten versiegt, und die Behauptungen hatten sich aufgedrängt. Wann treten Menschen ihre Lagerfeuer aus? Sie sahen älter aus, als sie waren, sie alterten ebenso schnell wie Argumente und Fakten. Erzähler blieben zeitlos wie ihre Geschichten, so wie der Träumende in seinen Träumen immer jung ist, auch wenn er sich selbst nie sieht. Witali sah sich nicht im Schnee stehen, empfand jedoch die verdutzte Unentschlossenheit eines Neunzehnjährigen. Und auch der Soldat war nicht gealtert. Wenn Witali sich vorzustellen versuchte, was später mit ihm geschehen war (vielleicht hatten ihn auf der anderen Seite der Grenze freundliche Finnen willkommen geheißen und ihm eine Tasse Tee angeboten, und später hatte er in einem Dorf eine nette Frau kennengelernt und mit ihr zwei Kinder bekommen), trug der Soldat immer den unförmigen weißen Overall und den Klappspaten, und er blieb im Schnee stumm.

Würden diese Jungs – Tjoma und Wolodja, sie waren jünger als er – bei seiner Rückkehr die neue Geschichte hören wollen, oder würden sie sofort alles zerpflücken, weil sie nichts dem Zufall überließen? Erzähler sind nie ganz überzeugt, sie sind verwundert. Völlig verdutzt, so stand Witali schon seit neun Jahren im Schnee.

Alle schwiegen. Der Fernseher dröhnte weiter. Die Silhouetten vor dem Fenster tanzten nicht mehr. Wie Scherenschnitte standen sie vor dem sinkenden Licht. Er mußte nun gehen. Links, links, eins, zwei, drei, hin zu der Geschichte, die er aufbrechen würde, mit dem Panzerkreuzer Potemkin mitten durchs Eis.

24

Er inspizierte seinen Koffer. In dem zerschlissenen Futterstoff aus Baumwolle hing noch immer der Geruch des Landes, in das er nun zurückkehrte. Als er das unhandliche Ding vor der Abreise hervorholte, ließ es ihn zum ersten Mal nicht kalt: So roch es also, das Vaterland, nach dem gestreiften Innenfutter eines Koffers, der mindestens zwanzig Jahre zwischen alten Jahrgängen von *Die Bäuerin* und Gläsern mit eingelegten Gurken im Vorratsschrank gestanden hatte. Zwei Jeans paßten hinein, vier T-Shirts, fünf Paar Socken, eine Norweger-Strickjacke, Wanderschuhe, Thermo-Unterwäsche, ein tragbarer CD-Player und drei Päckchen Sirupwaffeln. Jessie hatte ein kleines Vermögen für die Thermo-Unterwäsche ausgegeben, die bis zu Temperaturen von minus zwanzig Grad wärmen sollte. Sie hatte nicht kapiert, daß auch in Murmansk Sommer war. Er zurrte die Gurte fest und schob den Koffer in die Gepäcknische. Die Hälfte des Platzes nahmen bereits die Pakete ein, die ihm die anderen mitgegeben hatten. Es waren inzwischen vier Stück. Sweta hatte einen Tag vor seiner Abreise einen Müllsack mit Kinderkleidern abgeliefert, Bus hatte ihn im Hafen vor vollendete Tatsachen gestellt und ihm noch einen Plastikbeutel mit »halt so Plunder« in die Hand gedrückt. Das unelegante Gepäck eines Emigranten. Auf der Gangway, zwischen lauter rollenden Samsonites, war Witali schmerzhaft bewußt geworden, daß er nicht wie ein Reisender aussah. Ilja hatte es bereits gesagt: Russen können nicht reisen, nur fortgehen. Bleischwer beladen mit Taschen voller lebensnotwendiger Dinge und dem Gedanken an ihr Ziel.

Seine Kabine lag auf der Wasserlinie, zwischen den Wäschekammern und der Schiffswäscherei. Das Bullauge war mit einem gußeisernen Sturmdeckel verschlossen, sonst hätte er auf die bleierne Schwärze des Wasserspiegels hinausgeschaut. Jessie war zwei Decks über ihm, sie hatte den Preis einer *inturistka* bezahlen müssen und eine Passagierkabine bekommen. Er hatte sie noch nicht gesehen. Als blinder Passagier konnte er erst nach Mitternacht auf die Passagierdecks. Drei Mahlzeiten am Tag waren ihm versprochen worden, die ihm sein Kabinengenosse bringen sollte, ein malaiischer Putzmann, der bislang noch nicht aufgetaucht war. Er öffnete die Tür und ließ den Blick über das altersmürbe Linoleum im Gang schweifen. Kein Mensch war zu sehen. Aus der Tiefe des Schiffs erklang ein Lambada.

Amsterdam hatte sich nicht von ihm verabschiedet. Die Stadt war in den Hintergrund getreten im Passagierterminal, wo sich die *repeater*, die routinierten Kreuzfahrtreisenden, vor der Gangway gedrängelt hatten. Sie wollten so schnell wie möglich aufs Schiff, für alles andere interessierten sie sich kaum. So machen das *repeater*, sie nehmen den Namen zur Kenntnis: Ja, MS Romanow aus Rußland, schön, und wir kommen aus Missouri, wir kennen deine Sorte schon, du brauchst uns nichts zu erzählen, du siehst so aus wie das kleine Schiff, das uns letztes Frühjahr an der Riviera entlanggeschippert hat, eine Lido-Terrasse, ein Sportdeck, zwei Promenadendecks, wir glauben das auch so. Witali hatte nicht winken können, weil er die Hände mit »halt so Plunder« voll hatte. Er versuchte noch, über die Oostelijke Handelskade zu schauen, doch sein Blickfeld reichte nicht ganz bis zum Lloyd-Haus, wo sein grollender Freund in die andere Richtung starrte. Wenn sich Roman kurz von seinen Bahngleisen abgewandt hätte und zum Wasser gegangen wäre, hätte er sehen können, daß der Name des Schiffs denselben Stamm hatte wie sein Name. Vielleicht hätte ihn das aufgemuntert. Am Kai standen jetzt nur Bus und Sander und Olivier, die sich abmühten, einen pausenlos kläffenden Zwergdackel zu bändigen. Der Abschied war dadurch irgendwie gehetzt gewesen. Rhythmisch waren sie die vergitterte Gangway hochmarschiert. Witali hatte noch nach einer Spur des Wassers unter seinen Füßen gesucht, doch die Romanow hatte nahtlos angelegt. Ohne jede nautische Aufgeregtheit waren sie in den ausgepolsterten Schiffsrumpf gegangen. Hier verstummten ihre Schritte auf dem Velours, und dann hatten sich ihre Wege getrennt.

Darf man das einfach, ein Schiff von neuem taufen? Witali konnte sich vorstellen, daß das Unglück brachte. Die von Bus instruierte Cellistin, die Witali aus der Menschenschlange gepflückt und nach unten gelotst hatte, erzählte ihm, daß das Schiff in der DDR gebaut worden sei und früher Feliks Dserschinski geheißen habe. Die britische Reederei, die es Ende der achtziger Jahre von den Deutschen gekauft hatte, fand den Namen unpassend und benannte das Schiff nach dem Zarenhaus. Auf Witalis abergläubische Frage hatte die Cellistin nicht geantwortet. Sie hatte ihn weitergeschoben und dabei die Grenzen seines Aufenthalts an Bord abgesteckt. In den Gängen von Ebene C dürfe er sich frei bewegen, auf Ebene B könne er aufs Achterdeck, aber nicht aufs Promenadendeck, nach Mitternacht dürfe er zur Kabine seiner Freundin gehen, besser aber sei es, wenn sie zu ihm herunterkäme. Außerdem war es strengstens verboten, Russisch zu sprechen, wenn ein Passagier in der Nähe war.

Er steckte sich eine Zigarette zwischen die Lippen und

verließ die Kabine. Vor ein paar Stunden hatte er bereits den Gang erkundet. Der führte lautlos und ohne einen Streifen Tageslicht an geschlossenen Kunststofftüren entlang. Zum Vorschiff hin endete er über dem ohrenbetäubenden Dröhnen aus dem Bugschraubentunnel; in der anderen Richtung führte eine Treppe nach unten zum Matrosendeck und eine nach oben zur Lounge, einer Windstille aus Plüsch und gedämpfter Musik, mit einer gepanzerten Tür vom Achterdeck abgeschirmt. Dort herrschte das Meer, das nur eine halbe Minute brauchte, um alle Sinnesorgane überflüssig zu machen. In seinen letzten Rauchpausen hatte Witali noch etwas sehen und hören können – schwaches Geflacker am Horizont, eine Schiffssirene, ziehende Wolken –, nun jedoch, in der gestockten Finsternis von Nacht und Nebel, wagte er kaum einen Schritt zu gehen. Unerbittlich schlug der Wind wie mit einer flachen Hand auf seine Ohren. Er hielt sich an der vibrierenden Reling fest und klemmte die Zigarette in den Mundwinkel. Das war kein Rauchen mehr. Er schmeckte nichts, hatte aber Angst, die Kippe in die Dunkelheit zu werfen, als könnte dann etwas explodieren. Die drinnen hatten keine Ahnung von dieser Naturgewalt. Da konnte noch ganz normal gegessen, getrunken und gevögelt werden. Der Lautsprecher über der Tür räusperte sich, um die Passagiere zu ihrer letzten Aktivität für diesen Tag zu animieren: »Ihr kostenloser Absacker erwartet Sie in der Bar!« Die Gutenachtwünsche konnte Witali nicht mehr verstehen, das schauderhafte Kreischen der Decktür übertönte sie. Er drehte sich um.

Da war der Mann wieder. Auch jetzt grüßte er nicht. Er stand breitbeinig vor der Tür und klopfte mit einer Papirossa auf seinen Handrücken. Vielleicht meldete sich ihr Nikotinbedürfnis synchron, anders konnte Witali es sich nicht erklären, daß dieser Seebär – der Arbeitskleidung nach zu urteilen kam er aus dem Maschinenraum – jedesmal auf dem Deck erschienen war, wenn auch er sich gerade eine Zigarette angesteckt hatte. Der Mann war unverkennbar ein Russe, vom auffällig abgelebten Typ, mit dieser stolzen Nachlässigkeit in seinem Äußeren, die er, um sich in einer Gruppe zu behaupten, vor langer Zeit angenommen und nie mehr abgelegt hatte. Wie beim vorigen Mal postierte er sich über der Lampe im Boden, so daß die Furchen in dem mitgenommenen Gesicht grotesk erhellt wurden. Als er sich die Papirossa angezündet hatte (wie die Dinger loderten, vielleicht war ja doch etwas dran an dem Gerücht, daß die Hülsen mit dem gefüllt wurden, was auf den Fußböden in der Uritski-Tabakfabrik zusammengekehrt wurde), drehte er sich um und lehnte sich tief über die Reling. Er wußte, daß ihn jemand beobachtete. Wenn er inhalierte, ging er jedesmal federnd in die Knie, als könnte er so auf den Schößen seines Arbeitskittels über die Wellen surfen. Witali ging zum Heck und starrte in die Tiefe. Seine Augen waren inzwischen an die Dunkelheit gewöhnt, in der Schwärze hinter dem Schiff erkannte er den Schwalbenschwanz aus steifgeschlagener Gischt. Vorsichtig warf er die Kippe ins Wasser.

Wie lange hatte er sich draußen aufgehalten? Inzwischen war hinter der Tür mit der Aufschrift CREW ONLY ein ganzes Dorf zum Leben erwacht. Das Licht im Gang war gedämpft, und die Türen standen offen, so daß er die Männer der Besatzung in Hemdsärmeln auf ihren Betten sitzen sehen konnte. Er ging an den Kabinen entlang, als wären es Guckkästen, in denen russische Schwänke aufgeführt würden, zu einer Kakophonie von heimischen Hits aus mindestens fünf verschiedenen Ghettoblastern. Einige der Männer löffelten Suppe aus einem kleinen Topf, andere schnitten Wurst in

Scheiben. In einer Kabine teilte ein Kellner, noch im Anzug und mit Fliege, Spielkarten an ein Trio bedrückter Gesichter aus, in der nächsten schob ein Marineoffizier eine Serviererin am Po ins Hochbett. Vor seiner eigenen Tür wartete eine obskure Gestalt mit einem gefüllten Teller auf Witali. Es war mit Sicherheit kein Malaysier, sondern ein Landsmann in einer schmutzigen Metzgerjacke.

»Witali Kirillow?«

»Der bin ich.«

»Hier ist dein Essen.« Der junge Bursche grinste wie ein Raubtier, seine vier Eckzähne waren aus Gold. »Ich soll dir von Irina bestellen, daß du keinen Kabinennachbarn bekommst. Du hast die Kabine die ganze Fahrt für dich allein.« Er tänzelte hinein, als Witali die Tür öffnete, setzte den Teller auf dem Tisch ab und stellte erst das Essen vor und dann sich selbst. »Fleischbällchen, Kartoffeln, Erbsen. Wiktor. Ich arbeite in der Küche.« Aus der Brusttasche zog er das Besteck und ein paar Teebeutel. »Für den Wasserkocher. Tut mir leid, daß es so lange gedauert hat, aber wir mußten erst die Mickymäuse abfüttern. Am ersten Tag dauert das immer ein bißchen länger. Sie schlafen ein, wachen erschrocken auf, wissen nicht mehr, wo sie sind. Diesmal sind sie wirklich ziemlich alt, manche müssen um die hundert sein. Ich habe übrigens auch noch nichts gegessen.«

Sie blickten auf den Teller. Die Sauce war schon gestockt.

»Die Mickymäuse hatten heute Koteletts.«

»Danke, Wiktor. Es sieht sehr lecker aus.«

Wiktor rieb sich vergnügt die Hände, als er die Kabine verließ. »Wenn du Lust hast, kannst du später in die Mannschaftskombüse kommen. Einsatz in Dollar.«

Nach Mitternacht war der Gang blau von Rauch. Witali schlich sich an Anmachversuchen, Krawallszenen und Fetzen von Seemannsgarn (»Wir hatten den Verstorbenen in den Kühlraum gelegt, nicht an 'nem Fleischerhaken, nee, in 'ner Ecke auf dem Boden. Zwei Wochen später war er futsch. Nie wieder aufgetaucht.«) vorbei nach oben, um Jessie zu suchen. Auf dem Promenadendeck wagte er fast nicht zu atmen. Wer wußte von ihm? War das Geld für die Reise ebenso geräuschlos in der Tasche der Cellistin verschwunden wie er in den Katakomben der Romanow, mußte er jetzt vor dem Kapitän Angst haben? Schritt für Schritt stahl er sich an den Passagierkabinen vorbei. Nicht alle Fenster waren verdunkelt, manche wurden von Lampen erhellt, die ein viel freundlicheres Licht abgaben als die Neonröhren im Unterdeck. An dem Gemurmel und Plätschern konnte er hören, daß Leute ins Bett gingen – hier gab es Nachtruhe. Nur auf dem Sonnendeck stand noch ein Liegestuhl, darin saß ein alter Mann. Der traurige Kopf war in das Segeltuch gesackt, als wäre er in einen Druckverband gewickelt. Der Mann sah Witali nicht, der im Gegenlicht der Laterne stehengeblieben war. Er mußte zurück. Er hatte Jessies Kabinennummer vergessen, der Zettel, auf dem er sie sich aufgeschrieben hatte, lag noch unten. Doch als er zum Achterdeck kam, passierte etwas Unglaubliches, das ihn auch für den Rest der Nacht davon abhielt, Jessie zu besuchen.

Jemand rief einen Namen. Einen nicht ungewöhnlichen, aber auch nicht gerade populären russischen Namen, der ihn ganz schwindlig machte vor Staunen.

»Kirill!«

Wenn Bäume sprechen könnten, hätten sie solche Stimmen, dumpf hallend aus den tiefsten Fasern ihrer Borke: »Kirill!«

Es war der Name des Soldaten. Jeder Zweifel war ausgeschlossen: Der Vorname des Soldaten und sein eigener Nachname stimmten überein. Witali mußte lachen, gleichzeitig schauderte es ihn. Er hielt sich an der Reling fest. Einen Moment glaubte er, im pechschwarzen Meer sein Gesicht widergespiegelt zu sehen – nein, es war einfach absurd. Wie konnte er einen Namen vergessen, der auch der seine war? Ihm wurde übel.

»Was zum Teufel hast du hier zu suchen?« dröhnte der Baum wieder. Es kam vom Heck.

»Tut mir leid«, antwortete eine hohe Stimme ängstlich. »Ich mußte für Tolja was aus der Bar holen.«

»Das interessiert mich nicht, mach sofort, daß du an deinen Platz kommst.«

Durch die Tür des Promenadendecks sah Witali einen pummeligen Matrosen, ebenjenen Kirill, zur Lounge stolpern.

»Verzeihung, würden Sie mich bitte vorbeilassen?« sagte nun jemand hinter ihm. Witali erschrak und blickte in das zerfurchte Gesicht, das den äußerst korrekt artikulierten Satz hervorgebracht hatte.

»Bitte entschuldigen Sie.«

Als sie aneinander vorbeigingen, drehten sie gleichzeitig den Oberkörper, als hätten sie einen Tanz einstudiert. Der Maschinist atmete so schwer, daß Witali sich nach hinten über die Reling lehnen mußte, um dem Brustkasten auszuweichen. Was für ein Torso. Der Mann hatte außerdem kluge Augen, dunkel mit öligem Glanz, wie in alten Schwarzweißfilmen. Witali schaute ihm nach. Verdammt, wie er jetzt davonstiefelte, das stammte tatsächlich aus einem Film. Selbstverständlich war auch dieser Mann mit den sozialistisch-realistischen Helden der Leinwand aufgewachsen, die Originale waren bereits vor ein paar Generationen ausgestorben. Mindestens seit einem halben Jahrhundert verkörperte das Proletariat die Schauspieler, nicht umgekehrt. Dieser Mann war ja wohl kaum real? Die Ölflecken auf seinem Kittel, die aussahen, als seien sie extra aufgemalt worden, die Belomor-Papirossy, die ihm ein Requisiteur gegeben haben mußte – ein Maschinist auf einem internationalen Kreuzfahrtschiff konnte sich doch sicher bessere Zigaretten leisten? Die einzige Person, die Witali kannte und die allen Ernstes Belomorkanal rauchte und die Papirossy nicht zu Joints weiterverarbeitete, war seine Großmutter. Ach, Babulja. Wenn die wüßte. Er würde auf jeden Fall ein paar Fotos vom Schiff machen, damit sie sah, daß er auf sie gehört hatte.

Kirill. Das war es also, das Ende des unbekannten Soldaten. Eine Filmfigur hatte ihm den Namen geliefert, Bondartschuk in der Rolle eines Schiffsmechanikers. Witali klopfte seine Taschen ab. Er fand zwar Zigaretten, aber kein Feuer. Sollte er ihm hinterherlaufen, seinem alten Helden? Wer hätte je gedacht, daß Bondartschuk ihn neun Jahre später wieder auf die richtige Fährte bringen würde? Er drehte sich zum Wasser um. Dies war genau der richtige Moment, um zu kotzen. Und das in klassischer Kulisse.

25

»Ich fürchte, es geht nur mit Blitzlicht«, sagte Jessie. Sie drehte am Objektiv der Kamera. »Bei dem Nebel sieht man überhaupt nichts vom Hintergrund.«

»Hier gibt's keinen Hintergrund, wir sind auf dem Meer.«

Er lehnte sich an die Reling und blickte in den wolkenverhangenen Himmel. Der feuchte Wind kühlte seinen verkaterten Kopf. Am Abend vorher, als das Schiff im Hafen von Warnemünde anlegte, war Jessie ihm zuliebe an Bord geblieben. Nach dem Abendessen war sie mit einer Flasche Wodka aus dem kleinen Shop in seine Kabine gekommen. Die Nacht hatten sie zusammen in dem schmalen Bett verbracht; während sie sich immer weiter von der Wand wegdrückte, mußte er sich am Rand festhalten. Natürlich träumte er, daß sie in einem kleinen Ruderboot lagen und er über Bord fiel.

»Wir hätten gestern Fotos machen sollen, als wir durch den Nord-Ostsee-Kanal gefahren sind.«

»Man sieht doch wohl, daß ich auf einem Schiff bin?«

»Das ja. Aber jetzt guck doch nicht so ernst.«

»Das sind todernste Fotos. Für meine Großmutter.«

Sie ließ die Kamera vor der Brust baumeln und flocht ihre Haare, gegen den starken Wind ankämpfend, zu einem Zopf. »Ist deine Großmutter krank?« rief sie. »Dann schenk ihr lieber ein fröhliches Foto.«

»Nein, sie ist die gesündeste von uns allen.«

»Und warum dann die Fotos?«

»Ohne meine Großmutter wären wir uns nie begegnet. Diese Reise war ihre Idee.«

»Ich dachte, diese Reise sei meine Idee gewesen.«

»Ohne sie wäre ich nie in die Niederlande gegangen.«

Witali wischte die Bank trocken und setzte sich. Jessie stand vorgebeugt mit dem Rücken zu ihm und drehte nun aus dem Zopf einen Knoten. Wikingerfrau auf dem Wikingermeer. Hörte sie überhaupt, was er sagte? Das niederländisch-russische Kauderwelsch wurde ihm zu anstrengend, er wechselte ins Russische. »Meine Großmutter war der Ansicht, jeder Mensch müsse reisen. Sie war den halben Krieg auf der Flucht, durch die halbe Sowjetunion. Das fällt eigentlich nicht unter Reisen, aber später, ich war damals noch klein, hat mein Großonkel, ihr Bruder, unsere Familie ins Schlepptau genommen. Er hieß Pafnuti, das ist ein sehr alter Name, so heißt kaum noch jemand. Er war der Vater von Onkel Wlad, das war mir als Kind gar nicht klar. Ich dachte, Onkel Wlad wäre auch ein Kind von Babulja, also ein Bruder meiner Mutter. Er lebte nämlich schon seit seiner Jugend bei uns in Gorki und Opa Pafnuti im fernen Moldawien. Soweit ich mich erinnern kann, hat er uns zweimal besucht. Er fuhr einen babyblauen Wolga, einen M 21 von 1962 mit viel Chrom. Und noch mit dem springenden Hirsch auf der Motorhaube, den es später nicht mehr gab, weil er Unfallopfer aufspießte wie Brathähnchen. Zum Bremsen mußte man sich rechtzeitig mit voller Wucht in die Pedale stemmen, das geht in einem Wolga, denn der ist etwa zwei Meter hoch. Vorder- und Rückbank sind jeweils durchgehend, so daß sechs Leute reinpassen. Pafnuti, Babulja, meine Eltern, Onkel Wlad und ich. Als der alte Pafnuti bei uns ankam, hatte er Tausende Kilometer hinter sich. Er stank wie ein Eber und sah aus wie ein Geist, aber wie ein aristokratischer.

Fürst Wolkonski aus dem Wald. Er sah dem Dekabristen auch ähnlich, mit seinem Spitzbart und dem Schnäuzer und den vermutlich maßgeschneiderten Dreiteilern mit breitem Saum und enger Weste. Wenn er unsere Wohnung betrat, verstummten alle. Ich war zehn, als wir das erste Mal zusammen losfuhren; in meinen Augen war er so alt wie der Zar. Keiner hatte mir jemals etwas über ihn erzählt, Babulja nicht, nicht mal Onkel Wlad. Bei Babulja verstehe ich das ja, sie sagt nie ein überflüssiges Wort. Aber warum Wlad nie von seinem Vater gesprochen hat, weiß ich nicht. Wenn sie zusammen waren, waren sie auch nicht wie Vater und Sohn. Anscheinend betrachtete Wlad seinen Vater nicht anders als wir: als entfernten Verwandten, der ein wenig sonderbar war. Ich saß mit Oma vorn. Manchmal kletterte ich auf Pafnutis Schoß und durfte das riesige Lenkrad halten – bei einem Wolga kann man es ein ganzes Stück drehen, ohne daß sich was tut –, und dann riefen alle, wir würden verunglücken. Aber die Straßen waren lang und leer. Anders als seine Schwester redete Opa Pafnuti gern. Er erzählte viele Geschichten über Tiere, als seien es Menschen. Er fand, daß die Natur den Tieren gehöre und daß wir, die mißratene Tierart, zwar bei ihr zu Gast sein dürften, aber vorher anklopfen müßten. Einmal erzählte er von einem Hasen, mit dem er sich angefreundet hatte. Er war auf der Jagd gewesen, und in nicht mal einem Meter Entfernung war das Tier aufgetaucht, es hoppelte nicht, sondern setzte langsam eine Pfote vor die andere. Es hatte Pafnuti direkt in die Augen gesehen, stumm, nur das Näschen hatte sich auf und ab bewegt. Der Hase hatte keine Angst gezeigt. Pafnuti hatte genickt, die Waffe weggesteckt – ›dieses Tier wußte offenbar mehr vom Tod als ich‹ – und war seitdem nie wieder auf die Jagd gegangen.«

Die Sprechanlage knarzte kurz, aber es kam keine Durchsage. Witali redete nun noch schneller. Wenn Jessie etwas nicht verstand, mußte sie eben nachfragen. »Von dieser ersten Reise kann ich mich vor allem an die Nächte erinnern. Wenn man die Sitzbänke im Wolga runterklappt, hat man ein Bett, auf dem man zu viert liegen kann. Mein Vater und mein Onkel schliefen draußen in einem Zelt. Man hörte sie die ganze Nacht leise lachen. Ich nahm an, daß sie betrunken waren und sich spannende Männergeschichten erzählten. Im Auto mußte man sich aufs Ohr legen und strenge Nachtruhe einhalten. Schon nach wenigen Minuten ging der Atem meiner Mutter und der alten Leute gleichmäßig und schwer, nur ich schlief immer als letzter ein, weil ich versuchte, etwas von den Männergesprächen aufzuschnappen. Morgens wuschen wir uns an einem Bach. Ganz schön rustikal war das. Es ist mir ein Rätsel, wie meine Mutter das aushielt, sonst legte sie immer großen Wert auf Komfort.«

Die Sprechanlage knarzte wieder. Eine russische Männerstimme kündigte in heruntergeleiertem Englisch den Film *Rain Man* an. Das Kino machte Überstunden, damit alle diesen langweiligen Tag auf See durchstanden. Hin und wieder verirrte sich ein Gast, angetüdelt oder wegen seines Alters tüdelig, auf das Deck, um tastend kehrtzumachen, zurück zur Besinnungslosigkeit des Büffets, des Tanzwettbewerbs, der Pianobar. Jessie war anders. Forsch sah sie aus, wie sie da mit ihrer Kamera über das Deck tigerte. Zuweilen verschwand sie in einem Nebelfetzen oder in den Tränen, die Witali über die Wangen liefen. Er war heiser vom Rufen nach ihr.

»Unterwegs versuchte Pafnuti sich mit den Leuten vor Ort anzufreunden, aber er war nicht gerade erfolgreich. Ich glaube, für die Bauern war er ein komischer Kauz, ein mißlungener Tolstoi mit moldawischem Akzent, doch für eine Flasche Wodka spielten sie mit. Dann durften wir einen Teller Suppe löffeln oder uns in ihren Gärtchen ein paar Äpfel pflücken. Opa wird beabsichtigt haben, daß wir degenerierten Städter das wirkliche Rußland kennenlernten, aber dazu durfte man natürlich nicht die Kolchosen im Westen aufsuchen. Wir wurden nun wirklich nicht mit Piroggen und Akkordeonmusik und so empfangen. Seltsamerweise schaffte Onkel Wlad es, mit den Leuten in Kontakt zu kommen. Das lag an der Jeanshose, die er trug. Nicht mal eine echte, sondern so eine tschechische aus blauer Baumwolle mit Druckknöpfen an den Nähten. Sie hielten ihn für einen Popstar aus Moskau. Ich erinnere mich an ein paar ukrainische Bäuerinnen, die ihn beknieten, daß er ihnen etwas vorsang. Singen konnte er bestimmt. Da startete Pafnuti den Wolga, als wolle er ohne seinen Sohn wegfahren. Aber alle wußten, daß er ihn nicht zurücklassen würde. Die Reise war vor allem für Wlad gedacht. Pafnuti und Babulja hatten für den Nachkömmling – irgendwo in Abchasien mußte noch eine steinalte Tochter leben – etwas ausgeheckt, doch es klappte nicht. In Moldawien graste Wlad die örtlichen Tanzveranstaltungen ab, machte ein paar krumme Geschäfte, kam abends sturzbesoffen nach Hause und schlief in dem Waschhäuschen neben der Toilette im Garten. Ihm war also alles buchstäblich scheißegal. Auf der zweiten Reise versuchten sie es mit mir, denn damals war Wlad bereits tot. Habe ich dir das eigentlich erzählt? Er war vom Balkon ›gefallen‹. Selbstmord liegt in der Familie. Zwei Großnichten haben sich erhängt, eine Großtante hat sich vor den Zug geworfen, und der Halbbruder meines Vaters hat sich mit einem Stiftfeuerrevolver aus dem Krimkrieg in den Mund geschossen.« Er hielt sich den Zeigefinger an die Lippen und drückte die imaginäre Waffe ab. Plötzlich merkte er, daß Jessie ihn wütend anstarrte.

»Ich kann dir nicht mehr folgen«, sagte sie. »Du hast dich

verändert, du veränderst dich mit jedem Knoten, den wir fahren.«

Ein Vogel ließ sich auf dem Schiff nieder, mit einer Haltung, als gehöre es ihm. Ein »Jan-van-Gent« war es, ein Baßtölpel, der draufgängerische Seevogel mit dem gelben Nacken und den leuchtend blauen Augen.

»Hör zu, du Hexe, es ist nämlich eine schöne Geschichte. Oder magst du keine schönen Geschichten?« Witali wischte sich flennend das Gesicht ab. Sie war verschwunden. »Es geht noch weiter«, rief er in den Wind. »In dem Sommer nach Onkel Wlads Tod haben wir die Fahrt noch einmal unternommen. Diese Reise war zum Trost gedacht, aber es war eine Katastrophe. Wir fuhren die Tausende Kilometer in stummer Verzweiflung.«

In der Jeans hatte Onkel Wlad wie ein Tourist im eigenen Land ausgesehen. Direkt nach der Revolution gab es einen Schimpfnamen für solche Leute: innere Emigranten. Wlad hatte sich diese Rolle selbst ausgesucht. Er wollte gern anders sein als die anderen, doch das gelang ihm nicht. Sogar bei seiner sogenannten »Entgleisung« bewegte er sich in ausgetretenen Pfaden.

»Aber dann gleich vom Balkon zu springen, das geht ja wohl etwas zu weit, findest du nicht?«

Jessie trat noch kurz wie eine rote Furie ins Rampenlicht und ging dann über das Promenadendeck ab.

»Sie hört nicht zu«, sagte er zu dem Seevogel. »Erst hat sie sich in den Wind gestellt, und jetzt geht sie, damit sie mir nicht zuhören muß.«

Jan-van-Gent blinzelte mehrmals mit den schwarz geschminkten Augen. »Ich höre dir zu«, sagte er. »Ich höre mir deine Geschichte an.«

»Nein, die Geschichte ist zu Ende.«

»Das kann nicht sein«, sagte Jan und flog davon.

Jetzt erst bemerkte Witali den Maschinisten. Wie lange hatte er dort schon gestanden? Gleichmütig näherte er sich, klopfte an sein Päckchen Belomor und bot Witali eine Papirossa an. Warum auch nicht. Witali hielt das Ende der Zigarette an die Flamme und inhalierte den gnadenlosen Rauch. Ach ja, noch so ein Gerücht: Belomor betäubte. Angeblich wurde der Tabak in den Belomor-Papirossy mit Hanf aus der Tundra verlängert. Das war billig, und das Volk wurde ruhiggestellt.

»Sie dürfen auch keinen Kontakt zu den *inturistki* aufnehmen.«

»Sie war schon an Land meine Freundin.«

Der Maschinist sah ihn mit völlig ausdruckslosem Gesicht an. Diese Information mußte er erst mal verarbeiten. Nach einigen Zügen sagte er: »Sie ist eifersüchtig. Eine unmögliche Aufgabe, mit unserem Land zu konkurrieren. Sie ist kein Gegner für Rußland.«

Aus welchem Film stammte das Zitat? Witali schaute sich um. Die Dämmerung brach herein, die Kulissen verblaßten. Der Maschinist wanderte auf und ab, die Papirossa zwischen Daumen und Zeigefinger geklemmt. »Morgen, in Helsinki, sind die *inturistki* ein paar Stunden auf Landgang«, sagte er über die Schulter hinweg. »Dann können wir mal reden.«

»Reden?«

»Dann werden Sie Ihre Geschichte los.« Er drehte sich auf den Hacken um. *Klack.* »Wollen Sie das etwa nicht? Ihre Geschichte loswerden?« Eine sonderbare Stimme. Wenn er sprach, war es, als habe sich der Wind gelegt. Die Baumstimme beherrschte alles, ohne lauter zu werden. »Was halten Sie davon? Ich lade Sie ein, wir essen einen Happen und trinken was.«

Witali nickte atemlos. Morgen. Warum? Um welche Zeit?

»Wir werden uns schon von allein begegnen, das wissen Sie ja.« Und er schnippte die Papirossa in den Nebel.

26

Am nächsten Tag klopfte es mittags an seine Tür. Als er öffnete, machte Wiktor, der Küchenmaat, kleine, nervöse Verbeugungen, kam aber mit leeren Händen. Witali knurrte der Magen. Er sah offenbar ziemlich sauer aus, denn Wiktor machte sich noch kleiner. »Es tut mir schrecklich leid. Erst mußten die Mickymäuse von Bord. Wir sind in Helsinki.«

Witali warf einen Blick auf das Bullauge – das war natürlich sinnlos, es war noch immer mit der Blende verschlossen. Hier unten merkte man nicht einmal, ob das Schiff überhaupt fuhr. Nach dem Aufwachen war er liegengeblieben, ohne das Licht anzumachen, und hatte auf die grünen Zeiger der Armbanduhr gestarrt – ja, zumindest verstrich die Zeit.

»Zieh dich an, du kannst oben im Restaurant essen«, sagte Wiktor. »Wir haben das Reich für uns allein.« Er trat in die Kabine und sank in seiner Metzgerjacke auf das aufgeschlagene Bett. »Du siehst übrigens Wiktor Zoi täuschend ähnlich«, sagte er und schaute zu, wie Witali sich wusch. »Du könntest das zu einem Beruf ausbauen. In der Hauptstadt habe ich schon mal solche Doppelgänger von Lenin und Breschnew gesehen. Sie klappern die Restaurants ab und hauen die Gäste um Geld an. Man kommt nicht um sie rum, und man wird sie nicht los. Genau wie die echten. Sie sind stinkreich, noch reicher als die echten. Bist du auch ein Musiker?«

»Nein.«

»Du lügst.«

Als Witali sich anzog, gaffte Wiktor ihn an, als führte er eine Zaubershow auf. Jedes Kleidungsstück kommentierte er murmelnd. »Die Lederjacke, hast du die in der Hauptstadt gekauft?«

»Nein, in Amsterdam.«

»In Amsterdam. Na siehst du, du bist doch ein Künstler.«

Oben schien die Sonne. Das schmale Panoramafenster auf dem A-Deck zeigte weder das Wasser noch den Himmel über der Stadt, sondern nur einen Teil des Rumpfes, wie eine Klappe in einer Peepshow. In den mit weichen Teppichen ausgelegten Gängen saugte ein Malaysier Staub. Als sie an ihm vorbeigingen, fiel er plötzlich auf die Knie.

»Siehst du?« sagte Wiktor wieder. »Er glaubt es auch.«

»Ich spiele kein Instrument.«

»Dann eben ein Künstler! Ich seh's an deinem Gesicht. Die typische Physiognomie eines schöpferischen Menschen.«

»Ich bin nichts weiter als ein Ingenieur.«

»Oh«, sagte Wiktor enttäuscht. »Jeder, den ich kenne, ist Ingenieur.«

Im Speiseraum zog eine Kellnerin die Vorhänge vor den Fenstern mit einer langen Stange zu. In niederländischen Restaurants waren die Fenster nie verhängt. Leute steckten sich das Essen in den Mund und schauten einen kauend an, wenn man auf der Straße an ihnen vorbeiging. In Rußland futterte man im staubigen Dunkel, hinter schweren Girlanden und Draperien. Hier also speiste Jessie dreimal am Tag. Die Tische vom Mittagessen waren noch nicht abgeräumt. Manche Teller waren kaum angerührt, aber vollgepackt, wie das nur an einem Büffet möglich ist: saure Gurken und Kartoffelpüree neben Vanillepudding und Lachsfilet, und am Rand noch eine Handvoll Pralinen. Drei Tische in der Ecke waren von einer Gruppe Matrosen besetzt, die ihr Essen so konzentriert herunterschlangen, als würden sie dafür bezahlt. Als sie Witali sahen, hielten sie inne.

»Eigentlich ist es gegen alle Regeln«, sagte Wiktor, »aber die Leitung ist auch auf Landgang, wir können tun und lassen, was wir wollen.«

Er winkte den Matrosen zu, die nun erst ihr Essen runterschluckten. Witali suchte sich einen Tisch. Zwei Kellnerinnen hinter der Bar starrten ihn an wie Kälbchen auf der Weide. Sie machten keine Anstalten, zu ihm zu kommen.

»Kaffee oder Tee?« gähnte die größere schließlich. Höflichkeit war nicht ihre Art. Ein Lächeln hätte sie weniger Mühe gekostet als diese gnatzige Pose, für die sie sich ein Gähnen abringen mußte, doch was sollte sie machen – irgendwann in den letzten Jahrzehnten war die Idee aufgekommen, daß es schicker war, unhöflich zu sein. Vielleicht zog sie ja für die *inturistki* noch eine Grimasse, spitzte die Lippen, blinzelte mit zarten Wimpern, kleine taktische Manöver für die dummen Ausländer mit ihrem Trinkgeld! Sie drehte den Hahn des Samowars auf. »Warum versteckst du sie immer vor uns, Wiktor?« fragte sie in gedehntem Moskauer Tonfall. »Hast du Angst vor Konkurrenz?« Sie ließ den Mund offenstehen. Witali konnte ihre Zunge sehen. Wenn er ihr irgendwann die Schürze wegreißen und die Hand in ihr molliges Dekolleté gleiten lassen würde, was würde sie dann kichern und lachen! Sie konnte es bestimmt, keine Frage. Jetzt hielt sie es für notwendig, mit hochgezogenen Brauen seine Kleidung zu mustern. Nicht akzeptabel. Unterdessen nahm Wiktor geräuschvoll die Deckel von den Schüsseln. »Die Mickymäuse haben alles aufgefressen. Schlimmer noch, sie haben es sich geschnappt und dann stehenlassen. Es gibt nur noch Gehacktes. Hier, laß mich auftun. Du bist viel zu bescheiden.«

Als Witali nach dem Essen vom Tisch aufstehen wollte,

schoß Wiktor sofort vom Stuhl hoch, wie ein Hund, der meint, daß er Gassi geführt wird. »Ich komme mit.«

»Ich will nur eine rauchen.«

»Hier hast du einen Aschenbecher.«

»Nein, ich will auf Deck. Allein.«

Draußen war es wärmer als im Schiff, vom Hafen stieg ein rätselhafter Qualm auf. Witali kletterte über die Liegestühle, die wie betrunken herumlagen, und ging zum äußersten Punkt des Achterdecks. Im Wasser schwamm ein Ponton mit einem Hebekran darauf. Vögel hatten ein Nest darin gebaut, Witali konnte die Jungen kreischen hören, so still war es. Er war froh, daß er wieder allein war. Für eine Mahlzeit hatte er Wiktors nervöses Geschwafel und die abfälligen Blicke der Mädchen über sich ergehen lassen. Vorboten, die ihm bewußt machten, daß er künftig wieder auf der Hut sein müßte. Er hätte andere Klamotten mitnehmen sollen, mit dieser Jacke würde er in Murmansk zu sehr auffallen. Man würde ihn selbst für einen Deserteur halten.

Als er sich die Zigarette anzündete, erschien der Maschinist, um ihn abzuholen. Er schob ihn durch die Gänge und zählte die Stunden, die sie noch hatten, um zu trinken und wieder auszunüchtern: vier bis zur Abfahrt. In seiner Kabine überließ er Witali den Stuhl und kletterte in die Koje, die wie ein Käfig aussah. Das Etagenbett hatte an beiden Seiten eine Leiter, darum blieben sein Gesicht und die Füße hinter den Sprossen verborgen. Er schlug die Beine übereinander, zog die Schöße des Arbeitskittels zurecht und lag da wie Oblomow – jedenfalls, was seinen Bauch betraf, eine stattliche Trommel, denn der Rest war nicht zu sehen. »Schießen Sie los«, sagte er.

In dieser Kabine sah es ganz anders aus als in der von Witali. Die Wände waren nicht aus Kunststoff, sondern furniert, auf dem Boden lag ein alter Teppich, und das Bullauge hatte keine Blende. Wenn er sich bewegte, rieselte im schräg einfallenden Licht Staub herunter. Bei der Renovierung des Schiffs mußte dieser entlegene Winkel übersehen worden sein. Vielleicht war auch der Maschinist von ostdeutschen in britische Hände übergegangen, und sie hatten sich nicht die Mühe gemacht, seine Höhle instand zu setzen. Hier wurde stramm geraucht. An den Gitterstäben des Bettes war eine rostige Konservendose befestigt, wie man sie in russischen Treppenhäusern sah, wo zerstrittene Nachbarn schweigend ihre Aschekegel abklopften, weil sie in ihren Wohnungen nicht rauchen durften. Diese Dose hatte früher Kondensmilch enthalten. Das einfache Etikett (mit dem appetitlichsten Drei-Silben-Wort der Welt, MOLOKO, seit dem Großen Vaterländischen Krieg in unveränderter Schrift, Weiß auf Blau) animierte Witali zu einem pawlowschen Schmatzen. Er hatte die gezuckerte Kondensmilch lange nicht mehr gegessen, weil sie in den Niederlanden nirgends zu bekommen war. Auch der Maschinist war ein Süßmaul. Auf dem dreibeinigen Tischchen lagen aufgerissene Tüten mit Gewürzkuchen neben Putzlappen aus dem Maschinenraum. Er schob alles beiseite und stellte die Flasche, das halbe Borodinski-Kümmelbrot, die Zervelatwurst und die Porzellankatze mit den Zahnstochern in die Mitte. So.

»Schießen Sie los.«

In Kowdor hatte Witali doch eine Frau gesehen. Ein einziges Mal. Es war im Herbst. Sie habe sich beim Pilzesuchen verirrt, erklärte sie. Kirill und er standen im Schlamm wie die Salzsäulen da, als sie aus der Offiziersbaracke kam, mit einfachen Gummiüberschuhen und tatsächlich mit einem Körbchen am Arm, doch ihr rotbraunes Haar hing lose herunter, und sie hatte vergessen, die gehäkelten Manschetten ihres Kleids zuzuknöpfen. Lächelnd blieb sie vor Kirill stehen. Der Soldat starrte auf den goldenen Eiszapfen an ihrer Halskette, nicht mal auf die Riesendinger, die darunter wie in einem Netz zusammengehalten wurden, und wie er plötzlich aussah, der arme Schlucker in seinem sackähnlichen Overall. Sie sahen alle so aus, damals. Alles an ihnen schlabberte: die Stiefel, die Hosen, und auch die Gerstengrütze, mit der jeder Tag begann, ließ sich nur schlabbernd vertilgen. Es konnte nicht gut sein, auf diese Weise ins Leben zu treten, in anderen Kulturen durfte man in diesem Alter mit federndem Schritt die weite Welt erkunden, bekam man ein Vierergespann Hunde vor den Schlitten und einen warmen Pelz. Schräubchen, so nannten sie die Neulinge. Schräubchen und Bolzen, kleine Dinge, wenn man sie beim Bauen verliert, ist das nicht weiter schlimm.

Als Kirill noch ein Schräubchen war, beschloß er, sich unentbehrlich zu machen. Er bot seine Dienste als Tätowierer an und behauptete, das Handwerk von seinem Vater gelernt zu haben, eine Geschichte, die schon an sich genug nervösen Respekt hervorrief, obgleich es unwahrscheinlich war, daß der Sohn eines Straflagerhäftlings in einer Eliteeinheit an der Grenze dienen durfte. In Wirklichkeit konnte Kirill einfach nur gut zeichnen. Vielleicht hatte er ein paar Unterrichtsstunden bei dem Vorbesitzer des umgebauten Elektrorasierers genommen, mit dem er die Tätowierungen in die Haut ritzte. Das Gerät arbeitete nicht rotierend, sondern nur in eine Richtung. Statt der Scherköpfe enthielt es ein Plättchen, in dem drei Nadeln steckten. Kirill ließ das Ding mit einem Nagegeräusch an den Kugelschreiberkonturen entlang über die Haut wandern, tätowierte einen Tigerkopf oder einen Adler, doch die meisten Soldaten wollten einen

Grenzpfahl mit den Nummern der Division und der Truppeneinheit. Die Wunden schmierte er mit Füllhaltertinte zu. Eines Tages kam er mit rot angelaufenem Gesicht aus der Offiziersbaracke. Er hatte eine Tätowierung unter dem Busen der Pilzsammlerin anbringen dürfen. Sie hatte sich Mut angetrunken, eine schwere Brust entblößt und hochgeschoben bis unters Kinn, damit die Haut straff war. Dort, direkt über der Rippe, an einer weichen Stelle, die normalerweise in einer Falte verborgen bleibt, hatte Kirill einen banalen Männernamen tätowieren dürfen – »Wascha« oder so –, seine Nase hatte die ganze Zeit eine Brust berührt, mal die linke, dann wieder die rechte! Ach, wie warm wurde es ihnen in den Schlabberhosen bei dieser Geschichte, der Schweiß lief ihnen über die Leisten. Die Story garantierte monatelanges Wichsvergnügen für die ganze Kompanie, trotz des Broms, das man ihnen in die Gerstengrütze rührte.

Das Bett wackelte, eine Lawine von Staubflocken kam herunter. Witali schluckte angestrengt. Er hatte beim Trinken kaum was gegessen, der Alkohol hatte seinen Gaumen mit einem zähen Belag überzogen. Eine Weile schwiegen sie beide. Es war schon sechs Uhr. Witali wußte nicht mal, ob er die ganze Zeit geredet hatte oder ob er zwischendurch vielleicht eingenickt war. Er wollte den Maschinisten fragen, was er von seiner Suche hielt, hatte jedoch nicht die Gelegenheit dazu. Der kopf- und fußlose Körper räusperte sich und sagte: »*Naruschitel.*«

Ja, so wurden sie genannt, Leute, die illegal die Grenze überschritten. In Amsterdam hatte Witali das niederländische Wort nachgeschlagen, um Jessie zu erklären, warum er wegen Kirills Flucht so hart bestraft worden war. Die Übersetzung hatte ihn erstaunt. Das Wort »overtreden« (übertreten) bezog sich auf eine Regel, gegen die nicht verstoßen werden darf, die aber bestehen bleibt, wenn es doch passiert. Bei dem russischen Wort ging es nicht nur ums Übertreten, nein, es wurde demoliert, zerstört oder zumindest beschädigt. Jessie hatte das nicht kapiert. Er, Witali, sei doch brav auf seiner Seite der Grenze geblieben? Doch daß man ihn von der Grenze abgezogen hatte, war logisch. Ein Grenzposten, der Zeuge einer solchen Grenzverletzung ist, muß weg, so wie ein Zirkustier getötet wird, sobald es Menschenblut geleckt hat.

»Kirill wollte, daß der Stacheldraht nicht vor, sondern hinter ihm lag«, sagte Witali in Richtung Bett. »Weiter nichts. Ich glaube nicht, daß er sich Gedanken über sein Ziel gemacht hat. Ich weiß jetzt, daß das auch egal ist. Es gibt keine Grenze. Das ist die gute Nachricht, die ich ihm bringen werde.«

Noch eine halbe Stunde bis zur Abfahrt. Die hinter dem Bullauge sinkende Sonne ließ ihn an eine Pendule unter einem Glassturz denken. Der Maschinist stand auf, mit einem zu Witalis Enttäuschung so zerknautschten Gesicht, als hätte er die ganze Zeit gedöst. Er klopfte den Kittel ab und sah auf seine Armbanduhr. »Wir legen jetzt ab. Aber ich möchte gern noch mit Ihnen sprechen, bevor wir in Leningrad anlegen. Bitte kommen Sie nach der Abfahrt wieder. Ich kann Ihnen sagen, daß Sie komplett auf dem Holzweg sind.«

Draußen erklangen die ersten, drohenden Akkorde von Sibelius' *Finlandia* aus den Lautsprechern, in einer schauderhaften elektronischen Version. Alarmiert blieb Witali auf dem Promenadendeck stehen. Vor seinen Augen glitt die Aussicht dieses Tages vorbei. Der kreideweiße evangelische Dom erinnerte an eine Moschee, mit seiner großen grünen Kuppel und den vier kleinen Kuppeln, die wie Minarette aussahen. Er hätte hier von Bord gehen sollen. Die Chance, daß er den Soldaten in Helsinki fand, war genauso groß, wenn nicht größer, als im Grenzgebiet, denn was sollte ein Mann wie Kirill unter den Dorfbewohnern im Norden? Eine sich an Bord drängende Gruppe Touristen drückte ihn gegen die Reling. Alle waren korpulent und rochen nach Essen. Er hätte sich verstecken müssen, doch sie bemerkten ihn gar nicht. Unter ihnen war auch Jessie.

27

»Du hast mir deine Geschichte erzählt, jetzt erzähl ich dir meine.«

Der Maschinist wickelte eine getrocknete Pökelbrasse aus einer Zeitung, brach den Kopf ab und riß den Fisch am Bauch auf. Ein perverser Geruch verbreitete sich in der Kabine. »Eigentlich ist es auch ein bißchen deine Geschichte«, sagte er. Er hebelte zwei Bierflaschen an der Tischkante auf. »Ich werde dir erzählen, was mit deinem Soldaten passiert ist.«

Reisende ziehen einander leicht ins Vertrauen, weil sie wissen, daß ihr Beisammensein sich in diesem Leben auf den provisorischen Raum des Transportmittels beschränkt. Dieser Mann, dessen richtigen Namen Witali noch immer nicht kannte, obwohl sie bereits zum zweiten Mal an diesem Tag zusammen tranken, versprach ihm, sein Lebensproblem mit der gleichen Selbstverständlichkeit zu entwirren, mit der er ihm ein Bier aufmachte.

Leonid Lwowitsch Teleschnikow, denn so lautete sein Name, war nicht immer Schiffsmechaniker gewesen. Er hatte zwar als Techniker bei der Marine gedient, doch sein Arbeitsbuch war das eines Außenseiters, vollgekritzelt mit Anstellungen von höchstens zwei Jahren. Sein Werdegang hatte vielversprechend beim Bau der Baikal-Amur-Magistrale begonnen, danach arbeitete er jedoch als LKW-Mechaniker, Klempner und Hafenarbeiter und machte außerdem Bekanntschaft mit sämtlichen Fließbändern im Raum Leningrad, bis er Anfang der achtziger Jahre eine Stelle als Nachtwächter einer Yachtwerft in Tallinn bekam. Hier begegnete er den beiden Helden seiner Geschichte. Sie stellten ihm Walja vor, einen uralten Gaffelkutter. Vom Bug bis zum Heck maß das Schiff genau acht Meter, acht Meter heruntergekommenes Eichenholz mit durchgehendem Kiel und rundem Vorsteven. Vor allem das Rundholz sah sehr mitgenommen aus.

»Was sagen Sie dazu?« hatten die Männer gefragt. Mit ihrem altersschwachen Schiffchen wirkten sie rührend in der modernen Werft, die drei Jahre zuvor für die Olympiade erbaut worden war. Leonid hatte sich gefragt, wer ihnen ein Bootshaus zugewiesen hatte, denn die Werft wurde hauptsächlich für Sportyachten benutzt. Diese privaten Skipper kamen ihm alles andere als einflußreich vor. Sie waren schüchtern, bahnten sich mühsam einen Weg durch ihre Worte und überließen es dem anderen, Sätze daraus zu machen. Der Dicke mit der Mütze wirkte bedrückt, der Kleine, etwas Jüngere, schien ebenfalls Sorgen zu haben. Beide gehörten zu dem russischen Typ, der Gutmütigkeit ausstrahlt, ohne lächeln zu müssen.

»Möglich ist es«, war alles, was Leonid dazu sagen konnte.

»Aber was halten Sie vom Rumpf?« fragte der Kleine leise.

»Der Rumpf ist in Ordnung«, sagte Leonid. »Über die kalfaterten Seitenspanten würde ich noch mal mit Epoxidharz gehen. Vor allem über Wasser sind Ritzen.«

Beide nickten höflich. Das hatten sie auch schon gesehen.

Vom Frühling bis zum Herbst zimmerten sie an Walja herum. Meist erschienen sie abends nach sechs auf der Werft, wenn ihr Arbeitstag vorbei war und der von Leonid noch nicht angefangen hatte. Sie gingen erst kurz vor Mitternacht. Wenn Leonid an die Tür des Bootshauses klopfte, die sie verschlossen hielten, obwohl sie sich in dem engen Raum kaum bewegen konnten, nahmen sie freundlich den Tee von ihm entgegen, ließen ihn jedoch nicht rein. Dem Geruch nach zu urteilen waren sie tatsächlich eifrig dabei, das Epoxy aufzupinseln, man hörte sie auch sägen und hämmern, doch niemand hatte damit gerechnet zu sehen, was er sah, als Walja schließlich nach draußen gezogen wurde. Das war in den Sommerferien. Eine Gruppe von Sportseglern wartete auf Leonid; kopfschüttelnd sagten sie zu ihm, er werde seinen Augen nicht trauen, wenn er sähe, was die beiden Amateurskipper mit dem Boot angestellt hatten. Die Stümper hatten die gesamte Takelage abmontiert. Sie hatten sich nicht die mindeste Mühe gegeben, den Mast zu restaurieren. Alles, einschließlich des Bugspriets, war verschwunden. Statt dessen erhob sich aus dem Rumpf eine Kajüte aus Kiefernholz, ein plumpes, flaches Ding, dem noch Fenster und eine Steueranlage fehlten. Die Segler konnten nicht verstehen, warum ein altes Boot so vergewaltigt werden mußte. Warum hatten die beiden nicht einfach den Mast umgelegt und aus dem Schiff eine Motor-Segelyacht gemacht? Leonid schwieg. Er wußte, daß die beiden auf solche Kommentare gut verzichten konnten. Wenn die Hitze sie nicht aus dem Bootshaus vertrieben hätte, wo sie unter dem Kunststoffdach wie Aale schmorten, hätten sie Walja nie fremden Blicken preisgegeben, bevor sie mit dem Schiff fertig waren.

Als alle anderen nach Hause gegangen waren, kamen die beiden mit einem kleinen Koffer zum Wächterhäuschen. Sie brauchten seine Hilfe. Der Dicke begann zu stammeln, der Kleine faßte ihre Bitte mit wenigen Worten zusammen: Ob er ihnen vielleicht zu ein paar Ersatzteilen für den Motor verhelfen könne? Die Kurbelwelle hatten sie bereits, aber sie konnten keine Kolben auftreiben. Und es fehlte ihnen noch mehr. Drei Fensterscheiben, eine für die Front und zwei für die Seiten, aus dem dicksten Plexiglas, das es gab, und das Gummi, um sie einzusetzen. Das Köfferchen wurde geöffnet, und Leonid erblickte eine Stange Marlboro und ein Paar nagelneue Turnschuhe aus der Bundesrepublik. Er zögerte und erklärte ihnen, für die Fenster sollten sie besser Aluminium benutzen. Gummi sei nicht seefest. Denn das hätten sie ja wohl mit Walja vor: aufs Meer hinauszufahren? Deshalb hätten sie doch sicher die Spanten verstärkt und die Gangborde verbreitert. Die Männer räusperten sich, murmelten etwas, nickten schließlich. Walja sei kein Flußkahn. Aber bitte nehmen Sie doch diese Kleinigkeiten. Leonid betrachtete die Zigaretten. Gummi, nein, vergessen Sie's. Wenn das Schiff bei hohem Seegang stampft, fliegen die Scheiben einfach raus. Das wissen Sie doch wohl selber.

»Gummi«, sagte der Kleine kurz angebunden. »So hatten wir uns das vorgestellt.«

Was sie sich sonst noch vorgestellt hatten, wurde Leonid erst klar, als sie ihn beim Einbau des Motors und der Steueranlage um Hilfe baten. Sie hatten sich für einen Heckantrieb entschieden, was die Sache nicht einfacher machte. Noch auffälliger war jedoch der Treibstofftank aus Kunststoff. Der nahm einen lachhaft großen Teil des Schiffs in Beschlag, so daß kein Platz mehr blieb für eine kleine Kombüse, nicht mal für eine Schlafpritsche. Der Tank faßte mindestens tausend Liter. Leonid sagte gar nichts. Er spuckte auf den Boden und sah den Männern in die Augen. Dann machten sie sich an die Arbeit. Bei der Probefahrt erwies sich Walja als seetüchtig, das Schiff glitt aus dem Yachthafen wie ein Messer durch Butter, fuhr den Fluß hinunter und wieder zurück. Sie stießen darauf an, tranken noch ein paar Gläser, bis ihre Köpfe rot angelaufen waren. Wann waren in diesen Köpfen die

Pläne entstanden? Hatten sie das Bootshaus mit Vorbedacht gemietet oder waren sie erst beim Restaurieren auf die Idee gekommen, als das vorrevolutionäre, verwitterte Holz vier Monate lang unter ihren Händen störrisch geblieben war, nicht nachgegeben hatte, bis sie bereit waren, mit Fenstereinfassungen aus Gummi im Nebel das Meer zu überqueren?

Es funktionierte. Das Radar der russischen Küstenwache hatte nichts geortet. Die Sicht betrug weniger als fünfzig Meter, der Nebel würde sich bis zum Morgen nicht lichten. Leonid hörte sie um zwei Uhr nachts aufbrechen. Knirschend und knarrend verschwanden sie vom Angesicht der Erde.

»Haben sie es geschafft?« Witali schaute durch das Bullauge. Draußen war alles pechschwarz, deshalb sah er vor allem sein eigenes verwundertes Gesicht. Sie fuhren wahrscheinlich gerade in neutralem Gewässer. Wenn es überhaupt etwas gab, was niemandem gehörte, dann das. Niemandsland existiert nicht, Land gehört letztlich immer dem, der es bestellt oder darauf gelebt hat. Sein Kielwasser aber besitzt man nur, solange man hindurchfährt.

»Sie haben es bis nach Finnland geschafft.« Leonid stülpte das Innere der Brasse nach außen und begann die Organe herauszupulen. Er aß sie. Witali ekelte sich. Er aß so gut wie nie Pökelfisch, schon gar nicht, wenn er nicht ausgenommen war. Der Maschinist schlang im Dunkeln mit der Wollust eines Braunbären, das Erzählen wurde zum schmatzenden Gemurmel, als käme es gar nicht mehr drauf an. »Aber das war nicht das Ziel ihrer Reise. Sie wollten natürlich nicht nach Finnland. Was das betrifft, waren sie schlauer als ihr jungen Hüpfer von Grenzsoldaten.« Wieder riß er ein Stück aus dem Fisch, nickte mit zugekniffenen Augen zum Bullauge hin. Spar dir die Zeremonie, dachte Witali, der einen schlechten Ausgang der Geschichte ahnte.

»Die Ostsee ist unberechenbar, die Navigationsinstrumente der beiden waren primitiv. Sie trieben in nordwestliche Richtung ab. Wie schnell werden sie gefahren sein? Zwölf Meilen pro Stunde, bestimmt nicht mehr. Sie müssen im Lauf des Vormittags backbord die Schären im Bottnischen Meerbusen gesehen haben. Warte, wir sollten uns das vielleicht mal anschauen.« Er faltete eine Karte auf seinen Knien auseinander. Sein rührend klobiger Zeigefinger, mit einem Nagel wie ein Stück Treibholz, schob das imaginäre Schiffchen mitten durch die Fahrrouten der Ostsee in Richtung Nordwesten, wo er auf einem Krümel Land mit dem Namen Utö fast ein Loch ins Papier stieß. »Hier. Hier hat man sie gefaßt.«

Witali starrte auf die Karte. Unmöglich, die russischen Patrouillenboote drangen nie bis in diese Gewässer vor.

»Aber die Finnen«, sagte der Maschinist. »Die Finnen haben sie am Schlafittchen gepackt. Sie hatten wirklich Pech, fast hätten sie ihr Ziel erreicht. Hier, die Åland-Inseln, das ist eine entmilitarisierte Zone. Ein paar Meilen weiter und sie hätten über Kökar nach Schweden fahren können. Aber die finnische Küstenwache hat sie vor Utö aus dem Wasser gezogen. Walja wurde mit dem Bugsierer abgeschleppt, und die beiden hat man in den Zug nach Sibirien gesetzt.«

Es klopfte an der Tür. Nach einem gereizten »Herein« des Maschinisten erschien in der Tür ein junger Bursche mit kreidebleichem Gesicht, als hätte man ihn gerade autopsiert. So sahen alle Matrosen auf diesem Schiff aus, Unterdecktierchen, die nie das Tageslicht sahen, weil sie sich den Passagieren nicht zeigen durften. Nicht weiter tragisch, dachte Witali, ich habe auch mal so jämmerlich ausgesehen. Sogar der Maschinist hatte eine Zeit erlebt, in der er so aussah, auch er war einmal in dem Alter gewesen, in dem er seinen

Vorgesetzten mit so viel Ehrfurcht im Blick ansprach, daß alles, was er sagte, ernster klang, als es gemeint war.

»Leonid Lwowitsch, Sie werden auf der Brücke erwartet.«

Der Maschinist schickte den Matrosen weg und kam gähnend auf seine Geschichte zurück. Sibirien. Nun ja, Sibirien, es wird wohl eine nicht ganz so weit entfernte *zona* gewesen sein. Vielleicht hat man sie in eine Klinik gesteckt und ihnen jede Woche so viel Insulin verpaßt, daß von ihrem Fluchtinstinkt nicht mehr viel übrigblieb. Tut auch nichts zur Sache. »Du hast keinen blassen Schimmer, was? Ihr habt es wirklich nicht gewußt?«

Witali schüttelte den Kopf. Der Maschinist genoß den Augenblick und beschloß, ihn zu dehnen. Er goß zwei Gläser voll. »Nie vom Vertrag über Freundschaft, Zusammenarbeit und gegenseitigen Beistand gehört? Finnland hat jeden Russen, der über die Grenze geflohen ist, an die Sowjetunion ausgeliefert. Nicht nur direkt nach dem Krieg, sondern noch mehr als vier Jahrzehnte lang. Für Kekkonen und Chruschtschow war es später noch ein Gesprächsthema, wenn sie zusammen in der Sauna schwitzten. Da haben sie gemütlich Dampf abgelassen. Den Finnen waren gute Beziehungen zum Kreml wichtiger als das Schicksal von armen Teufeln wie deinem Soldaten. Sogar ihre eigenen Landsleute, die sich nach der Abtretung von Gebieten an die Sowjetunion auf der falschen Seite der Grenze wiederfanden, haben sie zurückgeschickt. Die Deportationen – Hunderte, Tausende? – gingen weiter, bis die Sowjetunion nicht mehr existierte. So lange.« Er deutete auf ein Glas. »Nimm«, sagte er mit Nachdruck.

Als Witali sich vorbeugte, stieg ihm ein Duft in die Nase, den er lange nicht mehr gerochen hatte. Es mußte das Gemisch aus Wodka, Pökelfisch und Schmieröl sein, dieser vertraute Geruch, der bewirkte, daß ihm der Maschinist plötzlich falsch und heimtückisch vorkam. Willkommen zu Hause, du Einfaltspinsel, hier hast du einen Schnaps. Was für ein Wichtigtuer.

»Wieviel haben sie gekriegt?«

»Nicht soviel wie dein Deserteur, sie waren ja Zivilisten. Aber genug, daß man nie wieder was von ihnen gehört hat. Die Staatsmacht kam in unsere Werft und fragte, ob ich davon gewußt hätte. Nun, ich hatte nichts gesehen. Was ja auch stimmte. Basta.« Er kippte den Wodka runter und blickte eine Weile stumpf vor sich hin. Dann krempelte er einen Ärmel hoch. »Ich zeig dir mal was.«

Witali sah nur widerwillig hin. Auf dem Oberarm trug er eine seltsame Tätowierung, eine rätselhafte Kombination aus Ziffern und Buchstaben. Die sorgfältig ausgearbeiteten Zeichen waren zu einem Quadrat angeordnet.

82° N 60° E

55° N 19° E

66° N 169° W

35° N 62° E

»Sagt dir das was?« fragte er.

Witali zuckte mit den Schultern. »Breitengrade, Längengrade.«

»Das sind die Koordinaten der äußersten Winkel der Sowjetunion. Seit unserer frühesten Kindheit lief alles auf ein Leben zwischen diesen Punkten hinaus. So ein riesiges Gebiet, damit läßt sich eine Menge anfangen, sollte man meinen, oder?«

Er hatte nicht geschlafen, keine Minute. Sie näherten sich Sankt Petersburg am frühen Morgen, die Stadt stand im Morgennebel über dem Wasser, als sei sie ihnen auf Zehenspitzen – rasch in einen Morgenmantel und in Pantoffeln geschlüpft – entgegengekommen. Es war keine Stunde für Städte wie diese. Amsterdam war vor zehn Uhr auch nie vorzeigbar gewesen. An so einem Morgen war Witali aus der Innenstadt zu Jessie geradelt, von dem überall verstreuten Müll, den die Nacht ausgespuckt hatte, zu den Säcken, die die Leute in den Wohnvierteln sorgsam an den Straßenrand gestellt hatten. In einer der schweigenden, feuchten Straßen von De Pijp hatte er plötzlich gebremst, weil das russische Wort MUKA ganz nah an ihm vorbeigeflogen war. Er war sich sicher, drehte um, und tatsächlich: Am Straßenrand standen drei Vorratsdosen von unterschiedlicher Größe, mit kyrillischen Buchstaben im Stil des sowjetischen Avantgardismus beschriftet: MEHL, SALZ und BUCHWEIZEN. Verstört öffnete er sie. Sie waren noch gut in Schuß, nur von unten etwas angerostet. Er stapelte sie ineinander und nahm sie zu Jessie mit. Sie bemerkte den Ausdruck in seinen Augen und stellte sie behutsam weg. »Möchtest du zurück?« hatte sie gefragt.

»Es sind nur Dosen«, hatte er gesagt, »du kannst darin etwas aufbewahren.«

Sankt Petersburg begrüßte die Reisenden mit dem verwahrlosten Anblick aller Hafenstädte. Container, vergammelte Schlepper und darüber die Greifarme der Hebekräne und die Fabrikschornsteine, hier und da ein schadenfroh kichernder Seevogel. Einer von ihnen gehörte nicht dazu. Er kam heruntergesegelt und landete auf der Reling der Romanow. Witali erkannte ihn sofort. Das schwarz geschminkte Auge, der gelbe Nacken.

»Hallo Jan. Den ganzen Weg mitgereist?«

Der Vogel nickte.

»Willst du noch eine Geschichte hören?«

Jan steckte den Schnabel ins Gefieder und murmelte etwas Unverständliches. Wie ein Vogel eben.

Anmerkungen

S. 28 Bärchen im Norden - Pralinen aus Nougat zwischen zwei Waffelschichten mit Schokoladenglasur
S. 57 Lawrenti Pawlowitsch Beria – Chef des NKWD und Stalins rechte Hand
S. 65 Pawlik Morosow – Pionier, der seinen Vater bei den Sowjetbehörden anschwärzte
S. 73 *parascha* – Fäkalienkübel wie in Gefängnissen
S. 77 *Chruschtschowka* – in der Zeit von 1959 bis 1985 aus Backstein erbaute Mietshäuser mit drei bis fünf Stockwerken
S. 78 *sdrawstwuitje* – Guten Tag
S. 84 *rebjata* – Jungs
S. 90 Estrada - sowjetische Popmusik, die nach dem russischen Wort für Konzertbühne benannt ist
S. 101 *tworog* - körniger Frischkäse
S. 102 *Brilliantowaja ruka – Der Brillantenarm*, populäre Filmkomödie von Leonid Gajdaj von 1969
S. 119 *mandrasch* – Slangausdruck für Nervosität, Bammel
S. 129 *kommunalka* – Gemeinschaftswohnung
S. 162 Belka und Strelka – zwei mit einem Sputnik ins All geschossene Hunde, die als erste Lebewesen lebendig zur Erde zurückkehrten
S. 176 *awtomagasin* – mobiler kleiner Supermarkt
S. 179 *astronom* – Feinkostladen
S. 179 Gajdaj, Leonid (1923-1993) – Rußlands populärster Regisseur von Filmkomödien

S. 186 Kolyma – sibirischer Fluß, dessen Name auch für die Gulags steht, die dort errichtet waren (Goldgewinnung)

S. 188 *inomarka* (pl. *inomarki*) – Auto einer ausländischen Marke

S. 198 *spasibo, poschalysta* – danke, bitte

S. 198 *lavasch* – armenisches Fladenbrot

S. 205 *schenschtschina* – Frau

S. 216 »Lieber 'nen Russen im Bette als 'ne Atomrakete« – noch heute in den Niederlanden bekannter Spruch einiger Frauen auf einem Transparent, mit dem im Oktober 1983 in Amsterdam gegen die Stationierung amerikanischer Cruise Missiles in Europa demonstriert wurde (auf niederländisch: »Liever een Rus in bed dan een kruisraket«). Der Slogan bezog sich auf einen Spruch von Befürwortern der Stationierung: »Lieber eine Rakete im Garten als ein Russe in der Küche«.

S. 224 *zona* – Euphemismus für einzelne Gulags, das Straflagersystem insgesamt, aber auch heutige lagerartige Strafanstalten in Rußland

S. 243 Ilja Muromets – epischer Held aus der russischen Folklore

S. 248 *inturistka* (pl. *inturistki*) – ausländische Touristin, Touristen

S. 249 Feliks Dserschinski – Gründer der Tscheka, Vorläuferorganisation des KGB

S. 268 *moloko* – Milch

S. 270 *naruschitel* – Störer, Übertreter; jemand, der die Grenze übertritt

Die deutsche Übersetzung des Gedichts von Bulat Okudschawa durch Sarah Kirsch stammt aus *Mitternachtstrolleybus. Neue sowjetische Lyrik*. Hg. v. Fritz Mierau. Buchclub 65. Berlin: Verlag Neues Leben 1965.

Die Übersetzung des Gedichts *Verse vom Sowjetpaß* von Wladimir Majakowski stammt aus der Werkausgabe, hg. v. Leonhard Kossuth. Nachdichtungen von Hugo Huppert. Frankfurt/M.: Insel Verlag 1971.